NEVER ANY END
TO PARIS

# 永无 巴黎
# 止境

Enrique
Vila-Matas

〔西〕恩里克·比拉–马塔斯 著

尹承东 译

浙江文艺出版社

NEVER ANY END TO PARIS

Copyright © 2004 by Enrique Vila-Matas

Published by arrangement with MB Agencia Literaria SL,

through The Grayhawk Agency Ltd.

2024 ZHEJIANG LITERATURE&ART PUBLISHING HOUSE All rights reserved.

本书简体中文版权为浙江文艺出版社独有。

版权合同登记号：图字：11-2022-308号

**图书在版编目(CIP)数据**

巴黎永无止境/(西)恩里克·比拉-马塔斯著；尹
承东译. -- 杭州：浙江文艺出版社，2024. 9. -- ISBN
978-7-5339-7710-8

Ⅰ. I551.45

中国国家版本馆CIP数据核字第2024N3N411号

| | | | | |
|---|---|---|---|---|
| **责任编辑** | 王莎惠 | **营销编辑** | 张莘 | |
| **封面设计** | 尚燕平 | **数字编辑** | 姜梦冉 | 诸婧琦 |
| **封面插画** | 渔沦 | **责任印制** | 吴春娟 | |

## 巴黎永无止境

[西]恩里克·比拉-马塔斯 著

尹承东 译

| | |
|---|---|
| **出版发行** | 浙江文艺出版社 |
| **地　　址** | 杭州市环城北路177号 |
| **邮　　编** | 310003 |
| **电　　话** | 0571-85176953(总编办) |
| | 0571-85152727(市场部) |
| **制　　版** | 浙江新华图文制作有限公司 |
| **印　　刷** | 杭州捷派印务有限公司 |
| **开　　本** | 880毫米×1230毫米　1/32 |
| **字　　数** | 163千字 |
| **印　　张** | 8.5 |
| **插　　页** | 4 |
| **版　　次** | 2024年9月第1版 |
| **印　　次** | 2024年9月第1次印刷 |
| **书　　号** | ISBN 978-7-5339-7710-8 |
| **定　　价** | 65.00元 |

1

　　我去了佛罗里达州南端岛城基韦斯特，在那儿报名参加了一年一度的"谁最像海明威"竞赛。竞赛在邋遢乔酒吧举办，那是当年海明威住在基韦斯特时最喜欢的酒吧。不消说，参加这次竞赛的男子汉蜂拥而至，他们都是中年人，体魄健壮，蓄着浓密的花白胡须，个个都像海明威，甚至连最愚笨的方面都酷似。这样的竞赛是一次独特的经历。

　　我不知自己多少年前开始喝酒并且发胖了。跟我妻子和朋友们的看法相反，我认为自己在体态上越来越像我青年时代的偶像海明威。没有人在这件事上赞同我的意见，而我的性格又非常倔强，想教训教训所有人，于是我就戴上一个假胡须（我觉得这样会使我更像海明威），参加了这年夏天的竞赛。

应该说，这次我可真是出了个大洋相。我去基韦斯特参加竞赛，结果得了个倒数第一名，说得更确切些，是被取消了资格。最糟糕的是，他们取消我的资格并非因为发现了我的假胡须（他们并没有发现），而是因为我的"体态压根儿就不像海明威"。

其实，对我来说，他们只要允许我参加竞赛就足够了，因为那样我就可以向我的妻子和朋友们表明，我完全有权利相信自己越来越像我青年时代的偶像。仅此而已。这就是唯一一点能让我继续在感情上跟青春岁月联系在一起的东西。然而，他们几乎是用脚把我踹出了竞赛的门外。

受到这样的侮辱，我就去了巴黎。在那儿，我跟我的妻子相聚，度过了这年8月的最后时光。她去参观博物馆和疯狂购物，我则做了一些笔记，以讽刺的口吻来回顾我青年时代在这座城市度过的两个年头。在这两年中，我跟海明威不同：他在那儿"非常贫困，却非常幸福"，而我在那儿却是非常贫困，又非常不幸。

我们在巴黎度过了8月的最后时光。9月1日，当我登上回巴塞罗那的飞机时，我在我的座位第七排B座上发现了几页被人遗忘的笔记。那笔记是为一个讲座准备的，题目是《巴黎永无止境》。看到这个题目，我不禁大为惊讶。这个讲座是主题为讽刺的研讨会中的一项，准备在巴塞罗那举办，持续三天，分三场，每场两小时。我大为惊讶，是因为我在巴黎恰恰也为一个讲座写了一沓笔记，讲座的题目与此相同，也是属于同样一个研讨会的其中一项，时间同样是持续三天。总之，一切都一样。可是，我突然意识到，那份笔记不属于别人，正是我自己刚扔到座位上的。我觉得自己真是一个天大的傻瓜。我把笔记扔到自己的座位上，不正和别的旅客为了占好自己登机牌上的位子，把当天的报纸扔上去一样吗。我怎么那么快就忘记了是我自己把那份笔记扔到了位子上呢？现在，我只能告诉你们，这些笔记就是我将荣幸地为你们大家作的讲座的起因，讲座要持续三天，题为《巴黎永无止境》。

## 2

有时候，你们将会看到我即兴发表演说。就像现在这样，在我重新回顾我的青年时代，以讽刺的口吻将自己在巴黎两年的历程读给你们听之前，我感到冲动起来。我想要告诉你们，我十分清楚讽刺是一种玩火行为，讽刺别人，往往最后导致的结果就是讽刺自己。你们大家都非常明白我这话是什么意思。当一个人装着去爱的时候，他就要冒着真正爱上的危险。谁缺乏谨慎地去进行讽刺性的表演，最后他就会成为自己所玩弄伎俩的牺牲品。即使一个人小心翼翼地去做讽刺性的表演，最后他同样是自己所玩弄伎俩的牺牲品。帕斯卡曾经说过："装着去爱而不变成情人，那

几乎是不可能的。"总之，我打算以讽刺的姿态重新审视我
在巴黎的过去，但我决不忽视在整个讲座中面临陷入夸夸
其谈的种种危险，特别是时刻都不会忘记，夸夸其谈者的
虚荣和炫耀恰恰会为听众的讽刺提供最便当的靶子。我说
这话也是为了提醒你们注意，比如说，当你们听到我说巴
黎永无止境的时候，很可能我是以讽刺的口吻说的。但是，
总而言之，我希望那么多的讽刺不会给你们带来过大的压
力。我采用的讽刺跟在绝望中出现的讽刺没有任何关系，
因为我在青年时代的绝望是相当愚蠢的。我喜欢的讽刺是
一种我称之为善意的讽刺，怜悯的讽刺，比如说，就像我
们在慈悲心肠的塞万提斯那儿看到的那种讽刺。我不喜欢
那种残酷的讽刺，恶意的讽刺，而是喜欢那种游动在幻灭
和希望之间的讽刺。你们同意吗？

3

20世纪70年代中期，我去了巴黎，我在那儿非常贫困，
也非常不幸。我真希望能够对你们说，在那儿我跟海明威
一样幸福，但是，那样的话，我就又会成为那个可怜、逞
强而像个大傻瓜似的青年人；那个大傻瓜天天自欺欺人，
以为住在那间污秽不堪的阁楼里已经是相当幸运了。那阁
楼是法国作家玛格丽特·杜拉斯以每月一百法郎的象征性
价格租给那个大傻瓜的。我说是象征性的价格，是因为我

这样认为，或者说我想这样理解，因为面对我那位脾气古怪的女房东合情合理的催促，我从来没交过房租，好在她的催促和抗议只是断断续续的，并不往死里逼。我说她是脾气古怪的女房东，是因为别人说的法语我觉得我全能听懂，唯独她说的法语例外。并非全然如此，但许多时候，当玛格丽特·杜拉斯跟我讲话的时候，我一句都听不懂，绝对地不知所云，就连她催我交房租的话都听不懂。我记得，我曾不无担心地对劳尔·埃斯卡里（他后来成了我在巴黎最好的朋友）提及此事。"这是因为她是大作家，她讲的是**高级**法语。"劳尔·埃斯卡里对我说。当时他的这种解释，我并不认为那么令人可信。

那么，我在玛格丽特·杜拉斯的阁楼里做什么呢？大致是打算过一种如海明威在《流动的盛宴》里讲述的作家生活。要把海明威作为几乎是最高楷模的想法是从哪儿来的呢？这个想法我从十五岁时就有了。当时我一口气读完了他回忆巴黎的那本书，决心要成为猎人、渔夫、战地记者、酒鬼、伟大的情人和拳击家，也就是说，变成像海明威那样的人。

过了几个月，当我必须决定在大学里攻读何种专业的时候，我对父亲说"我想学习如何成为海明威"。至今我还记得他听了这句话后惊讶的鬼脸和怀疑的表情。"没有任何地方学习这个，大学里根本没有这类专业。"他对我说。几天之后，他帮我在法学院报了名。为了做律师，我学习了三年法律。一天，拿着父亲给我过复活节假期的钱，我决定平生第一次出国旅行，直接去了巴黎，没有任何人相伴。我永远不会忘记我在巴黎度过的最初的五个早晨。那是我第一次走进这座城市，当时我并没有料到，几年之后，我终于在那座城市住了下来。

那天上午，天气很冷，并且下着雨。当我不得不进入圣米歇尔大街上一个酒吧避雨时，我马上意识到，由于一种奇怪的巧合，我就要重演《流动的盛宴》第一章开头的那个场景了：在一个寒冷的雨天，讲述者走进了圣米歇尔大街上一家"温暖、洁净、友好而令人惬意的咖啡馆"，把旧雨衣挂在衣架上晾干，并把他那顶饱经风吹雨打的旧毡帽放在长椅上方的架子上，叫了一杯牛奶咖啡，然后就开始写一篇故事，并且对一个独自坐在咖啡馆靠窗的桌子旁的姑娘动了情，感到非常激动。

尽管我走进酒吧时没有雨衣也没有毡帽，但我也点了一杯牛奶咖啡，向我的偶像海明威致敬，然后从上衣口袋里取出一个笔记本和一支铅笔，开始写发生在巴达洛纳的一个故事。巴黎那天在下雨，风也很大，我故事的开头也写成了那样的天气。这中间，突然又出现了一个新的神奇巧合，一个姑娘走进咖啡馆，径自走到我身边靠窗的一张桌子旁坐下来，开始读一本书。

姑娘长得非常俊俏，"脸色清新，像一枚刚刚铸就的硬币，如果人们用柔滑的皮肉和被雨水滋润而显得鲜艳的肌肤来铸造硬币的话"。我惊讶地瞅了她一眼。在佛朗哥统治下虚伪的巴塞罗那，我居住的城市，看到一个女子独自走进酒吧，是不可思议的事，更不要说在那儿看书了。我又看了她一眼，这一次她搅乱了我的心神，我感到激动起来，并且产生了性冲动。我要像对待那糟糕的天气一样，把她写进我的故事里，让她在巴达洛纳游荡。走出那家咖啡馆时，我变成了一个新的海明威。

但是，几年之后，确切地说是在1974年2月，我又回到了巴黎。这一次，我不是仅仅待了五天，而是待了两年——尽管我当时没法料到。此时的我已经不是在那个严寒雨天的上午爱慕虚荣的青年人了。我依然相当傻，但也许不那么虚荣。另外，我已经学得有点机警和谨慎了。这事在一天下午得到了证明。那天下午，我去巴黎拜访——应该说是去窥视——我的朋友哈维尔·格兰德斯，在圣贝努瓦街，站在街边他就向我介绍了玛格丽特·杜拉斯。后者先是惊讶，过了几分钟，也许是出于对哈维尔·格兰德斯的信任，就答应把那间阁楼租给了我。在我之前，已经有不少小有名气的流浪人士租住过那间阁楼，甚至包括某位同样有名气的政治家。除了玛格丽特·杜拉斯其他的朋友之外，以前哈维尔·格兰德斯本人也在那儿住过，还有作家兼画家科皮，行为荒唐的异装癖阿玛宝拉，巫师约多洛夫斯基的一个朋友，一个保加利亚戏剧女演员，南斯拉夫地下导演米洛舍维奇，甚至还有那位未来的总统密特朗——在1943年全面抵抗时期，他曾在那间阁楼里躲藏过两天。

我的确学得有点机警和谨慎了。当玛格丽特·杜拉斯提出最后一个问题想考察我的知识，装模作样地探询是否值得把她的阁楼租给我这个新求租者时，她问的是我最喜欢哪些作家。我提到了西班牙的加西亚·洛尔加和路易斯·塞努达，当然还有她这位法国作家。而尽管海明威这个名字都到了我嘴边，但我还是强忍着，使劲忍着，没有说出来。我认为我做得很对，因为她只是装模作样，拿问题做游戏，但是，设若我提到一个她不喜欢的作家——好像海明威很难让她喜欢——很可能就毁掉了那场游戏。而我连想都不愿去想，如果没有那间阁楼，我那光辉的传记会成为什么样子。

4

这个8月我去了巴黎。在我和妻子走过雅各布街和教皇街连接处的拐角时，我突然想起了那件有名的趣事：在米肖餐馆的盥洗室里，海明威认定了司各特·菲茨杰拉德生殖器的大小尺寸没问题。《流动的盛宴》里的这个场面我记得是那样清晰，以至我在脑海里飞快地重新过了一遍，甚至动了想看看自己生殖器的念头。总之，那个场面在我的脑海里飞逝而过，几秒钟后便消失得无影无踪，而生殖器仍待在它的原处。然后我飘忽不定地走了几秒钟，脑子里一片空白，直至买了一份《世界报》，坐上一辆出租车，跟我的妻子一起去了蒙帕纳斯大街上的"精品"露天咖啡馆。在那儿，当妻子去卫生间的时候，我打开报纸，立刻全神贯注地读起了克劳迪奥·马格里斯的一篇文章的开始部分。作者在那篇文章中讲的是一个扼杀夏天的大阴谋："我的夏天呀，请不要退去，加布里埃莱·邓南遮这样唱道，他爱夏天，因为夏天是全景式的顶峰季节和生活令人迷醉的季节，他曾经希望它永不结束……"

一切都会结束，我想。

一切都会结束，唯独巴黎不会，现在我这样想。一切都会结束，唯独巴黎不会，巴黎永远不会结束，她始终在陪伴着我，追随着我，她就是我的青春。不管我到哪儿，她都跟我一起旅行，与我同在。她是跟随我的一席流动的盛宴。这个夏天会结束，它就要结束了。这个世界会崩溃，它就要崩溃了。但是我的青春，但是巴黎，决不会结束。真恐怖！

5

在格雷厄姆·格林的小说《与姑妈同游》中，有一段简短的对话将成为这次持续三天的讲座的总序言。一开始我没有把它念出来（本来当时我应该念的），但现在不管怎

样我要念了。女士们，先生们，这是一个不太正规的序言，
因为它没有指明后面我的讲座所涉及的有关事项的内容。
一般来说，序言应该是后面讲稿内容的精练概括，它应该
让我们清楚地了解后面的讲稿要涉及什么。相反，我的序
言绝对不会让你们知道后面我要讲什么。或者说得更确切
些，它指明了后面的内容，不过是通过一种荒诞的方式。
它说明了我讲座的内容，可我怀疑听众能否真正明白，我
关于讽刺的讲座到底打算确切地说明什么。同样，我们也
不明白格雷厄姆·格林想用他那段对话说明什么。肯定他
是什么都不想说。如果我告诉你们，说得越多的时候就等
于**什么也没说**，那时你们会明白我的意思吗？看看吧，我
这次讲座的序言就是这样：

"如果您还是照计划继续讲讽刺，那我就不想把我的问
题告诉您了。"

"可是，不久前您说过讽刺是文学的一个特点……"

"没错，但是您不是一部小说。"图雷说。


6


我是讲座还是小说？上帝呀，这是什么问题呀！请你
们原谅！似乎我又回到了青年时期的那些日子里，居住在
巴黎，处于绝望之中，不停地给自己提出问题。正常情况
下，青年人的面前总是一片希望的光景，但是有人却选择

绝望，我就是这类人之一，因为我不清楚生活之路在何方。另外，我觉得处于绝望之中更高雅，比一个处于希望之中的可怜青年时髦得多。事实上，今天我觉得我正在又变成那个不断向自己提出问题的年轻人。我是讲座还是小说？我是？突然间，一切都成了问题。我是某个人吗？我是什么？体态上我像海明威还是我跟他根本不沾边儿？从你们的眼神里，尊敬的听众们，我觉得你们跟我的妻子和朋友们的意见一致。你们跟他们的态度是一样的，跟基韦斯特城竞赛组织者们的态度也是一样的。不知道为什么，我觉得你们也在取消我的资格，让我名誉扫地。无疑你们这样做是一种明智的判断。但是，我需要相信我在体态上一天比一天更像我巴黎岁月里所崇拜的偶像，因为唯有这一点能够让我在感情上跟青年时期的岁月联系起来。再说呢，我觉得我有权用跟别人不同的观点看自己。我爱怎么看自己就怎么看自己，用不着别人来指手画脚强迫我成为什么人，也用不着别人来说三道四决定我是什么人。别人可以对我有他们的看法，这我同意，但我拒绝接受这样的不公平。多年来，我一直力图成为一个最神秘、最不可预见、最深不可测的人。这些年我一直力图**成为所有人眼中的一个谜**。为此，我对每个人都区别对待，以求没有两个人对我持相同的看法。但是，我殚精竭虑地去做这件事，结果却徒劳无益，别人依然照他们的想法去看我。显然大家对我的看法是相同的，他们爱怎么看我就怎么看我。哪怕至少有一个人，我不是说很多人，而是至少有一个人能看到我跟海明威的相似之处，那该多好呀……

## 7

珍妮·海布特自杀了。

最近这次访问巴黎，我一直追随她的影子，阅读别人写的对她的看法。我对这位不幸艺术家的青年时代感兴趣。她是巴黎画派重要画家阿梅多·莫迪格里阿尼的情人，她为他生了一个孩子（女儿）。当画家由于酗酒和多种疾病缠身过世的时候，她正等待为他生第二个孩子。

珍妮·海布特跟资产阶级，也就是跟她的家庭有很多麻烦。莫迪格里阿尼去世的第二天，她怀着九个月的身孕，打开了父母在巴黎阿米奥特街8号的楼房十五层的窗户，背朝地面跳了下去。三十年前我青年时代住在巴黎时阅读了她自杀的故事。我记得当时一边阅读一边想象着她自杀的那条街道和她如何跳下去，也就是她自杀的全过程。后来我就把这件事情忘掉了。但是巴黎的这个8月，珍妮·海布特又重新回到了我的脑海里。那是因为我偶然读到了一篇关于她同莫迪格里阿尼的爱情故事以及她绝望死去的文章。这个十九岁女子的自杀再次把我打动，只是现在我不想再把这件事忘记了。我在巴黎重读她的故事，突然想到我可以找到阿米奥特大街8号；如果那座楼房和那条大街还存在的话，我便可以仔细地看看珍妮·海布特轻生的地方。

结果是那条大街和那座楼房不仅存在，而且就在我下榻的饭店附近。靠了一张城市地图帮助，我穿越一条条狭窄的小巷，终于站在了那条不长的街道上。那条街道全是些坚实的古老建筑，大概在过去的八十二年里没有太大的变化。我从街上看了看楼房十五层珍妮·海布特打开的那扇窗户，我大概恰恰是在她的身体坠楼丧命之处看那扇窗户的。当时我觉得我的整个青春和我的整个夏天都融入到了这个生与死的时刻里，都融入到巴黎这座城市的那条阿米奥特大街上了。这座城市到处都挂满了纪念性的金属牌，但是，在珍妮·海布特失去生命的地方却没有任何金属牌。如今，在阿米奥特大街上，没有任何让人记起发生在八十二年前的那场悲剧的标示，甚至没有某个暗暗撰写关于她的传说的人送上的鲜花，墙上也没有任何表示悲哀的涂鸦。没有，什么都没有。这是因为人们显然没有把她看成是一个太有分量的艺术家，尽管她的死亡本身也许比阿梅多·莫迪格里阿尼的全部作品更艺术。此外，尽人皆知，她死于自杀，而人们是不会为自杀者挂上标牌，不会去庆祝，也不会去纪念的。

珍妮·海布特从阿米奥特大街8号的楼上纵身跳下，在空中画了一条悲剧性的体操图线坠地而亡。恰恰就在这座大楼对面，一座洁净的，令人赏心悦目的体操馆拔地而起，这儿的资产阶级肯定支持体育运动和家庭价值观念，

而不太喜欢艺术，不太喜欢那个放荡不羁的女人，也不喜
欢那种以舞蹈跳跃动作来自杀丧命的行为。也许那些体操
运动员觉得在那儿锻炼很惬意，就像那些反对吸烟的人，
带着道德谴责的目光站在那儿，注视着对面第一个可怜的
家伙吸着烟自杀身亡。[①]

## 8

普鲁斯特说，过去不仅仅是一个瞬间，它其实根本不
会离开原来的地方。巴黎也是这样，它从未外出旅行过，
而且总是永无止境，永无终结。

---

①为讲座写完这段话后，我偶然十分惊讶地发现，我多次阅读过的奥古斯托·
蒙特罗索的优秀短篇小说《晚餐》，故事就发生在巴黎阿米奥特街8号的B楼。尽管
这个故事我反复阅读了那么多遍，却没太注意这个地址，大概更多的是去注意故事
本身了。看来，在这座楼左侧第二层的一套房间里，作家阿尔弗雷多·布里斯·埃
切尼克曾住过相当长的一段时间。有一天，他在那儿举办了一场晚宴，这就是那篇
小说题目的来历。在这次晚宴中，作家邀请了奥古斯托·蒙特罗索，也邀请了卡夫
卡。然而，他们在阿米奥特大街上空等了一场，卡夫卡没有来。

尽管在许多年之后，"靠了一张城市地图帮助，我穿越一条条狭窄的小巷"，几
经周折找到了那条街道，但对蒙特罗索却是相反，他很容易地就找到了那个地方。
他说："像在任何一座大城市一样，在巴黎，有些街道走起来也十分困难。但是，阿
米奥特街找起来并不难。你只要从蒙日广场地铁站沿路下行，然后随便问个人，阿
米奥特大街就找到了。"——作者原注

## 9

这年夏天，我在巴黎重新回首我的过去。一天，我跟妻子一起乘坐高铁列车去了南特。那是应邀去作一个关于讽刺的讲座，换言之，跟今天我讲的题目一样，只是我对那个讲座采用了另外的形式，因为当时我手中只有今天涉及《巴黎永无止境》的一些笔记。

"女士们，先生们，"我开场说道，"你们已经看到，我跟海明威有点相像，而且我打算认为我一天比一天更像海明威。这并不意味着我跟他同样缺乏讽刺，恰恰相反，我对讽刺很擅长。"

我扫了一眼听众，看看他们有怎样的反应。我首先看到的是我的夫人一脸怒气。"真是悲哀！"她说。她从来就不能容忍我的固执己见，认为自己越来越像我青年时代的偶像。

至于听众，我看到有些人以为，我说自己像海明威是在跟他们开玩笑，而另一些人从表情上看，根本就没有听懂我的话。人们的那些微笑和心不在焉的眼神，跟我妻子的怒不可遏形成了鲜明的对比。我不知道这两种表现何者更糟糕。

"我擅长讽刺。"我继续说道，"讽刺和预见未来的能力是我的强项。我到南特来，就是要告诉你们，天快要下雨了。"

其实，那儿的天空根本不存在下雨的征兆，我那样说是为了让听众逐渐进入我打算读给他们听的故事中的多雨天气。"首先，"我对他们说，"我来南特是为了请你们帮助我理解海明威写的一篇题为《雨中的猫》的短篇小说，这篇小说我一直没理解透。同时我也想告诉你们，出于我预见未来的能力，我可以向大家透露一下，明天我返回巴黎后将要写一篇题为《关于猫说的话》的短篇小说。这篇小说讲的就是在这儿发生的事情，也就是你们对现在我要读给你们听的故事的理解和诠释。"

一听到自己要变成文学材料，那些出席讲座的人立刻向我投来挑衅的目光（那是谴责我的莽撞和傲慢无礼），或者说是向我投来焦虑的目光，因为他们很快就要变成一篇小说中的人物了，这种前景令他们感到不悦。

"海明威的这篇小说，"我对他们说，"按照加西亚·马尔克斯的说法，是世界上最优秀的短篇小说。我读过了，可我完全不懂，对发生在故事里的事情，完全不知所云。我更不能理解为什么说它是世界上最优秀的短篇小说。我现在就来读给你们听。为了做出解释，请你们千万要注意，海明威是一位省略艺术大师，在他所有的短篇小说中，他总是能够做到所讲故事的最重要的东西不出现在讲述之中：小说中的奥秘故事构成于未曾道出的话语中，只是用意会和暗示来表现。这也许可以说明，为什么如果你们不懂得海明威是用意会和暗示的技巧来写作的话，就会认为他讲的故事平庸而浅薄的道理。"

　　我给他们读了那个故事。故事讲的是一对年轻美国夫妇（可能是刚结婚）在第二次世界大战之后去意大利旅行。他们待在一家饭店的房间里，感到厌倦。外边在下着雨。他们的房间在二楼，面向大海和耸立在一个公园广场中的战争纪念碑。公园里长着高大的棕榈树，还有绿色的长椅。丈夫在床上安静地读书，而妻子则露出紧张的神情，为街上的一只猫担忧。那只猫待在一条长凳下，企图躲避从四面八方朝它的藏身处打来的雨滴。"我得下去把那只小猫抱上来。"妻子说。"如果你愿意的话，还是我去吧。"丈夫在床上自告奋勇地说。"不，还是我去。"这几句对话虽然本身很平淡，却显示出了海明威描写对话的杰出才华，闪耀着智慧的火花。最后还是妻子跟饭店的一个女仆下去了。她们没有找到要找的小猫。"这里刚才是有一只猫呀！"夫人说。"猫在雨中吗？"女仆问，并且笑了。回到房间后，妻子告诉丈夫猫没有在那儿，然后便在镜子里左左右右地端详自己身体的侧面，最后目光落到了颈背和脖子上。她问丈夫是不是认为她应该把头发留长。"我还是喜欢你现在这个样子。"丈夫说，然后又去看他的书。这时有人敲门了。是女仆送了一只猫来。她紧紧地抱着那只猫，那只猫则挣扎着想从她的怀里逃出来。那是饭店老板送来的礼物。

　　我请听众们来分析这个故事，结果得到的答案是五花八门，我记住的有下列数条：一、认为这个故事是让读者记起海明威写的另一个故事，那个故事讲的是几头白象，实际上暗指的是一个女人怀了孕，不声不响地琢磨着打胎；二、认为这个故事似乎讲的是一个年轻女子得不到性满足，希望得到一只猫陪伴她；三、认为这个故事实际上只是勾画出一个刚刚摆脱了一场战争的意大利的肮脏环境氛围，在那场战争中，意大利曾需要得到美国人的援助；四、认为这故事描写的是性交后的厌烦情绪；五、认为这故事描写的是一个新婚女子为了满足丈夫同性恋的欲望留了短发，现在她对短发厌倦了；六、认为这故事描写的是新婚女子爱上了饭店老板；七、认为故事诠释的是男人不能一面看书一面听妻子讲话，这一点早在石器时代（那时男人外出打猎，而女人留在洞穴中烹食）就已如此：男人学会默默地思考，而女人则唠叨令她们不顺心的事情和如何发展感情关系。

最后一个上了些年纪的夫人说道："如果这个故事本身就这样，没其他东西了呢？要是没有任何可阐释的东西会怎样？也许这一整个故事都是莫名其妙、不可理解的，而这也正是它的奥妙所在。"

这一点我倒从来没有想过，它给我提供了一个好点子，我知道自己明天在巴黎计划撰写的那个故事该如何收尾了。

"明天，"我对听众们说，"我就以在这儿发生的事情写我的小说，其结尾就如这位夫人所说。她的话让我想起了每当我有点什么不懂的时候，总是非常高兴；相反，每当我读到什么完全明白的时候，却是失望地把它放弃。我不喜欢把事情都写得清清楚楚的短篇小说。因为理解可能成为一种判决，而不理解则可能是一扇敞开的门。"

我感到我的话十分地圆满和精确。然而随即有个年轻女孩举起手来，并且以满脸怪异的欢悦之色微笑着。她说道："我觉得您讲得好极了，您已经为您的小说找到了结尾。但是，既然您的讲座是论述讽刺的，那么，现在请允许我提出，海明威先生，您小说的内容也应该充满讽刺，并且出于对所有读者的考虑，您明天想写的故事也请务必是可以理解的。劳驾了，希望您写的故事让我们大家都能够读懂。"

## 10

第二天，我乘高铁列车返回巴黎。当火车飞快地穿过卢瓦尔河谷的时候，我几乎是怀着崇敬的心情正在慢慢地阅读着于连·格拉克散文集的第一卷。这位作家就出生在那个地区，出生在老圣弗洛朗镇，这个镇位于莫日区的辽阔中部。河谷里是一片神奇的风光，可惜由于火车速度太快无法看清楚，不过幸好我对它已相当熟悉。卢瓦尔河和塞夫尔河中间，莱永河和酿制麝香干白葡萄酒的葡萄园中间，是广阔的大平原。在这片平原上，一个人很容易迷路，因为这里有一片片浓密的小树林，有高大的欧洲白蜡树林，有大片的草地和大牧场，有深深的峡谷，有星罗棋布的村落，而在法国最长的河两岸是连绵不断的山坡。我正读着《索引字母》第一卷，突然，火车就像长叹了一声，几乎瞬间就要把于连·格拉克的镇子抛在后面，恰恰就在这时，我不无惊讶地发现，这位我一向认为总是忙于平静的艺术雕刻的作家，竟在文章中谈起了海明威。

他对海明威的评论平易近人，决不居高临下，这使我产生了某一天碰巧要去拜访这位于连·格拉克先生的想法。我将设法不让他以为，自己恰恰是世界上第一个发觉我跟海明威，或者说我可能跟海明威有点相似的人。我可不希望他毫不客气地拿家伙把我从他家赶出来。

于连·格拉克这样写道："如果我必须要写一篇研究海明威的文章的话，那么我的题目就是《关于才华有限的思考》。文章会以萨沙·吉特里征服舞台般的自信植入这样一段对话：'他知道他将永远不会让我们感到厌倦。他就像别人不慌不忙地走下楼梯那样在他的稿纸上涂写。只要他一出现我们就会神魂颠倒；然后我们就出去吸烟，把他忘到一边。这样的才华在一本本书中都可以读到，他不需要酝酿，也不需要成熟，没有风险，也没有失败：它只是幕间填空的小节目。'"

作家又补充写道：

"在狩猎精确语言的过程中，作家分为两类：陷阱捕手和追踪猎人。前者的代表是兰波，后者的代表是马拉梅。后者的成果比例每次都大于前者，他们的收获大概是无与伦比的……**但是他们从不会带着活的猎物归来。**"

（兰波和马拉梅。我一时想起了玛格丽特·杜拉斯有一天在我放松警惕时向我提出的一个可怕的问题……）

## 11

我在基韦斯特城已经被取消了"谁最像海明威"竞赛的资格，被人家赶了出来。那时我不免有点急切地想到了玛格丽特·杜拉斯，特别是想到了在诺夫勒堡她家中的那个下午。那天下午，当玛格丽特·杜拉斯把她的长篇小说《昂代斯玛先生的午后》那平淡却紧张的故事情节讲述给我听时，她自己就变成了那本书。如果说我们会变成自己讲述自己的故事的话，这正是那天下午发生在玛格丽特·杜拉斯身上的事。她变成了那个发生在半山腰一个平台上的故事。在那个平台上，老人昂代斯玛先生一动不动地待着，他只能看到一座深渊的边缘，明晃晃的小鸟在那儿穿过。他坐在一张大柳条椅里，等待着米歇尔·阿尔克的到来。那是一个等待的故事，也许是在等待死亡。天气炎热。昂代斯玛先生看不到深渊的底部，一阵留声机放出的乐曲从那儿升上来。那是夏天之歌："当丁香花开放的时候，我的宝贝，/当丁香花永远开放的时候。"留声机放出的乐曲响彻镇子的广场。人们在跳舞。一条橘黄色的狗从广场上穿过消失在树林里。等啊，等啊，等啊，等了许久，米歇尔·阿尔克也没有出现。昂代斯玛先生终于睡着了。旁边一棵欧洲山毛榉的影子慢慢向他移近。一阵风吹来，山毛榉开始摇动……

在玛格丽特·杜拉斯的文学作品里，不存在模棱两可的东西。其内容要么让读者激动不已，要么让读者厌烦至极。她的作品可不是幕间填空的小节目，我觉得这是显而易见的。那天在基韦斯特城，我记得我突然首先想起了玛格丽特·杜拉斯，然后，大概是为了不再翻来覆去地纠结被取消竞赛资格的事，我开始想起了许多比海明威更优秀的作家，对这些作家，还在多年前我就十分熟悉了。的确，在巴黎生活了几个月后，我就放弃了读海明威，转而读别的作家，并且马上觉得后者们中间有些人真的比海明威优秀，尽管海明威最终在我的心目中永远像一个伟大的父亲，被我称为海明威爸爸，我从未想过把他从权威的位子上拉下来。这事的证明就是我一直顽强地坚持认为我跟他在形体上有点相似。不管怎么说，是他用那些文字启发了我当作家的兴趣，驱使我变成了巴黎的一个不幸者。那些文字说："巴黎永无止境，每个在那儿生活过的人对她的回忆跟别人都不相同……住在巴黎永远是值得的。在那儿一个人总是有所得也有所失。我讲的巴黎是说我开始住在那儿的时光。当时我们很穷，但也很幸福。"

巴黎永无止境。

我记得我开始计划写平生第一本书的那些日子。那部我要在圣贝努瓦街5号六层的阁楼里创作的长篇小说，从一动笔便在乌纳穆诺的一本书中找到了故事情节，就定名为《知识女杀手》。尽管在那些日子里我跟死神有一种非常愚拙的关系，或者说恰恰是由于这个原因，小说的用意就是无情地折磨读者，最后让读者在读完它后的几秒钟内死去。这种想法是在阅读乌纳穆诺的一本题为《怎样写小说》的散文时产生的。那本散文我是在塞纳河码头书摊上发现的，它的题目引起了我的注意，因为我想它讲的恰巧应该是我不懂的东西。但是，我想错了，那本书什么都讲了，唯独没讲怎样写小说。但是有一段写的是乌纳穆诺考虑怎样用书籍来致读者死亡，我也就找到了讲一个故事的好主意。

一天，我在楼梯上迎面碰上了玛格丽特·杜拉斯。我上楼去我的阁楼，她下楼外出上街。她突然对我在做什么发生了兴趣，而我为了表现自己了不起，就告诉她我打算写一本书，这本书要使所有读它的人都丧命。玛格丽特·杜拉斯听了这话顿时惊得目瞪口呆，一脸庄严的惊愕之色。当她终于反应过来的时候，她对我说——或者我认为她是对我说，因为她又用**高级**法语跟我讲话了——杀死读者的想法除了荒唐可笑之外，更准确地说，是一件不可能的事，除非比如说，书里会神速地飞出一支锋利的毒箭，猝不及防地直接钻进读者的心脏。这话使我非常烦心，我甚至担心会失掉那间阁楼，害怕玛格丽特·杜拉斯发现我是个没有太大分量的习作者而把我赶走。但是，没有，她看出我脑袋里是一盆糨糊，是想来帮助我。她不慌不忙地点上一支烟，半怜悯地看了我一眼，最后对我说：如果您想杀害读书的人，那就要靠**文字精准的效果**。她说罢这句话，便继续走下楼梯，弄得我心中更是七上八下，不知她葫芦里卖的什么药。是我真的明白了她的话，还是她的**高级**法语让我误解了她的意思？**文字精准的效果**是什么意思？或许她指的是一种**文学效果**，这种效果应该由我自己在作品中创造出来，让读者感到作品的文字本身已经把他们杀死了。大概就是这样。但是，无论如何，怎样才能获得那种通过一种文字本身的形式就足以摧毁读者的文学效果呢？

整整一个礼拜，我都处于绝望之中，种种冷酷的疑团和阴影笼罩着我的文学事业。这之后，我又在楼梯上遇到了玛格丽特·杜拉斯，这次是她从楼梯上去三楼她的家——巴黎许多楼房都没有电梯——我是从六楼我那间简陋的**阁楼**下来外出。她还是操着她的**高级**法语问我——或者说我觉得好像是我听懂了她问我——我是不是已经把我的读者杀死了。跟上次我们的相遇不同，这一次我决定不再装着自己了不起，换言之，不再出洋相，而是不仅竭力表现得很谦卑，而且愿意听从她的任何指教。我用我磕磕巴巴的**低级**法语（或者说是糊里糊涂的法语）对她说，我动手写我的小说困难重重。我企图对她解释说，遵从她的指教，我只想严格控制在写作空间里犯罪让读者丧命。"但是这很难做到，尽管我已经在做了。"我补充说。

那时我注意到，如果说我对她的话懂得不多，她同样也听不懂我说的是什么意思。于是出现了一阵严肃的沉默。"尽管我已经在做了。"我重复道。又是一阵沉默。那时，为了打破这种紧张的气氛，我试图概括地向她说明我的情况，于是含含糊糊地用一种切割方式这样说道："一种指导，这我需要，帮助写小说。"玛格丽特·杜拉斯这一次完全听懂了我的话。"啊，一种指导。"她说，于是邀请我坐进了那儿的接待室（好像她看到我非常疲倦），慢慢地把烟掐灭，放进入口处的烟灰缸，然后有点神秘地走向她的办公室。过了一分钟，她拿着一张四开纸回来了。那张纸好似一张药方，上面写着可能是对我写小说有用的指导意见。她这么对我说，或者说我理解她是这么对我说。我拿过那张四开纸，就直接上街去了。稍后，已经到了圣贝努瓦街的时候，我打开那张四开纸想看看上面的指导意见，顿时我觉得整个世界的重量都压到我的身上了。至今我还记得阅读时我感到的那种无限的恐惧，或者说得更确切些，是一种不寒而栗。那纸上写着：

一、结构问题。二、完整性与和谐。三、情节和故事。四、时间因素。五、精确的文字效果。六、逼真性。七、叙述技巧。八、人物。九、对话。十、地点环境。十一、文体风格。十二、经历。十三、语言风格妙用。

## 12

　　那么，为什么我在连一个读者都还没有的时候，就这般入迷地想把自己的读者全部杀死呢？今天我琢磨，当时我选择这样的想法，大概归根结底是由于在世界上，任何一个人在阅读我的作品时都会一眼就看出我是个习作者，因此我想把读者杀死，尽管我寻找了种种别的理由来向自己解释，这种疯狂的文字罪行无可非议。我记得，在那些日子里，我掩饰着自己杀人本能的真实原因，当别人问我（提问的人还相当多）我跟我的文字读者有什么冤仇时，我卖弄着学识回答说："我想像美国爵士乐小号手迈尔斯·戴维斯表演时那样写作。他在所有的演出中都是背对观众吹小号的。"这时，向我提问的人对我说："那么你是喜欢迈尔斯·戴维斯的乐曲了？"听了这话我一言不发。我之所以一言不发，是因为我不清楚自己是不是喜欢迈尔斯·戴维斯。不错，我曾在巴塞罗那看过他的演出，是在加泰罗尼亚音乐宫看的。当时给我留下最深印象的不是他的爵士乐，而是他的演出在巴塞罗那城的资产阶级中掀起了轩然大波，因为跟所有其他走进过那座音乐圣殿的美国乐师不同，他是背对观众演奏的。实际上，他这样做的目的是更好地集中精力，而不是鄙视正厅包厢和池座的观众。设若鄙视观众，那不就是一种愚蠢的行为了吗！但是，巴塞罗那的资产阶级观众将那视为一种侮辱。

我觉得在那些日子里，我也是背对世界、背对所有人了。没有读者，没有对爱和死亡的具体概念，更糟糕的是，我只不过是一个掩饰自身脆弱、冒充博学的习作者，是一个可怕的四处漂泊、居无定所的人。我把青春同绝望联系在一起，又把绝望同黑色联系在一起。我从头到脚穿着一身黑。我买了两副一模一样的眼镜，它们完全没有用，我把它们买来只是为了显示我更有学问。我开始吸烟斗，大概是受了让-保罗·萨特在花神咖啡馆里的照片的影响，认为这样比单纯地吸纸烟更有趣。但是，我只是在公众场合吸烟斗，因为我花不起那么多钱买烟丝。有时候，在某家咖啡馆的露台上，我一边佯装阅读某个**该死的**法国诗人的作品，摆出一副很有学问的样子，一边把烟斗放在烟灰缸上（有时候根本没有点着），取出眼镜好像是为了戴上阅读，然后又取下来换上与它相同的另一副眼镜，其实两副眼镜阅读都用不上。但是这并不让我太难过，因为我并非真的想在公众面前阅读那些讨厌的法国诗人的作品，而只是**佯装**一位巴黎咖啡馆露台上学识深厚的知识分子。我，女士们，先生们，是一个四处漂泊的可怕的家伙，但是对此我没有任何过错，这也是实情。我们每个人在出生的时候都看到一个狭小的世界，这个世界不管您在任何地方出生都是一样的。不管怎么说，我的世界，我觉得比惯有的世界更狭小。在我最狭小的世界里，我很快就发觉我需要刻不容缓地将它扩大，唯一的原因就是我去了巴黎，并且在那儿住了下来。我有理由感到绝望，因为我不知道路在何方，也不知道这一生要成为什么人，等等。我想到过要解决那个必须成为什么人的难题：首先想成为什么人。在一次偶然阅读了《流动的盛宴》后，我首先想到的是要成为一个作家，可实际上这更增加我在感情上的绝望。不知道为什么，在很长一段时间里我都相信，要成为一个优秀的作家，必须要彻底绝望。

女士们，先生们，在那些日子里，不管在什么事情上，我都坚持认为我是个四处流浪的可怕的家伙。有人在小区人行道上见到我就会躲开，这是有道理的。比如说劳尔·埃斯卡里，诗人何塞·米格尔·于朗这样评论他："他是一个聪明而高雅的人，是一个拒绝写作的真正的作家，在20世纪60年代玛格丽特·杜拉斯的年轻朋友圈子里，他是最杰出的一个人。"这个伟大的劳尔·埃斯卡里，就是第一个在小区的街道上看到我就避开的人，后来他最终成了我在巴黎最好的朋友。现在他住在他的故乡布宜诺斯艾利斯附近的蒙得维的亚，时不时会给我打个电话。就是说，从洛特雷亚蒙诞生地附近的电话亭里，他会不远万里地发送一些自然而然发自他那无与伦比的聪慧心灵的话语过来。

## 13

　　我阅读诗人于朗描写玛格丽特·杜拉斯的那些句子，仿佛让我看到她就在我的眼前："玛格丽特一个接一个地提出问题。那些问题就好像是她自己向自己提出的问题之过滤和回声。她挑拨是非又去劝解，表演情节剧又带有喜剧性。当实际上人家不赞同她的时候，她一定强逼人家说她有理。她放下杯子又拿起香烟。她痉挛似的咳嗽着又不时地停下来。她不停地绞着她那戴满戒指的双手，玩弄着眼镜或者靠着一条围巾的帮助稍稍卖弄一下风情。她经常是哭哭笑笑。她轻易就这样吗？尽人皆知！可实际上，人们对她的了解越来越少，在任何一件事情上，越来越猜不透她想知道什么。"

　　玛格丽特·杜拉斯将作为一个极端放任自己和傲慢无礼的女人留在我的记忆里。她在自己身上不计后果地体现出人类全部巨大而奇妙的矛盾，所有的那些疑问、脆弱和无助，强烈的个性和对共享慰藉的寻求：比如说，她在家中完全放荡不羁地坐在大扶手椅中的机灵动作和毫无顾忌、痛痛快快让自己得到摆脱的表现即是如此。总之，所有面对世界现实我们能够揭示的极大焦虑，那种并非那么成功的作家所经历的悲苦，那些造诣不深、不能为人楷模的作家的忧伤，那些不期待为自己树立一个正确而良好形象的作家的萎靡，我们这些唯一不学无术、却也是唯一具有罕见的勇气在自己的作品中毫无保留地表现自己（在作品中随心所欲）的作家的悲苦，在她身上无不表现得淋漓尽致。我对这些作家怀有深深的敬佩，因为他们玩得最深刻，表演得最逼真，在我的心目中，他们是真正的作家。

## 14

佩雷克的作品我读得很多，但几乎无所吸收。如果我对这位作家有更多的关注，因而在那些日子里，就在他的作品中，比如《空间的种类》，我就会发现他的诙谐和丰富的讽刺，那我就会受益匪浅了。《空间的种类》1974年2月在巴黎出版。恰恰也就在那年的这个月我到了巴黎，在奥斯特里茨车站买了这本书。尽管我喜欢这本书，它所提出的观点———一个人是应该永远住在一个地方还是应该在多处居住，这两者必取其一———深深地印在了我的脑海里，但我仍然认为，不管怎么说，这位佩雷克还是不能跟别的作家相比，比如洛特雷亚蒙，更不要说跟整个那帮**该死的法国诗人**相比了。

昨天，我再读佩雷克书中关于永居一处还是多地居住二者择其一的论述，就是说，是过定居生活还是过移徙生活，是做一个陈腐的民族主义者还是做一个灵魂流浪人物：

"要么，落户定居，找到一个人的根基或赋予根基以形式，向空间夺取地方，将其变成我们的，在那儿建设，耕耘，把自己的家一毫米一毫米地占有，让它完全属于我们的人民，了解一个人是属于塞文山区还是普瓦图地区。

"要么，除了身上穿的衣衫之外什么也不带，不存任何东西，住在一家饭店里，并且不断地改变饭店、改变城市、改变国家，能讲和阅读不同的四五种语言；在哪儿都没有家的感觉，但是在所有地方又都感到很舒服。"

昨天我重新阅读佩雷克这些文字感到很有趣。我把它们以下面的方式概括到一张四开纸上：

"总之，要么跟孙子们一起沿着狭窄的民族主义小道去摘桑葚，要么去旅行，抛下国家，把所有的国家都抛在后面，乘坐夜间世界上灯光明亮的火车去旅行，永远做一个外国人。"

## 15

我的确认为讽刺是一个将现实变为虚幻的强大装置。然而，当我们看到一些已经看到过的东西时——比如，我们在照片上看过某物，而后在**现实生活**中突然看到了它——情况会是怎样的呢？当我们看到**真实的**东西时，是否还有可能会去讽刺现实，不去相信它呢？

佩雷克在《空间的种类》里这样写道："现实生活中真正看到的那些东西，很长时间里在旧词典中只是一个概念和影像：一口间歇泉，一帘瀑布，那不勒斯海湾，南斯拉夫民族主义者加弗里洛·普林西普在1914年6月28日上午11点15分刺杀奥匈帝国皇储弗兰茨·斐迪南大公和妻子索菲娅的地方，那地方在萨拉热窝弗朗西斯科·何塞大街和阿佩尔大道的街角上，正对着西梅兄弟的酒馆。"

不管是否带有讽刺意味，我现在对自己提出的问题如下所述："现实真的存在吗？真的可以**在现实生活中**看到真实的东西吗？关于真实，我同意普鲁斯特的观点，他说，很不幸，片面的、可悲的、可以看得很远的眼睛，或许可以测出距离，但是它不能指出方向：**可能的无限空间**可以延伸，如果真实的东西出于偶然出现在我们面前，那它只能远远地停留在可能之外，我们会突然昏厥，撞在这堵突然出现的墙上，惊愕地晕倒在地。"

那么，当我们认为看到了一点**真实的东西**时，我们看到的是什么呢？我可以说，当出现这种情况的时候，当似乎是真实的东西出现在我们面前的时候，我们应该毫不犹豫地去对这种现实冷嘲热讽，哪怕是仅仅为了避免那种真正真实的东西偶然出现的可能，也是为了消除那堵会让我们撞上的墙壁偶然出现的可能：那堵墙壁我们一旦撞上，它无需任何讽刺就可以让我们昏倒在地。

我能记起有许多次可以说**我真的看到了**一点什么，在那些幻觉过后，我心中暗想：我是不是应该嘲弄——实际上是一种认可自己相信实情的方式——和评论一下什么，譬如说，我很有运气，没有真的看到真实的东西，因为大概当时我已经晕倒了；或者是彻底放弃嘲弄，而对刚刚**真的看到的东西**采取非常严肃的态度，那样我就试图用一种无声的讽刺对待，就是说，我通过一阵深深木讷的沉默，**重新发明创造了**一种讽刺。

一天夜里，我梦见我作为讽刺的重新发明者被载入了史册。我活在一本书中，那本书是一大片墓地，大多数墓碑上，那些被五花八门的方式冷嘲热讽的名字已经模糊得无法辨认了。

## 16

"那一天我看到了永恒。"英国玄学派诗人亨利·沃恩在一句诗中大胆地写道。不管他看没看到，在这儿我都向诗人表示无限的崇敬。他的诗看来是无可争辩的，因为正如奥地利诗人保罗·策兰所说，没有一个人能作为证人为此作证。这一铿锵有力的诗句让人联想起电影《银翼杀手》的结尾，那个临终的人开始哆哆嗦嗦、激动不已地用发自肺腑的诗意语言吟诵道："**我看见了……**"

**我真的看到了**托洛茨基遇刺的那幢房子的办公室，它位于墨西哥的科约阿坎。我先是在电影上看到的。美国电影导演约瑟夫·洛西拍摄的那部关于暗杀托洛茨基的电影是在原场地摄制的，因为在那桩罪行过后三十年，犯罪现场依然原封未动。托洛茨基被杀之后，他的家人继续在那幢房子里住了一段时间，然后就没有人再住过。跟托洛茨基被杀那天一样，他的办公室被保护得很好，比如说，藏书一本未丢。缺少的只是斯大林主义者拉蒙·梅尔卡德尔用来杀害托洛茨基的那把登山冰镐，否则的话，就一切如初了。我早先看过那部电影，托洛茨基被杀的场景清晰地映现在我的脑海里，牢牢地刻印在我的记忆中，但是，在看那部电影的时候，我绝没想到有一天我会亲临那个真真切切的犯罪现场，绝没想到**确确实实地**会看到托洛茨基的办公室；在那个房间里发生的事情，改变了历史的进程。

我是由墨西哥作家朋友克里斯托坡赫尔陪着去参观那间办公室的，他就住在科约阿坎，距犯罪现场只有咫尺之遥。那幢房子里已没有任何人，所以，有一会儿，我们两个人孤零零地面对托洛茨基的写字台，不知道该做什么，也不知道该说什么。那里静得甚至可以听到一只蚊子飞行的嗡嗡声。我很难将这间办公室跟出现在洛西影片中虚构的那间办公室分离开来。不管怎么说，我努力不去忘记面前那是**真正的**办公室，托洛茨基就是在那儿被暗杀的。因此我想，这是一处具有历史意义的地方。仅此而已，我没有想得更多。所以，我只是迟钝地一遍又一遍重复着，这是一处具有历史意义的地方。为了做点什么，我往地板上瞅了一眼，看了看地毯，那时，在那片寂静中，我感到一种介乎于平淡无奇与关系重大之间的奇特感觉涌到了心间

（归根结底，面对任何一桩我们认为具有重大历史意义的事件，都会有这样的感觉），我看到了或者说似乎看到了，在地毯上有一块托洛茨基的血迹还没有被彻底擦洗干净，或者说，还没有随着时间流逝而完全褪色。

我全神贯注地注视着那块血迹，为了做点什么，可笑地想在自己胸前画十字。我感到在那片寂静中，我正在进行一种新型的讽刺。"那一天我看到了血迹。"我想象着，当我回到巴塞罗那，人们问我在墨西哥过得怎么样时，我就这样对他们说。"什么血迹？"人们会继续问。那时，我将不会沉默不语并完全沉浸于我重新发明创造的讽刺之中，就是说，不是浸没在一种无言的讽刺之中，而是重新回到传统的精妙讽刺中去。"没什么，"我将这样回答，"我只想告诉你们，我**真的**看到了托洛茨基的血。"

## 17

我也**真的**看到了巴黎。即使我已经多年不住在那座城市，但我时刻都感到，自己还是继续住在那儿。请你们记住我青年时代的偶像作家海明威的名言："假如你有幸年轻时在巴黎生活过，那么你此后一生中不论去到哪儿她都与你同在，因为巴黎是一席流动的盛宴。"

当然，我不认识巴黎所有的街道，但是所有街道的名字我都在某个场合听到过，或者在某个地方看到过。在巴

黎，即使我很想迷路，那也是很困难的。我有许许多多的
参照点，比如说，我几乎每次都知道往哪个方向可以乘地
铁。在巴塞罗那，由于奥林匹克运动会前后发疯般的变化，
这座昔日文雅而隐秘的城市已经被变成了压得人透不过气
来的旅游消遣空间。我在那里要比在巴黎容易迷路得多，
比如说，要是把我放在奥林匹克村行人稀少的街道上，我
要很久才能辨出方向，更不要说找到公共汽车或地铁站了。

在巴黎，我非常熟悉公交时刻表，我也可以告诉出租
车司机怎样能到达我要去的地方。巴黎真是太棒了，比如
说，跟德国和西班牙的城市不同，除了别的事情之外，她
很聪明地在数百年之间把许多街道的名字保留下来。另外，
在巴黎，城区的特点我都很熟悉，我可以毫不费力地认出
是哪座教堂和其他纪念性建筑物，我知道车站在哪儿。许
许多多的地方和确切的记忆联系在一起：那些我好久没见
过的朋友从前住过的房子，比如说，从前的喜剧院街老比
利牛斯饭店，阿道弗·阿列塔和哈维尔·格兰德斯从前就
住在那儿，现在它已是现代公寓；或者是我在那儿曾遇到
过种种怪事的咖啡馆——譬如说，跟歌剧院相邻的和平咖
啡馆，有一天，在这家咖啡馆里，一个邻桌的陌生人企图
让我相信，按照我的身材，穿跟法国喜剧演员伊夫·蒙唐
在他出演的最后一部电影里穿的一样的衣服会很得体；花
神咖啡馆，在那儿，我跟罗兰·巴尔特简单地交谈了几句，
他告诉我，在做了那家酒吧三十年的顾客之后，那儿的女

收银员在电视上看到了他，知道了他是位作家，请求他送
一本签名的书。既然人家是在像电视这样光彩夺目的视觉
媒体上看到了他，他就决定赠送她一本《符号帝国》，那是
他唯一带有大量插图的著作；在布莱斯咖啡馆，迷幻药对
我产生了强烈的作用，我险些就被一个十分邪恶的情人杀
害了；在双偶人咖啡馆，建筑师里卡多·博菲利不知有多
少次不靠谱地对我说，在巴塞罗那轻而易举地就可以变得
出类拔萃，获得突出的成就，而在巴黎却很难获得成功。
"就像我现在的遭遇这样。"他时刻都这样唠叨；丁香园咖
啡馆，在那儿我习惯了坐在从前海明威惯常坐的桌子上，
而且每次都是逃账不付钱；波拿巴咖啡馆，在那儿玛丽·
弗朗丝陪伴着我（她是异装癖，打扮得像玛丽莲·梦露，
跟我一起在拍阿道弗·阿列塔的地下电影《达姆达姆手
鼓》），我看到一个暴怒的疯子手拿一把锤子闯进来，随便
选了一位顾客，照着他的脑壳就是凶猛的一击，那顾客立
即直挺挺地躺倒在地，命丧黄泉；位于巴克街和圣日耳曼
街交叉路口附近的咖啡馆，在那儿佩雷克提议坐下来全面
仔细地观察一下面前的街道，并把看到的东西记下来，把
引起我们注意的东西记下来，这就迫使我们自己动手去写
"甚至看上去没有意思的东西，最显而易见的东西，最普通
平常的东西，最不起眼的东西"。

　　我喜欢坐在巴黎咖啡馆室外的平台上，也非常喜欢在
这座城市的大街上行走，有时会整个下午都在街上溜达，

没有明确的方向，尽管也不能确切地称之为信马由缰，听天由命，但竭力让自己信步所致。有时我会乘上第一辆在我面前停下来的公共汽车（如同佩雷克所说，不能去乘飞驰中的公共汽车），或者故意地走在塞纳街上，然后从通向贡地堤岸的拱门下钻出来，看看是否在那儿能发现我的魔术师女友停在艺术桥铁栏杆前的修长侧影。

我喜欢巴黎，喜欢福斯坦堡广场，喜欢弗勒吕斯街27号，喜欢莫罗博物馆，喜欢法国诗人和随笔作家特里斯坦·查拉的陵墓，喜欢纳德哈街的玫瑰色连拱柱廊，喜欢"抽烟的狗"酒吧，喜欢瓦什饭店的蓝色正面墙，喜欢码头上的书摊，特别是温森斯城堡附近的一条二级公路，在那儿的路标柱上有一个简陋而古老的指示牌，上面写着标示，好像是我们刚刚到达一个小镇，过了那个镇子我们就要进入巴黎了。我很喜欢在这座城市经过一个许久没看到的地方。但是，反之，我也喜欢经过一个刚刚路过的地方。我对巴黎所有的一切都是如此地喜欢，以至于这座城市对我而言永无止境。我非常喜欢巴黎，因为她没有大教堂，也没有西班牙建筑师安东尼奥·高迪设计的房舍。

## 18

我也**真的**看到了佩雷克本人。那是在1974年年中，那一年他出版了《空间的种类》。以前我在许多照片上看到过他，但是那一天，在圣日耳曼大街的一家书店里，我看到他来推介菲利普·索莱尔斯的一本书，来做一些非常奇怪的事情（我现在不想说起这个）。的确，有一会儿，我**真的看到了他**，这使我感到非常激动。我全神贯注地凝视着他，由于精力过于集中，我的脸一度贴近他的脸，中间只有一拃的距离。佩雷克看到这一反常现象——一个陌生人在他的眼前只有一拃远——顿时作出了反应，像是企图吩咐我带着那张脸滚开一样高声喊道："年轻人，世界是很大的。"

## 19

阁楼里没有桌子，只有一个柜子、一面破旧的大镜子和一张铺在地上的床垫。租了那间阁楼两周之后，一个周日的上午，我跟哈维尔·格兰德斯去了跳蚤市场，花八十法郎买了一张几乎要散架、并且被虫蛀了的木桌，又让他带着乘地铁搬到了我的阁楼。从那天起，我再也不是没有写字台的作家了。今天，当想起那件事的时候，就连我自己都很难想象没有写字台我是怎样进行写作的。不过，这也不应该过于大惊小怪，不管怎么说，总得有第一张写字台，凡事都有第一次。

女看门人不喜欢那张桌子，她对六层楼的住户感到讨厌，那是个夹层，全部是阁楼租户。她每周必须清扫这层楼的公共盥洗室，但是没有人给钱，这委实让她恼火。另

外，她憎恨玛格丽特·杜拉斯。女看门人是瓦伦西亚人，
在西班牙内战后流亡到巴黎。尽管我说我是真正的加泰罗
尼亚人，是她货真价实的同胞，但她对我什么都不闻不问。
她完全变成了一个法国人，再者，她认为加泰罗尼亚人和
瓦伦西亚人有许多不同。女看门人为了使巴黎所有的女门
房都受到尊重，整天板着个脸，对人不理不睬。她看到我
那张桌子的时候，好不容易才忍下来没动肝火。当时她对
我说的那几句话，真让我终生难忘："法国人已经不想工
作，个个都想**写作**，而现在就只差加泰罗尼亚人向他们学
习了。"

那张破木桌，再配上我从巴塞罗那带来的打字机，让
我的阁楼变了样，使它更像一个作家的**居室**了。而当我买
了一些笔记本、两支铅笔和一个卷笔刀的时候，那就更是
锦上添花。要写作的东西我全具备了。在《流动的盛宴》
里有这样的文字："所需要的文具也就是几本蓝色背脊的笔
记本、两支铅笔和一个卷笔刀，再加上大理石桌面的小桌
子和黎明一大早洒扫庭除后的清新气味，以及好运气。"那
么，按照海明威的说法，我已经为写作准备好了一切。再
说，还有一张桌子（他可能认为是假的）和一台来自我爸
爸办公室的小型奥利维蒂牌打字机（他没有提及，因为他
是手写创作）。我有了桌子、打字机、笔记本、铅笔和卷笔
刀，靠了海明威说的这地方降临到我身上的运气，也有了
通过汇票寄来的一笔钱。我爸爸告诉了我，他会从巴塞罗

那给我汇寄几个月的钱，仅仅是几个月，"为的是不至于让我饿死"，也是为了等待我经过考虑决定回巴塞罗那去学习我的法律专业。

借着乌纳穆诺的一本书，没过多久我就找到了我要在小说里讲的故事。乌纳穆诺的书是一部传来传去的手稿，里面的故事总是致读者死亡。但是，正如玛格里特·杜拉斯在她的那张四开纸上对我的教导所指出的，我还缺少小说的各种详细情节；比如说，写这个故事我想利用怎样的**结构**。我很快就找到了，就在我意识到照抄一本已有书籍的结构就够了的那一天就找到了；那样的结构只要我能够喜欢就行了。事情就是这么简单，或者我觉得就是这么简单。不能在**结构问题**上思来想去费太多的脑筋，因为还有看起来更复杂的问题等待解决，比如**完整性与和谐**，或**叙述技巧**，更不要说**语言风格妙用**了。我觉得语言风格妙用是最费神的。因此，在结构问题上不宜有太多的顾忌。我暗自琢磨，说来说去，青年作家就是模仿范本，模仿他们喜欢的作家，我是不会走更复杂的道路去冒险的，哪怕是一辈子写不出作品。

那么，什么是我喜欢的书呢？我决定选一本不能完全说是我喜欢的书（因为我最终完全没有把它读懂），但是它的结构看上去是高知识水平的，这我看得很清楚。我选了弗拉基米尔·纳博科夫，他采取了一种聪明而复杂的手段，利用关于一篇平庸诗作的一大批注释，创作出了他的小说

《微暗的火》。我没再多想就开始动手写作。我想我的小说组织结构将按照一部散文诗手稿的序言和评注布局，那部散文诗将出现在小说中。我写了序言，然后以慢得令人气愤的速度（由于我初学习作），一个接一个地写出阴险的注释和评注，在这些注释和评注的背后，躲藏着毫无思想防备的读者的死神；不知不觉中，读者已读到书的一半，下面将读手稿，读到整本书结尾的时候，施妖术的讲述者就宣布让读这本书的人全部死亡。

写这本《知识女杀手》可不容易，我花了两年的时间写了五十页：这两年时光是关于我青年时代学习写作的情况，也就是这次论述讽刺的讲座的内容。书稿一写完，我就在巴塞罗那诚惶诚恐地（特别是害怕出版）将它交给了出版商贝阿特丽茨·德莫拉。她拿过书稿，不无惊诧地翻了几秒钟，然后看了我一眼，说道："你干了什么事呀？"我不知道她是不是在责备我什么，此刻我倍加惶恐了。"微暗的火。"我断断续续地说，好像这是一份关于我这个习作者自己的《微暗的火》的材料，而不是一本书的题目。"那么说，你要当作家了。"她说。"嗯，是这样。"我回答说。她目不转睛地盯着我，我不知道她是在对我发火还是对我有点同情。我感到必须得补充说点什么，比如说，缓解眼前那种紧张气氛的幽默话。"我想成为像海明威那样的作家，不管怎样，我的个头跟他一样是一米七八。"我说。她依旧死死地盯着我，我不知道要躲到哪儿去。我咽了口唾沫，又补充说道："尽管我的肩膀没他那么宽。"

## 20

今年8月，在我去巴黎的时候，一天下午，我跟妻子到蒙帕纳斯的德朗布尔街上转转，想看看丁戈酒吧是否还在；1925年4月，司各特·菲茨杰拉德跟海明威就是在那儿相识的。

德朗布尔街应该说不长，它位于非常著名而神秘的圆顶咖啡馆后面，酒吧和饭店一家连着一家。我们在那儿只逛了短短五分钟，证实丁戈酒吧连影子都没有了。这实际上相当合乎情理，因为从海明威在那里"跟一些毫无价值的家伙坐在一起"的日子到现在，已经过去了七十七年；那一天，司各特·菲茨杰拉德几乎是冷不丁地扑到他身边，对他说自己认识他，很欣赏他的短篇小说，并随即向他介绍了一位一起来的身材高大、和蔼可亲的男子。他告诉海明威，那名男子叫邓克·查普林，是一位著名的棒球投手。海明威不太喜欢棒球运动，所以从来没有听说过这位先生。

这是一次友情的开始，不过开始得很好，结束得却很糟。在《流动的盛宴》中，海明威是这样写的：初次相见后没几天，两人便出发去里昂旅行。他们去这座城市为的是取回那位成功的作家扔在那儿的敞篷车。当时司各特·菲茨杰拉德已是光彩照人、赫赫有名的作家，身上带了很多钱；而海明威年纪较轻，还是个习作者，囊中羞涩，渴望成功，很高兴跟那位伟大的文学明星相识。《流动的盛宴》里还说，出发伊始，他们在火车上就闹得很不愉快，而在乘敞篷车回家的途中，两人更是闹得不可开交。据说年轻的作家不得不为年长的作家当护士，在索恩河畔沙隆小镇上的饭店房间里照顾他。在那儿，那位大名鼎鼎的作家因饮酒过度而病倒了。他说他要死了，却称自己是死于伤风感冒。那位雄心勃勃的年轻作家不得不对他照顾得无微不至，竭力让那位杰出作家保持平静，给他调制了加威士忌的柠檬汁，让他用这种饮料喝下两片阿司匹林。然后自己便坐下来读一份报纸，等待那位成就卓越的作家从醉酒中清醒过来。

可怜的海明威正在读报纸，他听到司各特·菲茨杰拉德冲他说道："你是个冷酷的人，是不是？"海明威看了他一眼，明白了是怎么回事：如果错不在他的诊断的话，至少也是他开错了处方，威士忌在跟他们作对。"你这是什么意思，司各特？""我是说你可以没事儿似的在那儿读你那无聊的法国破报纸，而毫不在乎我在这儿奄奄一息就要死了。"

菲茨杰拉德并非奄奄一息即将临终。他只是喝多了酒，又在他那该死的敞篷车上被倾盆大雨浇成了落汤鸡，因为遵照他妻子珊尔达的意见，车上的折叠篷被拆了下来。两位作家在索恩河畔沙隆小镇饭店房间里的那段对话非常有趣（海明威在《流动的盛宴》中记述了这些），令人想起了短篇小说《雨中的猫》里的情景和对话。菲茨杰拉德似乎扮演着那个妻子的角色，而海明威则在饭店房间里平静地读着报纸，等待暴雨停下来。在《雨中的猫》里，妻子想把头发留长以便能绾个发髻，想有只小猫躺在她的腿上，另外，她还想在一张蜡烛照明的桌子上用自己的餐具吃饭，希望外面是一片春色。在索恩河畔沙隆小镇的饭店里，一个要求苛刻的司各特·菲茨杰拉德在醉酒中迷迷糊糊地说着，声调跟《雨中的猫》里的那个小女人一模一样。"我要量体温。"菲茨杰拉德说，"然后把我的衣服烤干，我们乘上一趟回巴黎的快车，住进巴黎近郊纳伊利的那家美国医院。"海明威竭力使自己不显得紧张，对菲茨杰拉德说，衣服还没晾干。菲茨杰拉德打断了他的话："我要量体温。"就只差没有接着说："我想要只猫躺在我腿上，当我抚摩它的时候，它就打起呼噜来。我想把头发留长，在一张蜡烛照明的桌子上用自己的餐具吃饭。特别是我想有只猫，我想有只猫，我现在就想有只猫。而且要尽快地到达美国医院。"

回到巴黎之后，海明威诚实地告诉他的妻子，在那次旅行中，他没有从那位著名的作家身上学到任何东西。不管怎么说，如果说还学到了一点什么的话，那就是决不能跟一个我们不喜欢的人共同外出旅行。

海明威和菲茨杰拉德相处的这段插曲是两位天才作家

多次相交和结怨史上最离奇可笑的故事之一。总的来说，一个人从另一个人身上能够学到的东西很少。然后就是两人之间的争斗、强烈的自我表现和最穷者对最富者的妒忌等。索恩河畔沙隆小镇上的那段插曲跟《雨中的猫》那段故事结缘，海明威妻子不安的唠叨（就如一只猫的呼噜那样）可以某种形式证明。海明威把这件事写进了《流动的盛宴》里：当他告诉妻子他永远不会再同他不喜欢的人外出旅行之后，就建议妻子去西班牙。"可怜的司各特。"最后海明威对妻子这样说。"可怜的芸芸众生。这些个长了一身绒毛的猫儿却一文不名。"她补充道。

"可怜的司各特。"这年的8月中，我在巴黎也这样对妻子说，那时我们在德朗布尔街没有找到丁戈酒吧的任何痕迹，已经回到我们饭店的房间里。"可怜的司各特。"那时我妻子说道，"你知道吗？现在我要回去，到互联网上查丁戈。我去街角的那家咖啡网吧查一下，肯定会弄清楚丁戈酒吧在街上的什么地方经营过。"

我趴卧在床上，半入神地阅读着报纸。"你不要淋湿了。"我对她说，没有意识到自己是在像《雨中的猫》中的那个人物一样讲话。妻子不一会儿就带着全部信息回来了。丁戈酒吧曾经开在德朗布尔街10号，现在那儿是一家意大利餐馆，这家餐馆我们以前见到过，当时我们有百分之百的理由认为它太糟糕了。

"威尼斯餐馆，你记得吗？"我记得清清楚楚。在那家餐馆对面的人行道上，就在它的门前，我们看到了一个同海明威酷肖的流浪汉，她说："他真的像海明威，不像你，你一点也不像海明威。"

她从咖啡网吧还带来了另一条有趣的信息：在同一条大街的15号，现在是伦诺克斯饭店，在永远结束他在纽约的生活之后，我所崇拜的马塞尔·杜尚在这儿租了一间画室，实际上，那是我心目中青年时代唯一没有彻底破灭的艺术神话。

"德朗布尔街大概不长，但它肯定比我们所想的更有魅力和高贵，你不认为是这样吗？"我妻子说。我没有回答。外面仍然下着雨，在街上肯定有一只淋雨的猫。我继续半出神地读着报纸，就像在海明威的一个短篇小说里那样。

## 21

里尔克有这么一句话："你要占据最深处，那儿讽刺不会再往下。"勒纳尔也有一句话："讽刺是人类之廉耻。"我要说实话：尽管这两句话备受争议，但我认为堪称完美。不过，我最喜欢的还是我自己的话："讽刺乃真诚之最高形式。"

## 22

有时候，我的讽刺感直达巴黎，那时我便喜欢纽约。再多说一点：每当有人提到杜尚的时候，我就想，我的生活一直行进在错道上，我没有住在巴塞罗那，而是爱上了巴黎，我本应该抛下那么多琐事，一直住在纽约，比如说，住在杜尚的套房家里。在那儿，坐在舒服的大扶手椅里读海明威，读他狩猎、钓鱼、做情人、拳击、做战地记者和饮酒的英雄业绩。我时时都在想：我真蠢！

## 23

我写《知识女杀手》的每一段都感到很吃力。但是，当父亲从巴塞罗那寄来一封信，告诉我他不想再等待我写完那本讨厌的小说，已经决定彻底关闭让我轻轻松松拿到钱的源头时，我却用一种流畅自如的文学语言给他写了一封回信，这封信中使用的语言跟我吭哧吭哧写小说时那种僵硬的语言截然不同。每当我重读这封信时，我都惊讶当时是怎样写出来的：这封信中的文风远远超过了《知识女杀手》中那种拖泥带水、含混不清的文风，它幽默地肯定了那句西班牙格言：饥饿让人聪明。

"亲爱的爸爸：我已经到了完全能够把握自己品德的年

龄，智慧也给予我充足的力量和能力。因此，这正是我完成我文学作品的时刻。为了完成文学作品，我需要平静和少一点分心，不要被逼无奈向玛格丽特·杜拉斯去要钱，也不要绞尽脑汁时时刻刻去说服你，让你相信资助我写小说是值得的，因为长远一点看，当我把小说写完出版受到广大读者欢迎的时候，你将为给我慷慨地提供了资金让我写作感到做父亲的无比骄傲和欣慰。爱你的儿子。"

靠了这封信，我把父亲给我汇款的最后截止日期推迟了一段时间。父亲预感到了我毫无疑问具有幽默感和非常简洁而朴实的文风，于是这样回信说道：

"亲爱的儿子：我已经到了不得不证实他的儿子已经变成了一个傻瓜的年龄。我再给你三个月的时间写完你的杰作。真的，告诉我，谁是玛格丽特·杜拉斯？"

## 24

如果没有来自哈维尔·格兰德斯的生活乐趣，我在巴黎的两年就会更是灾难性的了。我是在露西亚·博塞举办的一次聚会上认识哈维尔·格兰德斯的，地点在马德里的"铁门"纪念地，当时米奇·帕内罗把他介绍了我。哈维尔·格兰德斯是一个非常快活的人，但同时他对生活的看法却是乌七八糟。他主演了他的朋友阿道弗·阿列塔拍摄的地下电影，同时也是画家和斗牛士，他本身即是放荡不羁生活的具体体现。我到巴黎就是去窥视他，除了千方百计、竭尽可能地窥视他放荡不羁的生活外，没有别的目标。如果不是这个窥视哈维尔·格兰德斯巴黎世界的简单意图，我想我是决不会认识玛格丽特·杜拉斯的。因此也就不存在我的阁楼，我生活中的小说也就走了另外的道路：天晓得我是去斗牛还是去从政。为什么不呢？面对生活我已做好任何准备，对什么都无所谓，因此，任何荒唐的事情都可能潜入我的生活，改变我的生活目标。

说到政治，我得说在我租了我的**阁楼**一个月之后，我那西班牙反佛朗哥主义的学生思想已经改变，转而步入了坚定的激进左派，也就是以居伊·德博为导师的**情境主义**行列。我进一步认为，做一个反佛朗哥主义者是件不足挂齿的小事，于是在**情境主义**思想的影响下，开始带着我的烟斗和两副假眼镜在小区里散步，变成了一个典型的充满诗情味道的知识分子和秘密的革命者。但是，实际上，我是一个连居伊·德博作品的一行字都没读过的情境主义者，我属于最激进的极端左派，但对这个左派只是耳闻过。正如我之前所说，我没有什么行动，只是倾心感觉自己属于极左派，仅此而已。实际上，我最关心的是忘掉巴塞罗那令人窒息氛围中的那种崇高理念，能够像自愿流亡者那样享受法国的自由空气。但是，用不了多久我就会明白，把自己看成自愿流亡者是反动的，相反，做一个真正的流亡者，换言之，做一个佛朗哥主义的政治流亡者，却不是反动的。因此，这两者中间有一种微妙的差别，这种差别，至少每当我去拜访那些在巴黎的酒吧间里聚会和策划阴谋，令人毛骨悚然的流亡同胞时，他们都给我讲得清清楚楚。被我甩在身后的巴塞罗那，其氛围令人窒息，可是我那帮身在巴黎的流亡同胞（当中没有一个情境主义者）身边的气氛似乎同样糟糕——如果不算更糟的话，所以，我再也不去看他们，以免每次从那些酒吧出来时都感到痛苦，为那些僵化而令人难以摆脱的对话感到压抑；那些话题的中心，总是围绕着当佛朗哥为他那沉重而僵死的政治主张耗尽精力而死亡时会发生什么事。总之，那些同胞中的许多人已是心力交瘁，被海洛因和西班牙年代最久的老酒弄得心灰意懒，没有了进取心。

我决定跟外国人去交朋友，逐渐地脱离我的同胞那个可怕的流亡世界。那是一个专门围绕反佛朗哥主义转的世界，对我没有一点吸引力。同样，政治本身对我也没有吸引力。我把政治看成是一种爱好或活动，从长远看，到最后它就是要求理想主义和实用主义互相妥协让步。我认为这不仅少有激励进取，而且甚至令人厌恶。只有一次我出席了反佛朗哥大会，那是为向诗人和剧作家拉法埃尔·阿尔贝蒂致敬举行的。当在一个过道里我面对面地撞上玛丽亚·特雷莎·莱昂的时候，我一下愣住了。她就一个人，看了我一眼，突然问我（我很胆怯，也是一个人，另外，我是情境主义者）是否见过她的丈夫。"拉法埃尔·阿尔贝

蒂。"她严肃地补充道,把卷舌音发得非常引人注意而令人
难忘。她等待我的回答。"在那儿。"我说,用手指向目光
能及的最远处。

一切西班牙的东西都开始离我远去了。不过,居伊·
德博也不例外,没有多久,他就变得似乎离我遥远了,尽
管我依旧是情境主义者,依旧感到是他的门徒,不过是一
个失望的门徒。我去看他的电影《景观社会》,那是用他书
中大量的插图拍成的,我感到太枯燥乏味了。因为那不是
让人看电影,而是让人读电影,银幕上只是出现一些课文,
偶尔会闪出瞬间即逝的人物形象,仿佛是一种点缀,又好
像是课文的标点。那些人物形象试图揭示银幕上映现出来
的社会的可怖,但是它们属于我非常喜欢的那些电影,比
如《荒漠怪客》,唯有在这种时刻,当银幕上出现来自电影
摄制术上杰出虚构的人物形象时,我才感到开心,让我摈
弃种种顾虑,跟至少作为电影导演的居伊·德博分道扬镳,
尽管我将不会拿他的信仰做赌注,而是继续追随他。我不
想只做一个庸俗的反佛朗哥主义者。所有西班牙的东西都
开始离我远去了,唯有哈维尔·格兰德斯和阿道弗·阿列
塔两位朋友除外,在他们身上,我看到了**纯真**的艺术家,
此外,我觉得他们是天才的艺术家。我认为我不会看错。
西班牙的东西渐渐地烟消云散了,但是我不能违背事实,
应该说,某些晚上,居伊·德博的门徒忧伤而孤独地喝了
点酒后回到阁楼,开始高声朗读路易斯·塞努达的诗,那

时他感到自己是一个真正的共和派，总是激动难抑，最后朗诵着那些诗句悲恸地哭起来："我是个没有欲望的西班牙人/远离故乡随遇而安/没有痛苦，也没有怀念。"

在那些日子里我就这样生活着，也许是因此我经常哭泣：远离故乡，随遇而安，不知道——我怎么能知道呢？——我正在担当着我文学习作年代小说的主人公。我知道得不多，有时候只知道自己是个有两副假眼镜和一个烟斗的西班牙人，一个不懂得如何对待自己生活的加泰罗尼亚青年，一个如果阅读路易斯·塞努达就变成共和派的作家，一个随遇而安、远离故乡、没有欲望的年轻人，这个人居住在一个恰恰不是流动的盛宴的巴黎。

## 25

热带海洋性气候，颇显衰败，非常潮湿而炎热，这就是基韦斯特岛，谁想要我就可以白送给他。今天，这儿跟当年海明威在那幢老石头房子里安置下来时同样可怕。那幢房子是海明威第二任妻子波琳·菲佛的叔叔作为晚到的结婚礼物送给他们的。尽管那不是个理想的地方，但海明威并非完全不喜欢。每当他从托尔图加斯海域钓大海鲢或者在怀俄明猎熊归来时，他都觉得那是个惬意的好地方。但是，不管怎么看，基韦斯特岛还是少有情趣和优雅。如果说尚存一点情趣和优雅的话，那也许就是像在海明威时代一样，在伦巴舞曲喧嚣的酒吧里，海员们争吵着拳脚相加。

除了在这些酒吧间之外，我在基韦斯特城感到如此无聊和厌烦（我想，在竞赛中被取消资格也是让我厌烦的原因之一），以至于我用了很多时间去仔细地想象我同一个叫司各特的可笑而无用的家伙交友的历史。司各特的前生是巴黎的一个魔鬼，就是张牙舞爪的绿牛魔鬼。

我说他是一个可笑而无用的家伙，也许更精确一些，我应该说他是一个幽灵。这个卡夫卡式的生灵形如线轴，用大量形式各异、五光十色的旧线和断线做成。他只不过是个木制的器具，但也是个有生命的物件，而且天然地长生不老。在涉及与我们的关系上，乃是他活的时间肯定超过所有他所在居住地的顾客。他住在丁香园咖啡馆，除了我本人之外没被任何人察觉。这种情况已经有三十年了，当我去那个地方的时候，我就跟他交谈。

"噢，你叫什么名字？"我第一次见到他时问他。"以前我是绿牛魔鬼，现在我是司各特。"他像落叶飘向地面似的轻声对我说。"你住在哪儿？"我问他。"我一直住在这儿，就住在这座老房子里，今天它叫丁香园咖啡馆，我一直待在门口和柜台之间；以前我住在这个地块一座被遗弃的房子的地下室里。"他对我说，脸上露出一种奇怪的笑容，那种嗓音有气无力的人的笑。

我作了一番调查，探问往昔绿牛魔鬼是怎么回事？

"说到绿牛怪物，也就是绿牛魔鬼是怎么回事，从来没有人弄清楚，而且将来也永远不会有人弄清楚。"神经错乱的法国诗人杰拉德·奈瓦尔曾写过一篇文章，深情浪漫地讲述了这个巴黎古代妖魔鬼怪的故事，在这篇文章的结尾，他这样说。今天我们面临的情况依然如此，从来没有人知道、将来也永远不会有人知道，自从19世纪20年代一个警官最后一次看到他以来，绿牛魔鬼的命运是怎样的。然而，你们已经看到了，我有他的消息，从三十年前我就认识他。我知道他几乎待在那个地方从不离开，两个世纪前的一天，人们就是在那儿看到他突然消失了，只是现在他变成了另外的样子，已经不是一个魔鬼，而是一个幽灵。事实是他继续住在他消失的那个老地方。正如卡夫卡所说，**他远去了，为的是继续留在这儿。**

从前，绿牛魔鬼住在自己的城堡里，那城堡就叫绿牛城堡，位于巴黎市中心。但是他的豪华住所被大火毁掉了，于是，根据奈瓦尔所说，他就躲藏到了一所无人居住的房子的地下室里。那所房子位于蒙帕纳斯大街上卢森堡公园的尽头，靠近天文台林荫路。就是说，尽管奈瓦尔不可能知道，但是多年之后，正是在那个老地方建起了丁香园咖啡馆，而在那个酒吧里，到20世纪20年代，菲茨杰拉德和海明威将经常见面，开始时作为同行和朋友，后来是作为对手和仇敌。

据说在奈瓦尔时代，绿牛魔鬼经常兴风作浪，他擅长纵酒狂欢，实施邪术让无人居住的那所房子地窖里的酒瓶跳舞。大概随着斗转星移，那所房子为了给那家酒吧让路——这并非偶然——就被拆掉了。在那家酒吧里，不知有多少次菲茨杰拉德和海明威消除了他们的分歧。眼下那儿是一个像绿牛魔鬼那样的古代施法者——施邪术让瓶子跳舞的魔鬼——十全十美的藏身处，是我们的幽灵、当今丁香园咖啡馆中的秘密幽灵的理想之地。

幽灵司各特（我这样叫他，因为在这个世界上我是唯一跟他打交道的人）使我们对菲茨杰拉德和海明威的关系记忆犹新。仅此而已，但仔细想来，这意味着许多。难道那两位作家的友情留在我们的记忆中不是意味着许多吗？

我猜想这个鬼怪的旧线和断线都录在一盘磁带里，在这盘磁带里，他绝望地录下了两位作家的全部相聚和误会。他了解两位作家之间发生的一切。他称自己是司各特，跟《了不起的盖茨比》的作者同名，让海明威（对他来说，我就是海明威）永不忘记发生的事情。

沃尔特·本雅明说，一位天使可以让我们回忆起全部忘记的事情。司各特作为一个总是待在丁香园咖啡馆柜台和门口之间的幽灵，每当我去那个地方的时候，他总是让我连那两位作家朋友之间发生的事情的细枝末节都回忆起来。他是一个幽灵，一个魔鬼，一个怪物，他记得海明威和菲茨杰拉德之间的那种关系。在我青年时代经常光顾丁香园咖啡馆的日子里，他认为我是海明威，总是以菲茨杰

拉德的名义，让我回忆起早已忘到九霄云外的我们两位对
抗的同行之间的交往史上那些奇闻逸事。有些晚上，他给
我当面悲剧般绘声绘色地再现两位作家那充满敌视的可悲
场景。那时他便变得不可理喻，脾气暴躁，模仿起海明威
在那家酒吧里对他的老朋友说的那些无情讽刺的话，然后
又模仿后者回答时冷嘲热讽同样不亚于前者的那些话。最
后，他为那些讽刺感到痛苦，命里注定不幸地待在酒吧间
门口和柜台之间，阴险地怂恿我不付账从那儿溜走。在最
后那几次到这家酒吧去的时候，我开始几乎是每次都逃账
了。在过了那么长时间之后，我相信兴许他们再也不记得
我了，于是在这一年的8月中旬，我又鼓起勇气回到了这
间酒吧。当然，可想而知，我进去时不免紧张，特别是因
为——尽管我十分清楚他会看到我——我在心中暗想，已
经过去了那么久的时间，司各特是否仍在那儿。

这个8月，我走进丁香园咖啡馆，没有看到他。这次我
没有带我的妻子到那儿去，为的是避免她再次责备我总是
想象着自己越来越像海明威，尤其是为了不让她发现我想
象着在那家咖啡馆里创造了一个幽灵，这个幽灵把我当成
海明威跟我讲话。我停在柜台前，等待着要桌位。我左左
右右看了多次，什么也没有发现，我感到他已经不在那儿
了，直至我突然完全出乎意料地听到有个人在我身后说话，
继而又笑了起来："你欠了很多钱。"我一下子想到有那么
多次，我没付账就从那儿逃走了。我惊恐地转过身来，却

没有看到他，好像他不在那儿。我环顾四周，觉得他肯定
在门口和柜台之间。但是没有，他不在那儿，或者说我没
有看到他在那儿。不管怎么说，那是他的声音，这绝对没
有错，那声音就像落叶飘向地面一般轻微。而且他的笑也
总是那样，像是来一个嗓音有气无力的人。"你应该记得
我曾是你的保护人，你应该记得是我把你介绍给了马克
思·帕金斯。"我听到他突然说道，而那时我也看到了他。
他在柜台最阴暗的角落里，好像把原来那无人居住的老房
子地下室里所有的酒全喝光了。"你在那儿干什么，司各
特？"我问他，大概用的是一种自充好汉的语调。他长时间
默不作声，就跟做成他的木头一样，忍耐着那段时间。当
我已经坐下来跟侍应生谈话的时候，他就仿佛是从我面前
桌子的木头里钻出来一样，重新发出了他那令人不安的声
音："你欠我很多钱，海明威，我帮助你取得了成功。"他
说，并且有点痛苦地笑了。我可以发誓，在不到一秒钟的
时间里，在绿牛魔鬼的指挥下，丁香园咖啡馆里所有的酒
瓶都跳起舞来。

尽管我看到他比任何时候都醉得厉害，但从根本上说，
我发现他还是老样子，一点没变：仍然是笑得声音很低，
但那种笑仿佛是一种永生不死的人的笑；这个既好看又可
恶、既可笑又无用的家伙上的旧线和断线，我亲爱的秘密
幽灵司各特身上的旧线，也一点没有老化。

## 26

一天下午，我去了劳尔·埃斯卡里的公寓，想就写作中**语言风格妙用**的含义聆听他的指教。对我来说，这是玛格丽特·杜拉斯写在那张四开纸上对我进行小说创作指导的最大的一个谜。"你真的想知道它的含义吗？"当我在他的家中对他说想弄懂那是什么意思时，劳尔这样问我。"这么说你知道它是什么意思喽？"我满怀希望地说。"我知道，但是懒得告诉你。"他回答我说，接着又补充道，"没必要问，去做就行了。"他最后这句话显然令我感到茫然，我想知道他对我这样说到底是什么意思。"你问得太多余了，实际上你行动起来就行了，在这件事上，就是动手去写，没别的好说。一旦你不问那么多事情而是动手写起来，你自然就将面对**语言风格妙用**的问题了。"

我们又回到交谈的开始。"你就不能告诉我**语言风格妙用**是怎么回事，它有什么特点吗？"劳尔·埃斯卡里老大不情愿，实在难以推辞地给我讲解那件事，最后他对我说道："不要在沙龙里跟在兵营里说同样的话，不要在家里跟在学生中间说同样的话，或者在政治性会议上，或者在教堂里，或者在街角的酒吧间，都要使用不同的语言，现在你把事情弄懂了吗？顺便说一下，我们可以去街角的酒吧间了。"

进了街角的酒吧间，他主动对我说："我们的语言要根据环境的变化而变化，懂吗?""但是你，"我对他说，"在家里说话跟在这家酒吧里说话是一样的。""但是，比如说，现在是你妈妈跟我们坐在一起，那我就会用另外的**语言风格**讲话了。""我明白了。"我对他说。那时，好像我那么快就说我明白了让他感到不悦，他又补充道:"实际上，我们在这家酒吧间不应该谈**语言风格妙用**，而应该谈**纯正语言的种类**，它们是各种语言的表现，同一个人可以根据自己所处的具体交谈环境而进行选用。"

"那么，一种**语言风格**跟一种**纯正语言**不是一回事吗?"我问。"当然是一回事。"他回答说，"你看，现在你已经明白何为**语言风格**了，对吗?"我真的已经明白了**语言风格妙用**的含义，尽管我是沿着一条曲折的——或许是非常微妙而充满智慧的——道路学会的。我改变了话题，决定问他:明明他是位作家，为什么多年来却不写作品。突然，我问他如果他写作品的话，将采用怎样的语言风格。他没有回答我。我继续问他，他依旧不回答，最后我没有得到任何回答。他只是微笑，一种无可挑剔的微笑。他的语言风格是我一生中了解的最高雅的语言风格，跟笑容结缘，跟沉默结缘。

## 27

生活中没有不可以改变的东西，一切都是可以改变的。

比如说，我可以住到纽约去，这是我的根本愿望。我可以在纽约的一个套房里安家，而不是待在巴塞罗那，评论着巴黎永无止境。没有什么不可以改变，一切都可以改变。举例说，我们来想想福楼拜的作品。利用想象我们很容易将它改变。只要我们对他的作品揣测一下就可以想到，如果他能拥有更多一点的时间和足够的金钱来整理他的文学遗产，今天他的著作就相当不同了：因为那样他肯定会把《布瓦尔和佩居榭》写完，取消写作《包法利夫人》（应当认真考虑这本书的巨大声誉给作者所带来的烦恼困扰），而《情感教育》的结尾也会是另一副样子了。

要承认，我们的作品之间存在着不可忽略的差距，但是要想到一切都可以改变，现在我琢磨，就我自己的作品而言，举例说，在还没有太晚之前，我应该修改我第七部小说的结尾，提高第九部的质量（我浪费了把情节写得更广阔的可能性），取消第三部，等等。不过，特别是，最紧迫的是润色《知识女杀手》这部恶意伤人的罪恶之书，它是我悲戚的文学处女作。也许我只要改换一下它的题目，讽刺地叫它《烟斗和绝望：青春的过错》。不知道是否应该如此。我认为应该给我文学事业的最初学步加些欢快的色彩，美化一下那种带点阴险的初步社交活动。由于殡葬纪念物的特点——就像埃及国王图坦卡蒙的陵墓一样，打开它的人都会死亡——我应该用这本书作超现实主义者打算做的事，给巴黎先贤祠的阴郁庄严氛围一些欢快的气氛：

将它竖着分成两半，从中间劈开一条五十厘米宽的裂缝。

## 28

说到先贤祠，我所了解的最具讽刺意义的语句——可能也是最不可超越的讽刺性语句——是马塞尔·杜尚为自己写的墓志铭，在他的墓碑上可以读到：

**无论如何，要死的总是别人。**

## 29

刚才有人要求我讲话声音再高些，那可真不清楚他是出于何种目的：是想给这次讲座捣乱还是他双耳失聪了，抑或是出于对我的过度崇拜。

但是，一言以蔽之，不管怎么说，我还是要把声音提高些。

我住在巴塞罗那，那个永无止境的巴黎吸引着我，令我心驰神往，不过，我不能自欺欺人，我非常渴望在纽约多待些时间，真的，我一生只在那儿过了一次夜。

纽约是来自远方的一个梦想。许多年来，我都回味着一个梦，在那个梦里，我看到儿时的我身在20世纪50年代我父母家的院子里，在巴塞罗那罗塞隆大街上，对面是智利电影院。在那个梦里，我独自一人在玩足球（孩子往往是这样），笼罩在周围耸立着的八层或十层高楼的阴影中。但是，那儿发生了变化，跟过去不一样了：那些房子变成了一座宏伟的摩天大楼耸立的城市，变成了纽约城。我眼前已经不是我小区里的房子，而是一片摩天大楼，这使我产生了一种强烈的无与伦比的满足感和幸福感，仿佛我不是待在地球最偏远的角落里，而是置身于世界之都纽约。这个壮丽的梦，我反复做了那么多次，以至于我觉得自己必须去了解那座伟大的城市，要把我在童年时代那个西班牙战后土里土气的世界中获得的简朴欢乐迁到世界的中心去。

有一天，我突然接到邀请，要去纽约过一夜。

他们请我参加在曼哈顿一家图书馆举办的一场座谈会，尽管只有一个晚上，时间短了点——接下来应该在普罗维登斯和波士顿还有另外两场座谈会——但我还是接受了邀请，去了纽约。我去的目的主要是为了看一看，当一个人置身于他在多次回归并且感到无比幸福的梦境中见到的那个真实世界时，会是怎样的一番情景。

到达纽约后，晚上我一个人孤零零地待在饭店的房间里，箱子还没有打开，我就往窗外眺望，观赏周围的那些摩天大楼。从视觉上，就跟在院子里的梦中一模一样，没有半点特别之处。我已经处于我的梦境之中，而这梦境又是真实的。但是，正如所预期的那样，此时我并没有因为到了梦中那个真实的世界而增加丝毫的满足和愉悦感。我到了纽约，仅此而已。我上床躺下入睡了。那时我梦见我在纽约的一个院子里玩耍，周围是巴塞罗那的房子。突然，我发现梦中导致出现那种宏伟景象的从来就不是纽约城，而是在梦中玩耍的孩子。那个孩子就是我，每次都是他惹得那种景象出现在我的梦中。第二天清晨，尽管我确实是在纽约醒来，但心中还是十分忧郁，因为眼前摩天大楼林立、有着无可否认的魅力的纽约，对我已是小事一桩，没有太大的意义了。证实我的确喜欢纽约超过喜欢巴黎也是小事一桩。而要紧的是，当我醒来时，那个孩子不见了，我失去了梦中那种真正迷人的魅力。我整天像个梦游病患者似的走着，那是我平生在纽约度过的唯一的一天。

## 30

打开《知识女杀手》（这是女杀手本人写的书，尽管读者到最后才会知道），第一个句子几乎是完美无缺的，它讲的是叙述者一生错综复杂的种种哭哭笑笑的遭遇（实际上它是我写的全书的最后一个句子，关于这句话下面我还要提及），接下来是这样说的："那是去年的事，在不来梅的老饭店里，我在寻找韦达·埃斯卡比亚，顺着迷宫般的走廊，我到了他住的666号房间，房间的门似乎半掩半闭……"

女杀手告诉读者，她在不来梅老饭店的666号房间发现韦达·埃斯卡比亚已经死亡。站在尸体旁边，她看到他躺在地上，好像是在阅读《知识女杀手》原稿时死神突然来到他的身旁。稍后女杀手又表明，1975年5月，她从不来梅附近的沃普斯韦德寄给韦达·埃斯卡比亚一封私人信、《知识女杀手》的手稿和对这部手稿的评注。

我之所以选择不来梅和沃普斯韦德——对这两个城镇我完全不了解，只知道它们都属于德国——实际上非常简单，那就是出于小说情节的需要，我得找一个距巴黎不太远的城市名字，而那时在阁楼里我手头只有奥地利诗人勒内·马里亚·里尔克的《致一位青年诗人的信》。于是我闭上眼睛把这本书打开，停在了第四封信上，这封信是1903年7月在不来梅附近的沃普斯韦德写的。那时我立刻意识到我找到了我要找的城市，而同时也找到了一个怪名字的镇子，如果不用它，那是一种遗憾。就这样，两个城镇，一个怪名字的沃普斯韦德镇，一个不来梅城，都出现在了我写的第一本书的首页上。随着时间的推移——我翻阅《知识女杀手》首页的次数远远超过其他页——它们对我便成了两个神秘的名字，两个成为了**我本人一部分**的名字。

现在请允许我把讽刺放在一边几分钟，静下心来、心无旁骛地回忆一下历史上的那几天我在阅读什么。我相信我在读马里亚·里尔克和米格尔·德乌纳穆诺，仿佛他们是心理治疗性书籍的作家。我觉得，跟乌纳穆诺写的《怎样写小说》一样，我阁楼里也有里尔克的书，我首先想到的就是如同这书的题目暗示的那样，它会教我如何写作。这本书我是在拉胡内书店买到的，就像一个人买到一颗珍珠那样，他认为它能够解决他的生活问题。买到那本书，也只能说明让我的心灵得到慰藉，让我想到，今天在这儿，在这个大厅里，听众们之间可能会有一位诗人在听这次讲座，他认为，从我对我初学写作年代的讽刺阐述中，可以学到点什么。

设若如此，我倒建议这位青年诗人不要陷入可悲的误解。既然我们来到这个世上是为了学点什么，却什么也没学到——在离世时，我们比来到这个世界时懂得还少——那么就更不要说这位青年诗人能在一次讲座上学到什么了。就这次讲座而言，讲演者唯一确信的——哦，也许这位青年真的能学到点什么，也许能学到我讲给你们听的东西，这并不算少——我唯一确信的就是，惯常的持久写作往往跟作家荒唐的言行有关，相反，辉煌的事业却往往是我们突然做出来的。

虽然说我没从里尔克书中学到什么，然而这本书**以它自己的方式**给了我一点帮助也是真的，而且是有趣的。把这一点说清楚我认为并不多余。这本书不仅帮助我找到了德国一座城市和一个镇子的名字，而且还帮助我写出了**我的女杀手**的信的开头几个句子。这些句子跟里尔克致那位青年诗人第四封信的句子一模一样。那封信是里尔克在1903年7月16日从不来梅附近的**沃普斯韦德**寄出的，开头的句子这样说:"我离开巴黎,来到了这片北方的大平原,这里的辽阔、安静和天空让我得到休息。"

然而,虽然这两座城镇伴随了我多年,我却从来没想到某一天我还去那儿旅行,就如几个月前最终发生的事情那样。数月前,几位教授邀请我到不来梅去宣读我的作品,他们无意中为我提供了去我全部作品中涉及的第一座城市和第一个镇子旅行的机会。我立刻接受了邀请,但是我很快就暗自想到,如果他们把我安排在不来梅的**一家老饭店**里下榻,特别是考虑到如果出现文学中那种恐怖的可能性,不管是老饭店还是新饭店,我的房间号都可能是666,那可就麻烦了。

如果为我安排的房间是666号——这种事我觉得,或者说我希望觉得是极不可能的——那我肯定以为自己是个死人了。我心中揣摩:也许我的全部作品就在于此;在于写了三十年,最后又回到起点去;在于艰难地画了一个封闭的圆,最后又回到——我们不要忘记666是魔鬼的代号——我写的第一本书开头的几个句子去,回到或者说成为这些句子致死的牺牲品,正如我手稿中的韦达·埃斯卡比亚的遭遇那样,他是我在作品中杀死的第一个人物。

我去了不来梅,那是一家现代化的饭店,房间号正如我所期望的那样,远远不是666。我松了一口气,那天晚上我一下子就从我担心的那些魔鬼中解脱出来,在宣读完我的作品后,晚餐中间,我大胆地开玩笑谈及我已经消除的恐怖。"那么，如果说魔鬼真的正在666号房间等着你，会不会是在沃普斯韦德？"我永远不会知道是何人问了这句话。可事实是第二天我决定了要去沃普斯韦德，这部分是因为想挑战魔鬼，但也是因为对钻进了我第一部著作开头几句话中的那个镇子感到好奇，它的名字很是稀奇。在去沃普斯韦德镇途中的公共汽车上，我产生了一种奇怪的感觉。这种感觉三十年前我曾在《知识女杀手》的第一页上写到过，三十年后的今天，它又进入到我的躯体之中了。到了沃普斯韦德，我发现里尔克1903年到这个安静的镇子上来过，那是因为保拉·莫德尔松-贝克尔是他的朋友。我参观了这位有趣却命运多舛的女画家的博物馆，买了几本论述当地艺术史的书，也买了一本德文版的《致一位青年诗人的信》；那本书我在巴黎的阁楼里有过，但是很久以前丢失了。书中写到了那片北方大平原的辽阔、安静和天空，说来奇怪（或者是不奇怪），那一刻我就在那片大平原上。

莫德尔松-贝克尔将人物作为静物去画。她去世时，里尔克献给了她一首诗，题目是：《献给一个女朋友的安魂曲》。她是一位有天赋的画家，但是在她三十一岁时死神将她带走了，这让里尔克非常悲痛，他伤感地写道："在某个地方，生命和伟大的事业之间有一种古老的敌意……"我在博物馆待了很长时间，然后便在镇上散步，通过在博物馆欣赏到的风景画，我开始想到，那是在黄昏时分，在清风抚慰下，我行走在20世纪初的沃普斯韦德镇上，行走在北方大平原上。在广阔的天空下，深色的原野向远处延伸，远处连绵不断的山丘披盖着欧石楠，周围是刚刚收过荞麦的茬子地。展现在我眼前的这一切是那样地强烈，那样地真实，以至于让我感到恐惧。那时我想起了666号，也想到我已经到了那个镇子上，明明知道去那儿要冒遇上那个号码的风险，要冒我作品中那个阴险的圆随时都会突然封上的威胁。但是，哪儿都没有见到666这个号码。我在公路上靠近公共汽车站的一家露天咖啡馆吃了一个普通的草莓冰激凌，然后就回到了不来梅。

我对魔鬼的恐惧到此为止，停在了一个草莓冰激凌上。

## 31

停在了一个草莓冰激凌上吗？

过了几个星期，不来梅市和沃普斯韦德镇早已被我抛在身后，我必须从巴塞罗那赶到马拉加去，晚上在那儿的拉里奥斯饭店紧张工作几个小时后，第二天就赶回来。尽人皆知，一切都会发生，或者说一切最终都会发生，有时候，在你完全没有思想准备的时候，事情突然就发生了。我急急忙忙赶回来的时候，正赶上了从马拉加飞往巴塞罗那的西班牙航空公司JKK666航班。这几乎令人难以置信。他们怎么敢给飞机编一个魔鬼的号码？在长时间等待那个极糟糕的航班起飞时，我担心本来揣测可能在不来梅发生的那件事，现在恰恰可能要在飞机上让我遇到了。因为同样尽人皆知，不管是上帝还是魔鬼，最后都越来越表明没有任何事情是十全十美的；有许多事是笨人做的，你经常会看到去剧院看演出的人迟到即为一例。但随后我改变了想法，觉得相信那些如此带有明显文学色彩的东西是落入圈套，委实荒唐，并且认为我绝对不会有事，于是我就登上了飞机。

我的邻座是一个神经质的年轻人，这样的年轻人大家都曾在飞机上遇到过；他们的表现就是不停地动，仿佛是刚喝了很多酒，或者是刚服食了高浓度的可卡因。当空姐强行吩咐他系上安全带的时候，我们认为总可以从他的紧张中放松一下了。但是，事情完全不是这样，他在安全带里继续紧张不安地乱动，甚至他那紧张不安的状态都开始感染我们了。他惹得我烦不胜烦，以至于我在强压着自己最原始的本能的同时，不可避免地狠狠瞪了他一眼。我真想给他一记耳光，给他系上三条安全带。那家伙还是在那儿不能自控，在位子上乱动，举例说，他拿过航空公司的杂志，然后又放回去，不知这样反复了多少次。他不停地对空姐提出荒唐问题，紧张地往窗外反复地看，还有那些招骂的怪动作，就更不必说了。我仔细地审视了他一番，他从头到脚穿着一身黑。我专注地看他的脑袋，仔细观察着他的脸，感到了一阵短促的不寒而栗：那个青年人有一脸魔鬼的神气，面孔有点像杀手，和在写《知识女杀手》

时的我酷肖。

这时，飞机起飞了。

他是一个骗子，抑或是一个完全与我不相干的人，或者是年轻时的我本人？无疑是第二种，因为他除了乘坐西班牙航空公司JKK666航班的飞机和面孔有点魔鬼相外，没有太多的理由值得大惊小怪。但是，为了以防万一，我还是力图约束他。我重新向他投去一种挑战的目光。我也尽可能地向他投去我在写我的著作时，跟我想象中的知识女杀手拥有的同样冰冷可怖的目光。我想这样会使那个年轻人发愣不知所措了，不过这只是我的想法，事实却完全相反。当我打算不再理他的时候，他又重新开始了他那紧张的动作：把航空杂志拿起来放下，放下又拿起来，勉强地看上一眼，随即又放回原处。我已是忍无可忍，正想冲他投去最后的、最严厉的、最有威胁性的责备目光时，我突然清楚地意识到：如果在70年代，举例说，他以海明威为榜样，完全被自己青年时代的绝望所左右不能自拔，那他就已经自杀了，我现在也不会活在人世了。我看到我一直在依靠着那个青年杀手，如果他把我忘记，我就会死去。当然，反之同样如此。

我把发生的事情记在笔记本上，打算让他看到。我这样写道："感觉同时身处两时两地。"那个魔鬼相的青年人太紧张了，没去读我写的东西。我心中想，比方说，如果我告诉他："当你到了我这个年龄的时候，你会千方百计地想有个人承认你的体态像海明威。"那时会发生什么事呢？他肯定会以为我是个疯子，或者也许他会以为我是想同他建立情爱关系。什么事情都会发生，除了猜到他跟我年轻时一样之外。我在他身边始终在一种死板而压抑的沉默中抵达巴塞罗那。飞机在这座城市降落之后，我让开过道上的路请他先走。"年轻人先走！"我发泄地说，企图用这些话部分地补偿一下在那次没完没了的飞行中长时间遭受的压抑。"魔鬼到处都有！"他傲慢地回答说，险些把我撞倒。我从未见过有人如此急不可待地走出机舱，这让我领略了什么是风风火火的人。

32

海明威说，当春天降临到巴黎，即便是虚假的春天，除了寻找什么地方能让人过得最快活以外，再没别的问题了。我记得很清楚，1974年春的第一天，不是春天正式的第一天，而是4月一个阳光明媚的日子，具体的日子我记得很清楚，是4月9日，那一天雨季突然彻底结束，所有人都脱下冬装，涌到了咖啡馆的室外平台上。一切都让人感到快乐和幸福，但对年轻时代处于惯常的绝望状态中的我却是一种严重的灾难。巴黎是一个灰蒙蒙多雨的城市，但是当春天来临，咖啡馆里挤满了人，大街小巷都飘起了歌声（那些歌声仿佛来自各个角落），唱起了《玫瑰色的人生》的时候，她就变成了世界上最美妙的城市，哪怕是一个人不喜欢这样的景象而喜欢黑色的生活，他同样会感到快乐和幸福。

那个4月9日，当我和玛格丽特·杜拉斯、劳尔·埃斯卡里正要穿过圣日耳曼大街的时候，一辆大型黑色轿车突然停在了我们面前。那辆车几乎像一辆殡葬车，总之，跟春天完全不沾边儿。我往车里看了一眼，发现里面坐的是朱丽娅·克里斯特娃、菲利普·索莱尔斯和马塞兰·普莱内，还有第四个人我没认出来。索莱尔斯摇下车窗，跟玛格丽特简单地交谈了几句。他们说的话我什么也没听懂。然后，车子重新启动，渐行渐远，最后彻底消失在大街的尽头。那时，玛格丽特·杜拉斯说道："他们要去中国。"

我再次想到她讲的是**高级**法语。他们要去中国，劳尔·埃斯卡里用一种既郑重又讽刺的口吻重复道。我忍不住高兴地哈哈大笑起来。我笑是为了不说反对的话。有趣的是那些人要去中国是真的。1974年四五月间，一个由《原样》杂志人员（索莱尔斯、克里斯特娃、普莱内）和弗朗索瓦·瓦尔以及罗兰·巴尔特组成的法国代表团访问了中国。他们从北京去了上海，从南京去了西安。回到法国后，罗兰·巴尔特在《世界报》上发表了一篇著名的文章，表示对在中国的所见所闻大失所望。他觉得中国的茶跟它的风光一样平淡无味。这种看法和对毛主义的某些思考是那篇文章中最令我难忘的东西。文章发表于1974年5

月24日——又一个春光明媚的日子——我是在我的阁楼里
读到的，当时对他的那些话悄悄感到惊讶。文章的题目是
《那么，是中国吗?》，有人断言，这篇文章已经进入了20世
纪的法国文学史。

## 33

你们想想，什么是绝望的根本起因。对此你们会各有
各的看法，我来告诉你们我的看法：爱情的反复无常，我
们身体的脆弱，社会生活压得人透不过气的贫困，悲哀的
孤独（从根本上讲，我们每个人都生活在这种孤独中），友
谊受到挫折，以及生活习惯带来的单调乏味和麻木不仁。

在天平的另一端，我们发现了巴黎。这座城市，或许
是因为她永无止境，也或许是因为她的神奇美妙，她无所
不能，她能让人找出各式各样的原因使自己感到幸福。但
是，另外，如果一个人在巴黎像我在那些日子里一样正处
于青年时期，实际上还没有体察到导致绝望的真正的、最
根本的原因，他就不会理解我所感到的那种极端的不幸。
那他怎么办呢，在巴黎绝望吗? 那我可就蠢得不能再蠢了。

我对这件事左思右想，并且记起了法国作家西奥朗的
一段笔记，他说："巴黎——在这座城市，可能会有某些有
趣的人可看，但是，你谁都可以看到，唯独看不到他们。
那些讨厌的人在折磨你。"

我心中想，当我住在巴黎的时候，我从来分不清谁是有趣的人，谁是讨厌鬼，这很可能是由于我置身于愚蠢的绝望之中，本身就属于那一大批让人讨厌的家伙。

## 34

我认为生活在绝望之中非常高雅。我在巴黎度过的长长的两年时间里，始终这样认为。实际上我几乎整个一生都是这么想的，直至这一年的8月，我始终生活在这一谬误之中。在这一年的8月，我内心对绝望中之高雅的信仰先是动摇，后来就彻底崩溃了。这一信仰崩溃之后不久，另外那些同样美妙的信仰，也如空中楼阁一般瞬间消失了。比如说，认为瘦削是作为知识分子的最根本的条件，认为胖子——随着我自己发胖带来一大堆麻烦，我越来越这样想——没有诗人味，也不能成为知识分子。

这个8月我去了巴黎，等待着第二天我妻子来跟我相聚。黄昏时分，我走出饭店，顺着雷恩街往前走，一直走到花神咖啡馆，混入大街上水泄不通的人群，又往前走，直至圣贝努瓦街5号。我这样做，仿佛自己仍住在那里，而我只是在回家而已，就像在其他任何一个傍晚回家那样。但是我突然意识到，我有点像是幽灵，有点像一具尸体，被允许从坟墓中爬起来几个小时，回到被遗弃的他青年时代的大街上，正是在那些街道上，一切都面目全非，一切都大大地改变了。

我像一个幽灵似的在我以前居住的小区里走着，猛然间发现，绝望并没有什么高雅可言，特别是如果绝望者是一个幽灵的话。我在那些如此熟悉的大街上毫无目的地走着，不认识那个区的任何人，甚至连我住过的那座房子都找不到，阁楼都上不去，因为我已不住在那儿了。我感到自己是一个从坟墓中请假出来的死人，一个幽灵。这种感觉是凄凉的，因为我看到了青年人和成年人之间那道深深的不可逾越的鸿沟。意识到这一点令我感到极度痛苦，我明白巴黎那个永不停息的广阔世界许久以前就离我而去了。

黄昏里，我像一个幽灵似的游荡，我从来没有像现在这样深刻地明白了，我们每个人都承受着死人那种悲剧性的孤独和寂寞。设若在往昔，像一个幽灵似的游荡，我会感到很高雅。但是，这个8月的黄昏，一看到我在我从前居住过的小区里已经不是任何人，我就明白了天晓得什么样的滔天大祸隐藏在绝望的**高雅**内部呀！我绝望地走在以前住过的老居民区的街道上，心情一点也不愉快。如果想死并非高雅，那么已经死亡和在曾经活过的那些地方散步就更没有什么高雅可言了。

我想起了一部英国电影。在这部电影里，他们让拿破仑在巴黎重新登陆，而让他的一个替身在圣赫勒拿岛出现。拿破仑的问题是，在巴黎没有一个人认识他，他很快就意识到，如果他过于坚持让人尊重他的身份，那就要冒被送

进巴黎疯人院的危险，里面的那些疯子个个都声称自己才
是唯一真正的拿破仑。

　　我也想起了那些日子里的一个奇怪的朋友，他是巴黎
的一个年轻人，住在雅各布街，离我的阁楼不远。这位朋
友曾陷入神经错乱的泥潭，自认为是拿破仑，在居民区中
散步。我记得他的许多事情。有时候，我看到他摆出拿破
仑的姿态，坐在富斯坦堡广场德拉克洛瓦博物馆小巧舒适
的花园里。我偶尔跟他交谈。"你看，"我记得一天他这样
对我说，"昨天我是个啪嗒学派①，相反，今天我只是拿破
仑。"

　　啪嗒学派是怎么回事？我是**情境主义者**，从来没听说
过什么啪嗒学派。他们是情境主义者的亲戚吗？几天之后，
当我对啪嗒学派有所了解时，我决心还是继续只做情境主
义者，以免自己在文学人格和政治人格上产生过多的混乱。

　　我开始走雅各布街上我那位奇怪的朋友的疯癫之路，
走居民区里的拿破仑之路，打扮得像个年轻人，摆出知识
杀手的神气，戴着知识分子眼镜，叼着可笑的萨特式烟斗
（我没有意识到这个烟斗更令我资产阶级化，而不是赋予我
一个该死的诗人的形象），上衣和裤子都是严格的黑色，眼
镜也是黑色的，脸板起来，一种无所谓的神情，现代化得

_____

　　① "啪嗒学"为法国现代戏剧怪才阿尔弗雷德·雅里（1873—1907）所创，是
对形而上学的戏弄和超越，暗示为形而上学的"上学"，至今已成为一个独立的文
学、艺术和哲学现象。——译注

可怕：一切都是黑色的，就连未来也是如此。我只想成为一个该死的作家，绝望中最高雅的作家。我突然把海明威扔到了一个角落里，一方面开始读荷尔德林、尼采和马拉梅，另一方面开始读我们可以称之为文学先贤们的作品：罗特雷亚蒙、萨德、兰波、雅里、阿尔托和鲁塞尔。

在那些日子里，我开始在居民区的街道上散步，感到自己是一个有趣的人。有时候我坐在花神咖啡馆或舅舅家咖啡馆的室外平台上，力图让路人注意我，看到我嘴里叼着萨特式烟斗，摆出一副危险的法国青年诗人的神气在阅读。有时候（我对选择这种时刻很有研究），我会从假装阅读的书上抬起眼睛，那时，我那该死的作家的犀利目光，就会产生极为平稳而精确的效果。

在那些日子里，我经常说生活之重是难以承受的，我什么都不想，一心只想死去。"实质上，这是你想避开侮辱的一种伎俩，你不想承认，在上帝死亡以后，你什么也不是了。"几年之后，聪明的朋友劳尔·埃斯卡里从蒙得维的亚（洛特雷亚蒙出生的城市）对我这样说。这是我第一次发觉，也许高雅的内涵可能与我一直认为的不太一样。也许高雅就是生活在当今的欢乐之中，这是我们感到自己永生不死的一种方式。

没有人要求我们过玫瑰色的幸福生活，但是也没有人要求我们生活在黑色的绝望之中。正如中国谚语所说，没有人能够阻止黑色的不祥之鸟在头顶上方盘旋飞翔，但是可以阻止它在头发上做巢。"我不做任何不愉快的事。"蒙田说。我们也曾在一部著作的开头看到过福柯这样伟大的语句:"你不要认为自己是个革命者就应该感到悲哀。"

但是,在巴黎青年时代的那些日子里,我认为欢乐是一种愚蠢,是一种粗俗,我带着明显的欺骗性装作阅读罗特雷亚蒙,却不停地骚扰朋友们,时时刻刻向他们暗示人世间是悲哀的,我很快就要自杀,因为我一心只想死。直到有一天我在丁香园咖啡馆遇上了塞维洛·萨杜伊,他问我周六晚上干什么。"自杀。"我回答说。"那我们就在周五碰头吧。"萨杜伊说。(数年后,我听到伍迪·艾伦说出了同样的话,我一时惊得目瞪口呆,萨杜伊走在他前面了。)

自从那天起,我带着自杀的想法去打扰朋友们的次数就少了。但是,有很长一段时间,我还是保留着我固有的绝望即高雅的想法(直到这年的8月,这种想法才彻底粉碎)。直至我发现,忧伤地、像死人一样绝望地在你居住过的巴黎居民区的街道上散步,不可能有什么高雅可言。这是我在这年8月想明白的。从那时起,我就认为高雅在欢乐之中了。"有几次我开始学习形而上学,却都被欢乐幸福打断了。"马塞多尼奥·费尔南德斯说。现在我认为,人生在世体会不到生活的欢乐,那不是高雅,而是真正地令人厌恶。费尔南多·萨瓦特尔说:那句地道的西班牙语格言——**用哲学对待事物**——并非意味着要无可奈何地对待事物,也不是要板起脸来对待事物,而是要欢快地对待事物。

当然，不管怎么说，为了绝望，我们就得永生。

## 35

1974年6月的一个晚上，在圣贝努瓦街的一家饭馆里（那时罗兰·巴尔特已经从中国回来，巴黎的天气已经热起来），玛格丽特·杜拉斯想知道我喜欢什么样的文学创作风格。

"马拉梅还是兰波？"她问。

一口咖啡把我呛住了。

我根本没明白她在跟我说什么。我曾花了些精力倾心阅读过这两位作家的作品，却远远不知道他们代表着两种不同的文学写作方式——定居坐下来写作和到处流浪写作。马拉梅终生没有离开他在巴黎的居所，从没有放弃过他的写字台，他认为语言的能量更多的是用于改造和创造人间之谜，而不是把人间之谜说清楚；兰波在很年轻时就离开了巴黎，写作使他在非洲的历险生活中迷失，变成了一个商人，他"特别喜欢吸烟和喝浓得像熔化的金属一般的烈性酒"。

跟我们一起吃饭的阿道弗·阿列塔看到我惶恐不安的脸色，赶快过来帮我解围，用了简短的几秒钟给我解释清楚了玛格丽特·杜拉斯刚才提出的选择是什么意思。那种选择跟随了我一生。那一天，我的第一个冲动是选择兰波的道路，这条道路近乎是赞美海明威基于历险的几种生活方式，这些生活方式也基于缓解一些**男性**的生存观念。这种选择让我受到历险的诱惑，站在兰波的一边，"他写无言的静穆，指明难解的事物，关注迷惘的心境"。但是，我立刻又想到，兰波的著作我觉得平淡无味，令人腻烦，最好我还是选择马拉梅的道路。因为，如果我兴趣盎然地宣称喜欢在流浪中写作的原则，那玛格丽特·杜拉斯可能马上就会卖弄地问我，见什么鬼了，既然我那么喜欢阿比西尼亚和兰波，干吗不离开巴黎，把她的阁楼给腾出来！再说，我也不能忘记，那个写出他喜欢吸烟和喝烈性酒的人，在非洲已经变成了一个有节制、吝啬和伪善的人："我只喝白开水，每月付十五法郎，一切都很贵。我一根烟都不吸了。"

我正想选择马拉梅，却突然犹豫不决起来。就本质而言，马拉梅比兰波对我更合适，因为居所和写字台是心存疑虑的理想之地，并且这两样东西还有额外的优势：防止我们变成疯子。仔细想想，这实在有利无弊，特别是如果我们都像我所相信的那样——不这样选择，我们将来肯定会变成疯子。这绝不仅仅是一种怀疑，而更应该说是一种正确的判断，尽管这种判断是如此地简单，就如现在我对这次将持续三天的三场讲座第一场的正确判断一样：此刻它只剩下最后一部分了。现在我来读关于写字台上的条理整齐和混乱无序这一部分，以此结束今天的讲座。

## 36

　　我认为，兰波和马拉梅之间的这种二分法，不经意地被我反映在了《知识女杀手》中。我在这部作品中虚构了两位截然不同的作家。一位名叫胡安·埃雷拉，他颇有社会地位，终身以狂热的秩序维护者著称，说得更确切些，是一个资产阶级秩序狂。他针对混乱无序对秩序的冲击（20世纪30年代的极权主义）写了许多作品。另一位叫韦达·埃斯卡比亚，是一位非常糟糕的作家，一个混乱无序的活生生的形象。前者喜欢定居坐下来写作，后者则是一个顽固的流浪者。显然，他们的创作场所有天壤之别。

　　不管是在巴黎还是在塞特港，抑或是在特鲁维尔，胡安·埃雷拉用的是同一张写字台。在那张写字台上，他根据一种永不变换的格式摆放一切物件：钢笔、铅笔、烟灰缸、放大镜、拆信刀、词典、八开纸、四开纸、矿泉水杯和盛阿司匹林、镇静剂以及其他药品的小盒子。胡安·埃雷拉是托马斯·曼的翻版。作为**情境主义者**，我鄙视这样的资产阶级作家。他很迷信，常常将自己缺乏文学灵感的时刻归咎于写字台上某件东西放置不当。相反，韦达·埃斯卡比亚从未拥有过写字台（也根本没有必要，因为他的大部分小说都由别人代写），他是个天大的马大哈，稀里糊涂得可怕，常常把别人代写的书稿忘在出租车上。他在海滩或顾客云集的酒吧间里写作（或者应该说是装着写作），一支圆珠笔用不了三天，唯一的词典就是别人在利马赠送的同义词辞典，他还丢在了妓院里（从没有人知道他为什么把词典带到那儿去），凡是制造混乱的想法，他都会热情地推波助澜，并且狂热地为自己制造混乱。

我觉得韦达·埃斯卡比亚十分像我，因为说到底，在到巴黎之前我没有写字台。另外，在生活上我一向崇尚混乱无序，喜欢在海滩和挤满顾客的酒吧间里写点毫无价值的东西，从不在写字台上写作。我非常喜欢混乱，讨厌**资产阶级**的稳定。我认为我跟韦达·埃斯卡比亚是同类。尽管他是个很糟糕的作家，我仍旧对他颇有好感。我不敢说他是我的楷模作家，但若让我把他跟托马斯·曼，也就是跟胡安·埃雷拉相比，我肯定说我向来都喜欢他。胡安·埃雷拉严肃得令人难以承受，是一位惯于久坐不动的作家，总是期待一切都安排得井然有序。

创作风格是充满讽刺性的。当我在《知识女杀手》中描写胡安·埃雷拉桌子上的东西整整齐齐、有条有理时，我真的没想到，随着时光的流逝，当过了四分之一个世纪多一点之后，最终我在巴塞罗那的写字台上也呈现出同一种样子，对摆放东西细心到了极致，甚至以种种迷信的心态安排工作台上的东西；换言之，我将变成一个惯于坐下来创作的作家，变成某一个托马斯·曼。

我是讲座还是小说？我是托马斯·曼还是海明威？

## 37

　　无疑，讽刺在古希腊就已经存在了，这在苏格拉底的著作中我们便可发现。柏拉图对话录中的《会饮篇》实际上就是第一部现代小说。不过，在中世纪，讽刺被看成是危险之物，或者说是不可思议的东西，完全不合时宜；如果你进行讽刺，就会被判处火刑。我们也可以在文艺复兴时期人士塞万提斯那儿找到讽刺。讽刺被引入长篇小说的内容，融入它本身的结构之中。从那时至今始终如此。"如果现实是一种阴谋，"里卡多·比格利亚说，"那么讽刺就是一种私人阴谋，一种对抗那种阴谋的阴谋。"讽刺不是一种添加物，而是世界形象结构的组成部分，为这个世界提供一个阴暗的角落。另外，讽刺是一种修辞角色，能戳穿语言的虚伪性。不过，我不想戳穿我刚才关于它说的这些话的任何虚伪性。我刚才说的全部关于讽刺的话不带任何讽刺性质。这是因为，总而言之，艺术是我们所拥有的能说些真话的唯一手段。对于说真话而言，我看不出还有什么方法比讽刺我们自身更可靠。这就是我从昨天开始在这个讲座上一直兴致勃勃在做的事。

## 38

一天，我和马丁内·西蒙奈（居民区里最漂亮的女子，我的精神恋人）、哈维尔·格兰德斯以及雅娜·布达德坐在花神咖啡馆（萨杜伊叫它"植物族群"）室外的平台上，三个人好久没有说话，一本正经地沉浸在观察和研究我们周围的人和街上路过的行人之中。这时，我突然想到问马丁内·西蒙奈，她认为什么东西会让人禁不住哈哈大笑起来。

"香蕉皮。"她说，"看到有人踩上它滑倒，摔得鼻青脸肿。我是个很传统的人。"

在那些日子里，我将花神咖啡馆的顾客分为三类：流亡作家，法国作家，三教九流或者更可以说是荒唐怪诞、与文学无关的人，但是这种情况并不奇怪。可能从那时起，以后在世界的任何地方，我都再也没看到过像在那家咖啡馆里一样，有那么多怪异的人聚在一起。

"这很容易打个比喻说明：'植物族群'里有它自己的动物群，而且正式命名，无法改换，像胶皮糖一样黏在那儿，十分稳定。"在那些日子里，萨杜伊这样写道。对那个荒诞讨厌的动物群中的某些成员，我记得很清楚，比如说，那个金黄色头发的年轻人，他只能坐在让-保罗·萨特写日记体小说《恶心》的地方；莎莎·嘉宝的模仿者，她每天都在黄昏时分带七条小白狗到来；那个马略卡岛的青年百万富翁托马斯·莫利和他永不改变的秘书，他们在写一本书，那本书是个没完没了的大部头；美国女画家鲁思·史蒂文斯，她面容憔悴，是个坏血病患者；罗兰·巴尔特迷醉于《世界报》的阅读中，不让任何人打扰；有个异装癖胖子每天晚上都在，神情忧郁，肤色黝黑；美国画家大卫·霍克内，假装对一切视而不见；令人难以忍受的莫斯科老太婆，头发蓬乱，像个魔鬼；帕洛玛·毕加索和她的阿根廷未婚夫，等等。

我和朋友们待在花神咖啡馆外面的平台上，嘲笑那儿的顾客，特别是挖苦我们看到的从咖啡馆前面街道上路过的行人。当然，这取决于我的桌子在什么地方。有些日子，当我决定离开咖啡馆回阁楼去的时候（两者相距咫尺），为了能躲过咖啡馆外的平台，防止自己变成被别人议论和嘲弄的新牺牲品，我会在小区里遛个大弯儿。

当然，事情并非一直如此。实际上，我拖了许久才敢迈进花神咖啡馆，更不要说学着去嘲笑街上的行人和咖啡馆里的顾客了。真的，在我为了缓和气氛而向马丁内·西蒙奈提出问题的那一天，没过多久我就以某种方式最终彻底加入了花神咖啡馆的动物群。这一天我意识到，正如我第一次踏进花神咖啡馆时想的那样，实际上我不是流亡到法国，也不是流亡到巴黎，而是流亡到巴黎的一个小区，拉丁区，尤为特殊的是流亡到这个小区的一家咖啡馆：花神咖啡馆。

就在我第一次踏进花神咖啡馆的那一天，我就想到了，踏进那家咖啡馆就意味着请求在那家咖啡馆里得到文学庇护权，同时也意味着，从此我就成了一代代流亡到那儿——的的确确流亡到**那儿**的一系列作家中的一员。那一天，我感到进入花神咖啡馆就等于按顺序排进了**被替代**的作家的后面，接受了一点类似于继承性授权的东西。花神仿佛囊括了世界上所有的语言和所有的文学咖啡馆。"流亡在拉丁区，"我听萨杜伊说，"就等于归属了一个部族，戴上了一种族徽，打上了那种酒精、心不在焉和沉默寡言的纹记，一代代的作家和诗人就是这样相互传承延续下来的。"加入这个一色外国人的行列并担负起责任，令我欣喜不已，但同时也让我担心自己能力不足，不配加入先辈作家们的行列，因为我心中清清楚楚，欲与先辈们为伍，我就必须像他们一样写作，或者甚至要比他们写得更好，为了达到这一目标，我的写作就不得不逐渐取得更牢固的地位和优良的品质。怎么做到这一点呢？我看很困难。一切都有待我去努力。我能名副其实地继承咖啡馆里那些流亡作家的写作传统吗？对这一切我诚惶诚恐，心中无底。在以后的日子里，我竟然想象着花神咖啡馆里的无国籍传统在对我讲话，甚至觉得听到了先辈作家中某些人那清亮而又悲哀的声音；那些声音仿佛汇成了一种叫"流亡"的和声，我听到那和声对我说：现在轮到你了。

　　"现在轮到我了？"在很长一段时间内，我夜间醒来时都是大汗淋漓，趴在阁楼里破旧的床垫上，仍然看到出现在我梦境中的花神咖啡馆的墙壁和桌子。我记得清清楚楚，尽管我已经醒来，但是很多次还依旧听到那些共同的声音，那些被替代的作家的和声：归根结底，流亡。

　　现在轮到你了，"流亡"对我说。我把身上的汗水擦干，一边在心里琢磨，大概玛格丽特·杜拉斯又要在指导我写作的那张四开纸上加上**责任**这一项了。

## 39

　　离开巴黎是可取的吗？不，我不认为离开巴黎是可取的。对那个在《乞力马扎罗山的雪》中陪伴勇敢的哈里的女人来说，她认为离开巴黎毫无意义。谈到他们深入进了危险的非洲时，在海明威的这个短篇小说中，有一会儿她对哈里说："真希望我们根本就没来这里。你要是在巴黎肯定出不了这种事。我们原本能在巴黎待着。"尽管这个女人只是由于性格轻浮和完全不喜欢离开巴黎而说出这番话，但她却让我有时想起基姬，我有十分的把握知道，这个基姬就是这个世界上唯一打算过要杀死我的人。

　　《乞力马扎罗山的雪》是一个短篇故事。在这篇故事里，海明威以省略的方式向我们讲述，在那座令人骄傲的大山雪峰上，他感到自己已是岌岌可危，看到了死亡的征兆。"这座山的西峰被马赛人称为**上帝之屋**。"海明威深信，乞力马扎罗山的雪——他将其与死亡等同视之——是一种最终状态，永恒不变。直到不久以前，对此我们也曾经深信不疑。在一个一切都在变化的快节奏世界里，认为死亡如同乞力马扎罗山峰上的雪一样将永远不可触及，永远是一种愉悦的寒冷状态而稳定不变，那是一种很惬意的感觉。然而，不久以前，当我们获悉乞力马扎罗山的雪将在二十年后彻底融化，消失得无影无踪的时候，所有关于非洲这些山峰上的雪永久稳定不变的断言，就在我们面前轰然崩溃了。这一条21世纪的消息可与19世纪的一条消息相类比，它类似于尼采当时传播的那条消息：上帝死了。

二十年后，乞力马扎罗山永恒不变的雪将会"死亡"。我想，如果海明威当时知道我们今天知道的情况，就是说，如果他当时知道上帝死亡之后，就轮到死神死亡了，他会说什么呢？我记得海明威和他妻子在非洲的那张照片，照片的背景是雄伟的乞力马扎罗山，妻子玛丽手持猎枪对着镜头。我还记得海明威在非洲的另一张照片，那张照片是他和冒险家菲利普·佩尔西瓦尔的合影，他对这位冒险家的勇敢崇拜有加。

"哈里看了看，他能看到的一切就是乞力马扎罗山的方形顶峰，广阔得像整个世界。它宏伟、高耸，在阳光照耀下白得令人难以置信。于是他知道，那儿就是他要去的地方。"在海明威身上，有一种非常勇敢可敬的走向死亡、走向雪峰的方式。但是，如果在二十年后他能重返这个世界，却不能再重写"于是他知道，那儿就是他要去的地方"这句话了，因为到了那时，这个给了他故事题目的地方已然改变，这座高耸入云、静寂雄伟的山峰（"那儿就是他要去的地方"）已经不见了常年的积雪，因此也将不是原来的地方，不是死神了。

要想在二十年后寻觅更永久的东西，那就只有去巴黎了。这样就可以告诉海明威故事里的那个女人，她说的离开巴黎不可取是有道理的。我觉得尽管那个女人性格轻浮，她的直觉却十分准确：巴黎跟乞力马扎罗山常年的积雪不同，她将永远长存不朽，永无止境。因为，女士们，先生们，巴黎是一席流动的盛宴，不是吗?

## 40

那大概是在1974年的9月，我们在埃菲尔铁塔高处的布莱斯咖啡馆里，突然间，我眼前的现实变了样子：我往城市看了一眼，只看到四条道路交叉形成的一个十字路口，其中一条道路清楚地通向乞力马扎罗山峰。看到这情景，我大为惊讶。一个直到那时我认为是眼前唯一的也是不可改变的现实，突然闪电似的与我告别消失，这是那天我最难以忘记的事情之一。当时基姬跟我在一起，在她的引导下，我第一次吸食了迷幻药。

　　刚过了一会儿，迷幻药的药力就开始发作了。我一直怀疑这种迷幻药的效力，但现在一秒钟比一秒钟地更加相信了。我开始产生一种感觉，认为也许我能长生不老，最后这种感觉达到了极致，我突然几乎误认为自己有一种**超生命的力量**，比如说，如果在那会儿有人对着我的心脏开枪，他不可能会让我丧命，至少不会立刻把我杀死，因为我发现我身上有一种无限的、不可控的神力。

　　我对我是否可长生不老的怀疑越来越小，于是我开始想，如果我从布莱斯咖啡馆往空中纵身一跃跳下去，情况会是怎样的。当时迷幻药的致幻效力已在我全身发作，我完全会这样做。我瞅了一眼基姬，她仿佛正在心不在焉地观望咖啡馆外面平台上的孩子们玩气球游戏。我对她说："现在我真想往空中跳下去，安全地落在柏油路上，你认为靠了迷幻药的效力，我敢这样跳吗？如果我这样做了，你认为会发生什么事，你看我会摔死吗？"

　　基姬热爱印度哲学，崇拜印度音乐家拉维·申卡尔，她把加德满都视为灾难深重的嬉皮士世界，经常跟我谈起通向雪山的道路交叉口，也就是关于**人生心灵之路**的交叉口；她认为在这些道路中，佛教的智慧能帮助你选择唯一的真正之路。基姬是一个任性、异想天开和轻佻的小姑娘，直到在埃菲尔铁塔上的那一天，我一直在发疯地爱着她。幸好在那一天，我开始第一次了解讽刺的存在。讽刺是一种活动，而我认为这种活动有时会发展为一种利己主义的谨慎。很幸运，这种利己主义的谨慎可以让我们排除情感上的激动。讽刺可以让我们免于失望，道理很简单：讽刺拒绝取悦任何幻想。多亏了讽刺，今天我对任何基姬都不抱幻想了。顺便说一句，基姬如今已是兰斯市一户家庭的母亲，身材肥胖，酗酒成性，还完全放弃了对佛教的信仰。多亏了讽刺，我已不再抱有任何幻想。许久以前，我的座右铭就是塞万提斯的一句话："没有一种比轻佻的女人更沉重的负担了。"这句话用起来——比如，用在如今的胖基姬身上——会让人爱上讽刺。

"你不会摔死，你不会摔死，你只是会远远离开巴黎，但不会死。"那一天，基姬用一种施催眠术似的语调回答我，并且非常有说服力。"啊，我不会摔死吗？"我有点惊讶地对她说。她说："你不会死的。靠了应有的因果报应，你只要在下跳时完全聚精会神，就不会死去。你明白我的意思吗？在空中下降时你要从精神上控制好自己。如果你这样做了，甚至可能你在落地时会站在那儿，这你会看到的。""我不会站着落在巴黎的地面上了吧？"我问。"你会站着落地，但不是在巴黎。"她回答说。

我正爱着她。直到那时，关于食用迷幻药后我应该如何做，我全听她的话，因此我险些就从埃菲尔铁塔的高处老老实实地跳了下去。但是在最后的一刻，有什么东西阻止了我相信下跳时我能靠精神控制我的身体，这不仅仅来自我的聪颖天资的及时干涉，而是——我发现基姬是一个魔鬼，因为她明明知道迷幻药会在我们的精神上打开危险的缺口，却毫无遮拦地企图让我自杀。我看出她不但一点也不爱我，而且还想用那些话除掉我，或许是因为她想把我阁楼里那点钱据为己有，抑或更简单些，是因为正如最近我一直在怀疑的那样，她已经厌恶了我。幸好讽刺在最后的时刻救了我，让我产生了利己主义的谨慎，对可怕的基姬那具有说服力的谋杀声音产生了免疫力。

"我不明白为什么你认为离开巴黎是可取的。"我对她说。"什么?"她颇为惊讶地问我，仿佛没想到我仍旧站在那儿，没准儿她认为我已经死了。"没什么，"我对她说，"我只是希望你知道，永生并不比生命长多少。"说罢，我原地转了个身走开了，离开了布莱斯咖啡馆，也永远地离开了她，这只不过是一种说法，其实，在许多个月以前，厚颜无耻的基姬就已经抛弃了我。我乘埃菲尔铁塔的电梯下来，转眼就到了街上，在十字路口，我踏上了一条甚至比现实更远的路，这个现实代替了原来的现实，而后者则在被代替时失去了自己本来的面貌。我随着迷幻药的发作节奏走向另一个现实，在那个现实里，时空已经不存在；在某种意义上说，我翻越了乞力马扎罗山常年不化的积雪。我去了一个国家，在那个国家，所有的东西尚无具名；那儿没有神灵，没有人，没有尘世，只有深渊。

过了许多个小时，我已经回到阁楼，迷幻药的药力也已大大减退，我心不在焉地注视着屋顶，就在这时，我突然感到一种可怖的不寒而栗，似乎恰恰就是在那一刻，我恢复了正常，回到了现实。我清醒地明白了发生的事情是何等严重。

他妈的，我惊恐地想道，并不是每天都有人要试图谋杀你。

<h2 style="text-align:center">41</h2>

尽管我在创作一个知识女杀手时撞上了一个真正的女杀手，我还是拒绝把卑劣的基姬的目光移植到我小说的讲述者身上。说来委实奇怪，几天之后，几乎是纯属偶然，在玛格丽特·杜拉斯家一次聚会的过程中，我在走动的时候碰上一个女人，她的目光令我十分地惶恐不安。我觉得那目光对于我命中注定难以躲避的那个女人——女杀手——是非常理想的。

我们每个人都落入过俗套，都有过矫揉造作之举；我们每个人都说过前一天晚上"是一个难忘的聚会"的话。但是，到了生命最后，正如葡萄牙现代主义诗人佩索阿所说，只有那些从没体验过难忘的聚会的人才是滑稽可笑的。我认为自己不是那种滑稽可笑的人，因为我至少可以记起一次难忘的聚会。那是在玛格丽特·杜拉斯家中的一个夜晚，客人很多，聚会很热闹。我感到自己如同置身于一部电影中，又像置身于法国驻加尔各答副领事官邸的大厅里，因为那儿留声机放出的乐曲是卡洛斯·德阿莱西奥为影片《印度之歌》谱写的配乐。

在来宾中间有一位青年女演员，她有一张绝美的脸蛋。这位女演员尚未出名，但不久就要出名了。姑娘叫伊莎贝尔·阿佳妮，刚跟特吕弗拍完《阿黛尔·雨果的故事》，但是影片还没有上映，所以那一天她还不是名演员。我认为她可能会比我的精神恋人更让我喜欢，比马丁内·西蒙奈本人更让我喜欢。但是，在整个漫长的聚会过程中，我没敢跟她搭讪。实际上，在整个聚会中我几乎一言未发。那次聚会的分量和分外热闹的场面全被名人们占据了：迪奥尼斯·马斯科罗、埃德加·莫兰（他唱了胡安·曼努埃尔·塞拉特的几首歌）和玛格丽特·杜拉斯。在这个聚会中，我始终天真地期待着伊莎贝尔·阿佳妮爱上我。直到聚会最后，看到我巴望的事情没有发生，我这才借着酒精的劲儿鼓起勇气说了点什么。我连喝了三杯白兰地，最后，趁着全体客人交谈的一个短暂空隙，我说，假如我是个电影导演，我马上就会聘用伊莎贝尔·阿佳妮。我说这话就像一个人写一封情书，一封可笑的情书。接着，在费尽气力这样做了之后，我便陷进沙发里不声不响了。天花板上的电扇在不停地转着，但是慢得如噩梦一般。大家都把目光投向我，并且笑了起来，他们以为我说那些话是带有讽刺性的，因为，除了我之外，他们都知道伊莎贝尔·阿佳妮刚刚跟特吕弗拍过电影。尽管我不知道为什么，但我明白我那简短的插话是非常成功的。于是靠了第四杯白兰地的帮助，我大胆地直视伊莎贝尔·阿佳妮的眼睛，试图以最深邃的目光目不转睛地死死盯着她。

恰在此时，一只苍蝇不合时宜地落在了我的左眼上。我不得不用手把它赶开，停止了看伊莎贝尔·阿佳妮。我感到十分恼火，心想，苍蝇总是多管闲事。当我回过神来又去用深邃的目光盯着伊莎贝尔·阿佳妮的时候，我发现恰恰就在那一刻，她正在向我投来一道如此冷冰冰的可怖目光。在那次难忘的聚会余下的时间里，我完全瘫痪了，因为我既清楚又恐惧地意识到，如果那双眼睛可以杀人的话，那么所有人都甭想活命了。但是，祸兮福所倚，我感到作为补偿，我已经找到了我书中的那个蛇蝎美人，现在我已经确切知道应该如何看待我的《知识女杀手》了。

"谢谢您这么会献殷勤。"伊莎贝尔·阿佳妮讽刺地对我说。所有人禁不住都纵声大笑了一阵，仿佛那个噩梦般的电扇居然转得更慢了这件事让他们很开心。

## 42

在毒品为《知识女杀手》的写作作出的贡献中，有三条最为突出：第一，常识所接受的虚拟现实是否与真正的现实有关系，就这一问题，我产生了种种疑团。第二，我发现我对假扮和异装癖主义感兴趣。在布莱斯咖啡馆的那个危险难忘的日子里，跟基姬的那一意外事故结束之后，我便向我的阁楼走去，进了阁楼，又拖了许多个小时才恢复了正常回到现实。在那段时间里，我感到身体非常难受，也感到我那种资产阶级紧身衣似的打扮十分别扭。于是我决定疯狂地改变我的穿着，对着镜子寻求一种与惯常不同的新装束。最后，我按照海明威的女人版穿着打扮起来；也就是说，我假扮成了一个梳着金色发卷的小女孩，就像海明威儿时被他母亲打扮成的模样——穿的是玫瑰色花格布衣衫，头上戴了一顶插满鲜花的小礼帽。这件事让我一直都这样想：海明威的整个男性文学人生，都可以解读为是对娇气的乖宝宝形象的极端反应。第三，我发现了我初学写作的脆弱，这特别要归咎于我作为读者经验太少。它促使我决定，既然我几乎不能从文学材料中吸取营养（我读书太少），那就从毒品为我提供的视觉幻象课程中吸取营养。

哦，当然了！由于这场为期三天的讲座是讽刺地回顾我在巴黎的青年岁月，所以现在我很容易嘲笑那种**非文学的**材料，从那天起，《知识女杀手》就开始从这种材料中吸取营养。没错，一个在翻阅了家庭图书馆中全部书籍后进入写作体验的讲述者，似乎是比一个体验过迷幻药后开始建造他的文学大厦的人更值得尊重。我早期创作中的诗艺品位似乎不够高贵，因为正如现在我自己说的那样，它基本上是从一种毒品中得到滋养的，而这种毒品也仅仅是扩大了我可感悟的视野而已。不过，尽管如此，现在我还不敢肯定我有什么可自责的，甚至可说恰恰相反。因为，虽然说吸食过毒品后我读了相当多的书，文学修养得到了提高，但迷幻药扩大了我的视野，也起到了同样的作用，作为灵感的源泉，当时它发挥的作用比起阅读毫不逊色，万万不可小觑。还有，某些对一种不同现实的感知牢固地持续到今日，保持着一种显著的效能，比如说，它让我对那些现实主义作家感到好笑：他们复制现实，却让现实变得贫乏。

<h2 style="text-align:center">43</h2>

　　跟伊莎贝尔·阿佳妮在玛格丽特·杜拉斯家中相遇的那个聚会几天之后，我正平静地坐在花神咖啡馆里等待着雅娜·布达德到来，邻桌的一个青年主动跟我搭讪，告诉我他叫伊夫，接着便开始跟我攀谈；开头他的语速有点快，但突然间节奏就慢了下来，并且也清楚了些。他首先问我是否喜欢火腿奶酪三明治——他几乎没听我的客气回答，接着就跟我谈起了圣日耳曼·德普雷区。他说他终生都住在那个小区，非常喜欢马扎林街，他就在那儿出生。在他很小的时候，圣日耳曼那地方还是一片乡村风光。我稍微仔细地看了他一下：一头鬈发下有着一张甜蜜的笑脸，一副圆形眼镜后面是一双近视或充满焦虑的眼睛。他喜欢我，

这一点似乎十分显而易见。我祈求雅娜·布达德对我进行保护，心中巴望着她按时到来助我一臂之力，帮助我解脱那个小小的误会而又不伤害这个年轻人。

在两分钟的时间内，我们涉及了七八个不同的话题，不知为什么，我们停在了1968年5月那件事情上。他说，那些事情仅仅过去了几年，但给人的印象却是过去很久很久了。在这件事上我觉得他讲得有道理。自从到巴黎之后，我几乎没有想过，或者说我从来也不愿去想，在我身处的那座城市，仅仅在短短的几年前发生过那些事情。据我读到的消息，那些事件震撼了整个西方世界。如果我没有想错的话，在我经常接触的人中，没有一个人谈论1968年5月的事情。再说，对我来说，那场学生运动没有什么特别，我只是感到好奇，想知道发生了什么事情。

"什么也没有发生。"伊夫对我说。"什么也没有发生吗?"我问。"没有，什么也没有发生，因此对那件事我只记得在一个黎明时分我们无比激动，当时我们认为那件事就要改变世界了。"他说。"为什么那么激动?"我问，对他的那句话真的感兴趣。"我们都在街垒上，谁也不困，好像巴黎从平淡愚蠢的生活岁月中醒来了。有一会儿我们集体产生了灵感，大家都非常激动，开始歌颂雅克·杜特隆，那场面很像一场革命：**清晨五点钟，巴黎醒来了……**"

"就这些吗?"我问。他陷入沉思，聚精会神地陷入凝思之中。这时，跟其他那么多夜晚的这个时候一样，罗

兰·巴尔特走进了花神咖啡馆，并且迅速地扫了一眼那儿
的动物群。雅娜·布达德也走了进来，离他身后两步远，
几乎可以说如同他的陪伴者。她立刻看出了我在邻桌的青
年人面前所处的窘境，当即向我伸出了援助之手，张口说
道：科皮在巴士底区举办聚会，要是我们不想迟到，就得
赶紧走了。我立刻站起来，朝依旧聚精会神地陷入凝思中
的伊夫打了个招呼，让他明白我要离开了。

"革命，"那时他忧伤地说，"它使我记起了我家一位朋
友戈特弗里德·贝恩医生经常对我们讲的人生定义。这位
医生告诉我们，人生苦短，仿佛就持续二十四小时，如此
而已，何必把它看得太重。"

## 44

大雨滂沱，疾风怒吼，在这猛烈的风雨交加中，纽约
的空气似是一面被打碎的镜子。我和索尼娅·奥威尔在公
园林荫道上走着，这个公园就在赫鲁晓夫出席联合国大会
时在那儿住过三天的大楼附近。在联合国大会的全体会议
上，或许是出于幽默，也可能是伏特加的作用，赫鲁晓夫
用他的皮鞋敲了桌子。我和索尼娅·奥威尔在一起走着，
我走得很慢。好像那是个炎热而平静的日子，天空呈现绿
松石色，坚硬而滑溜的街道如同加勒比海岸漫长的沙滩，
闪烁着珍珠般的反光。

除了那次在梦境中之外，在现实生活中，从前我只见过索尼娅·奥威尔一次。那是在巴黎的一个上午，我从阁楼下来，走过三楼时，看到玛格丽特·杜拉斯家的门半掩着，我认为我的女房东就躲在门后，准备向我第N次催要我欠她的房租。

我不免有点害怕，打算蹑手蹑脚地穿过那个夹层，但那时门突然打开，我看到的是一位非常漂亮的中年女子。她正在高高兴兴地清扫客厅，禁不住地看了我一眼。"玛格丽特在家吗？"我忐忑不安地问。我这样问，是因为觉得在那种情况下应该说点什么。"不在，她出去了。"那女子回答说。"她很快就回来吗？"她一边想着，一边露出满脸微笑，仿佛对我十分了解，很清楚我是谁——就像老大哥那样——连我欠玛格丽特·杜拉斯多少钱都一清二楚。"你看，"她在开始打扫夹层和楼梯时说道，"回家是最幸福的时刻，知道这一点的人都不会离家太远。"自然，我有点摸不着头脑了，心想那位夫人是否在提醒我应该回到阁楼去。我决定尽快继续走我的路，便如惯常那样飞快地下了楼梯。后来，到了晚上，阿道弗·阿列塔告诉我，那个女人是索尼娅·奥威尔，那些天她住在玛格丽特·杜拉斯家中。我想有一天我将告诉我的孙辈，我看到了乔治·奥威尔的妻子打扫一个楼梯。

可我没有子女，所以也就没有孙辈。虽然我没有孙辈，但我还有你们，女士们，先生们。我不希望你们现在认为，我只是那个看到了乔治·奥威尔的妻子打扫楼梯的男人。
你们把我在纽约的那个梦留下来吧，它更具诗意。

## 45

在我于1948年3月出生的几天前，海明威正接近他的五
十岁生日，同时也正处于全面的创作危机之中。那时，他
在威尼斯爱上了一个名叫阿德里亚娜·伊凡基奇的十八岁
姑娘。"那只是一种幻想中的爱情。"当我去年在她家中采
访她时，她这样对我说。

五十岁的年纪不算什么，随着那令人不安的生日的到
来，海明威这样想。在那些日子里，他感到自己作为一个
作家，已是才智枯竭了，但同时他又拒绝承认这一点。他
想，也许过错在于古巴，在于居住在那个岛上。由于刺激
他创作想象力的需要，并要把他的想象力付诸行动，他放
弃了斗鸡和他在哈瓦那佛罗里达酒吧里的鸡尾酒，毅然回
到了欧洲这个艺术世界的中心。

威尼斯变成了海明威的新情人。他和他的第四任妻子
玛丽·韦尔什在威尼斯的托切洛岛上愉快地住了下来，那
时正值威尼斯的冬季，后来他们又搬到了科尔蒂纳。海明
威打野鸭和山鹬，并且试图动笔写作。"尽管他自己没有意
识到，他是需要一个临时像女儿一样担责的女人，靠这种
关系重新点燃他青春的火花。这是一种秋日衰败的关系，

只能靠情爱涂上些微颜色，只能感到痛苦中的愉悦。"英国小说家和批评家安东尼·伯吉斯这样写道。

威尼斯凭什么成为海明威恋爱的理想之地？他在一个名叫阿德里亚娜·伊凡基奇的十八岁姑娘身上发现了那个能尽责的女儿。那姑娘柔声细语，是个天主教徒，很虔诚，身上洋溢着一种在美国迅速消逝的女人气质。在他看来，他对她的态度完全像是父亲在对待女儿，但他把她变成了一部小说的女主人公。小说的题目是《过河入林》，是一部很糟糕的小说，说完整点儿就是情节很直白，讲述的是一个即将过世的老兵的故事。这个老兵死在威尼斯。封面上的图画——画得不太成功——是阿德里亚娜的手笔。去年我去见她的时候，她告诉我，她把海明威写给她的信全部烧掉了，因为她爱上了一个小伙子，那小伙子认为她跟那位老作家保持任何关系都是一件丑事。"一个年轻的恋人，"姑娘对我说，"他向我表示，如果我不把那些信烧掉，他决不跟我结婚。不知有多少次我为毁掉那些信感到惋惜和难过。最倒霉的是，您知道吗，那个年轻人最终也没有跟我结婚。"

那部关于死在威尼斯的老兵的小说失败两年之后，阿德里亚娜又为《老人与海》绘制了封面（这没有什么稀奇），这一次意大利姑娘可为海明威带来了更大的运气，因为小说让海明威重新恢复了世界级作家的名誉，并且助推他荣获了诺贝尔文学奖。海明威的第四任、也是最后一任妻子玛丽·韦尔什对丈夫的风流韵事向来采取容忍的态度，因为她理解他需要有一位年轻女神激发灵感才能继续前进。海明威获得了诺贝尔文学奖，但他再次感到才智枯竭。当他一人独处的时候，他就思考人生，思考文学，他知道不管是人生还是小说，尤其是关于他人生的小说，均已大势已去，也许这是因为威尼斯已经属于过去。他的身体开始每况愈下，神经也全面出现了问题。1960年，他开始着手写一本回忆录，题目是《流动的盛宴》。他把自己禁闭在一所非常阴暗的房子里，那是他在爱达荷州凯彻姆市的一幢阴森森的房子里。显然，那是一幢为死亡而准备的房子。

海明威自杀之后，他的《流动的盛宴》出版了。这部著作仿佛是一种自传，内容是对他初学习作时流浪岁月的回忆。书中说到巴黎时——现在仍然如此，跟他最后的突然死亡不同，我们觉得是具有讽刺性的——称它是永无止境，永无终结，"每个在那儿生活过的人的回忆，都跟任何另外的人的回忆不相同；不管我们待在哪儿，我们都总是要回到那儿去，不管去那儿很麻烦还是很容易。巴黎永远是值得留恋的。一个人在那儿总是有所得也有所失。我说的巴黎是指我在巴黎的最初岁月，当时我们很穷，但我们很幸福。"

安东尼·伯吉斯认为这本散文讲述了海明威最纯洁的状态，文章情调淳朴，唤起种种联想，表现了他接受生活的态度。不过，如同他的每一部著作那样，这部散文同样涂上了忧伤的色彩。文章处处讲到海明威对逆境的冷静忍耐。尽管最后他对着自己的前额开了一枪，击碎了这种忍耐，但他的忧伤曲调还是青年时代的。他写的回忆巴黎的这本书，仿佛一阵飓风一般，吹进所有开始写作的青年男女的脑海里。这是一本为未来的作家写的书。

"那一枪真蠢！"去年我去见她时，阿德里亚娜·伊凡基奇对我说，"我本想为他做点什么，您知道吗？但距离遥远和犹豫不决让我没能实现愿望。想想看，那个追求我的小伙子，那个年轻的恋人，居然没有跟我结婚，真是一个天大的笨蛋！"

我不知道怎样来结束那次对阿德里亚娜·伊凡基奇的访问——跟她的交谈就像是巴黎，永远没完没了。我觉得在时间太晚之前应该离开了——我对她说，不知她是否有时想起过海明威，因为，即使在海明威最倒霉的时候，他都提醒我们记住，一个人要想从事文学，首先必须要深入生活。我本以为听了这句话她会哭起来，但是，说实话，她没有哭。除了别的原因之外，她半点儿也没听懂我的话。我决定尽快离开那儿。就在这时，她冒出一句话，想让我哭起来。她说："我已经像我爸爸那样老了，他已经死了。"我决定不再拖延下去，于是就礼貌地吻了她的手，然后离开了。我想起了我妈妈多次对我说的一句话："一个人应该懂得，自己会点儿水性就够了，不要想着去救别人。"

## 46

　　我没有准备好失败，或者说得更好听些，我心中明白，一旦失败到来，我将无法忍受。也许正是由于这个原因，我绞尽脑汁不把《知识女杀手》写完。就这样我一拖再拖，不开始写这本小说的结尾，可以预见，一旦动笔写这个结尾，就是一场灾难。尽管我在写作这本书，但我又害怕写（尤其是害怕把这本书写完），我怀疑写完这本书会直接把我带向失败。另外，尽管我跟一些女人上床，但总的来说我害怕做这件事，害怕在关键时刻由于性胆怯导致失败，让她们大为扫兴。就是这样，我害怕写作，也害怕女人。讽刺本来是可以帮助我的，但是，因为我几乎不懂讽刺，所以它对我毫无意义。讽刺本来可以让我不费吹灰之力将一切"去戏剧化"，对自己进行嘲弄，缓解我对写作和女人的恐惧紧张心理。我敢肯定讽刺会增强我的自信。但是，我当时对讽刺几乎完全不懂。尽管如此，某些异装癖女友还是意外地向我伸出了援助之手，她们懂得引导我去了解讽刺。此外，她们还缓解了我在精神上对女人的恐惧感。

　　在那些日子里，我的思想活动有点儿邪门，这我记得很清楚。当时我坚信，尽管看起来似乎简直令人难以置信，我就是深信不疑世界上还存在一些比我更脆弱的人，尽管我本人已十分脆弱。就是说，有些人还需要我的关心和帮

助。这些人恰恰跟小区里的那些异装癖一模一样。事情就
是这么简单，这么有意思。这样，我就同他们接近了，特
别是接近了玛丽·弗朗丝、维吉·瓦波鲁、阿玛宝拉、雅
娜·布达德。我永远不会忘记她们，在我不了解的情况下，
她们帮助了我许多。我这种认为自己对她们有用的邪门却
有益的感觉——青年人的精神贫乏——结果让自己得到了
安全。我经常到我那些异装癖女友的家中拜访，如果她们
遇到什么麻烦，我就劝告她们应该如何对待，相反，她们
也向我提些建议，帮助我前进一步，让我在跟女人打交道
时少些恐惧。毕竟，她们自诩比女人还女人。

　　在几个月中间——阿道弗·阿列塔的地下电影《达姆
达姆手鼓》就是在那段时间里拍摄完成的，在整个电影史
上，每平方英尺中出现的异装癖当属这部影片最多——我
的大部分社会联系就是跟这些异装癖交往。另外，这部影
片的拍摄不仅使我对女人增强了信心，也使我对我的写作
更有信心了，因为阿道弗·阿列塔的美学使我天天都会有
各种各样的愉快发现。生动的电影原材料最终有益于我的
文学世界的创作，也就是有益于我的《知识女杀手》的创
作；比如镜子中的游戏，外貌的变化（甚至可以直接用于
文稿），情色不断地迅速变化，特别是那充满诗意的散文看
起来如同一席盛宴。实际上，阿道弗·阿列塔的这一整部
电影都是盛宴。开头出现的是一些纽约的场景，在这些场
景中，传奇的电影人乔纳斯·梅卡斯的镜头对准了一位青

年作家（哈维尔·格兰德斯）的小小日志。在巴黎，人们在盛宴上正等待这位作家。盛宴持续的时间就是电影拍摄的时间。《达姆达姆手鼓》是一席持续不断、永无止境的盛宴的故事，这席盛宴从纽约经西班牙南方（马尔韦利亚）到巴黎，中间从不间断。盛宴摆在一个套房里，所有的盛宴都是摆在套房里。那是巴黎的一座住宅，人们就在那儿等待哈维尔·格兰德斯。由于他在纽约，没能出席宴会，但是他热情地派了他的孪生兄弟出席。

影片首映时看上去或许有点仓促，以至于给人的印象仿佛是一部展示圣日耳曼·德普雷区新一代流浪艺术家世界**现实真相**的新闻纪录片。阿列塔声明说："观众和评论家一致认为影片中的一切都是真实的，称那是一部**卖弄学识**的影片。但是，那些游走于青年百万富翁之间的如此高雅的**贵夫人**多半是些异装癖，她们在跟我拍完电影后，马上又去卡鲁塞尔的夜总会表演赚钱了。"

实际上，阿列塔拍的是法国式的**新潮**电影，比如说，由于表面上的过分现实主义，他走在了他的同胞阿尔莫多瓦前面许多年。"过分的现实主义。在异装癖身上增添了女性气质（女人模仿他们），但是，阿列塔只是把她们当作纯粹的演员来指挥，并不坚持要求她们做那种引起轰动效应的哗众取宠的表演，即使在很容易出现豪华大排场的情况下也是如此。"塞维洛·萨杜伊的影评这样写道。

中心的中心，是节日中巴黎的中心。那些场面是在巴

黎的几幢房子里拍摄的，但模拟的只是一幢房子。因此，
《达姆达姆手鼓》的拍摄在某种形式上是一场极其宏大的流
动的盛宴，影片本可以完全利用海明威回忆巴黎的英文版
原著的名字：《流动的盛宴》。在这部影片中，即便是次要
的情节也不会像是假的。作为演员参加这部电影的拍摄，
帮助我减轻了部分对写作和对女人的恐惧心理，因此也缓
解了我对失败（就是说，对我认为生活中那些最重要方面
的失败）的恐惧心理，逐渐地，我对唯恐彻底失败的紧张
心理也不那么严重了。尽管失败就**摆在那儿**，我干吗自欺
欺人，我知道失败早晚要来。实际上，只要把小说写完就
够了。


47


对流浪者布维的记忆，此刻清晰地出现在我初尝恋爱
和习作滋味的那段阴暗的历史中。那是一个艳阳高照的上
午，肯定是1974年3月的一天，我刚到巴黎不久，天气很
冷，罗兰·巴尔特还没有到中国旅行。我很想出去散步。
于是就穿上风雨衣，围上围脖，一步三个台阶地跨下了楼
梯走到街上，一出门撞上了个蓄着白胡须、样子引人注意
的老人。"一股雾气落到了我身上。"老头儿莫名其妙地对
我说。我想他肯定是疯了。他好像看出了我的想法，说：
"我没有疯，我是这个楼里的老住户，就是这样。我住在楼

的高层许多年了。"他指着与我住的地方差不多高的地方，
"就是在那儿，我作为艺术家已经刹车了。"我打算甩开他，
但是他紧紧地跟随我。"我自我介绍一下，"他说，"我是流
浪者布维，在那儿，在那层高高的楼上，我曾想做个艺术
家，但是没有成功。"他看着我，好像对我有点怜悯，似乎
知道我也住在那么高的地方，在那儿，他是个不幸者。"我
就在上边那儿刹车了。"他重复道。"好了，我知道了。"我
对他说，再次试图摆脱他。"我想告诉您，这座大楼有一种
奇怪的波动，震动得很奇怪，那些烦人的事会把一个人拖
垮，在这儿你就失败了。由于这座楼房的过错，最后我成
了一个流浪者布维。"他对我说。尽管时光流逝，我还是特
别记住了他那句话——那是一个烦人的事会把一个人拖垮
的地方，因为那句话终于成了即将发生的事情的预先告诫。
尽管在他说这句话的时候我认为它与我无关，只不过是一
些疯话而已，但是，往往疯子会预先告知即将发生的事情。

## 48

　　一个星期天，我去了诺夫勒堡，应玛格丽特·杜拉斯
的邀请到她的别墅去。我记得午餐之后，在她给我讲述
《昂代斯玛先生的午后》的情节一个小时前，我们上楼去了
三层的阁楼。阁楼地板上摆满了她的被译成外文的著作。
那些书都是多余的，她无人可赠，又不想把它们扔进垃圾

桶，在那间阁楼里也没找到能更好存放它们的地方。玛格丽特·杜拉斯开始把她被译成西班牙文的书籍赠给我，并且问起了我对她巴塞罗那的出版人卡洛斯·巴拉尔的看法。我对卡洛斯·巴拉尔几乎一无所知，因此就只是抵挡她一次又一次反复提问的冲击。在那间第三层楼的阁楼上，我想象着从那儿的一个大柜子里发现了被洇湿的《知识女杀手》的手稿。这本著作已经顺利完成，并且被译成了几种文字，实际上这本小说是玛格丽特·杜拉斯写的，但署名是我（又一个力图战胜出版恐惧的方法）。这样，书籍一出版就会变得像电影一样叫好不叫座，让我获得一定的声誉。

这个将懒惰、恐惧和某种成名思想掺杂在一起的美梦不能再卑鄙无耻了。当然是卑鄙无耻，因为它想的是某个人为你写书；但是说来奇怪，尽管它性质恶劣，在我突然担心柜子里手稿洇湿的地方会让那些必定让我走向成功的文字丢失时，这个梦想却促使我去进行严肃的思考。突然间，由于我完全相信手稿弄潮的事和那个美梦，我也就相信了自己的想象，于是便开始了思考——这是我那些日子里不太干的事——并且记得就像是发生在眼前似的，我走下了诺夫勒堡玛格丽特·杜拉斯家里的中央楼梯，跟阁楼里那个无耻的梦想形成鲜明的对比，而且似乎正是来源于这个无限的对比，我认为在那个广阔的空间里，我察觉到了写成的话语的威力。这一察觉引导我沿着蜿蜒曲折的小道，凭直觉明白了这些话语的重要意义。这些话语可作为一种手段，使我跟人们口中的现实拉开一些距离。对那么多的青年人而言，那种现实非常令人沮丧，而且一贯如此。在走下那些楼梯的时候，我以为我意识到了我对话语的那种需要，也意识到这些话语对我远离那个真实的世界可能是有用的。没错，在那些楼梯上，我开始真正地让自己成为了作家。但是，因为我对讽刺尚未入门，所以当天那些话语对我还没产生太大的意义，尽管当时恰恰是因为我缺乏讽刺感而无法懂得这件事。那就像狗追逐自己的尾巴一样——一种恶性循环。当然，青年人的事情尤为复杂，尽管这完全不意味着一个人应该陷于绝望。很明显，中年人也并非一切都那么美好。到了中年，你就懂得了讽刺，这没错。但是，你已经不是青年人，留给你的唯一能有点青年味道的东西就在于坚持而不退缩，不因时光的流逝而过早放弃那个手稿在诺夫勒堡的柜子里受潮的梦想。留给你的就只有坚持而不退缩，不要像那些随着青年时期旺盛想象力的减弱而安于现实、在余生苦恼不已的人。留给你的只有努力成为最顽强的人中间的一员，对想象力坚信不疑，将其保持得比别人更长久。顽强而有忍耐力地成熟：比如说，成熟了，就做一个关于青年时代不懂讽刺，现在一连三天都论述讽刺的学术讲座。然后你就变老，老了许多，那时你就让讽刺见鬼去吧，但是你还要伤感地紧紧抓住讽刺，以免落得一无所有，成为别人讽刺的令人毛骨悚然的靶子。

## 49

那是希尔·德·比德玛的几句诗："现在，我要告诉你们，我在巴黎的日子是怎样的！我很幸福。那正是我青春年华、风华正茂的时代……"似乎人们向来都认为，总的来说，到巴黎去的青年艺术家，都过着一种有趣的流浪生活，经历种种艰难困苦，但由于那座城市本身热情好客、自由、神奇而美妙，他们依旧是一步步地前进。但是也有一些非常悲惨的事件跟这种情况相反，举例说，乌拉圭短篇小说家奥拉西奥·基罗加的遭遇就是如此。他去了巴黎，没有看到未来的希望，而是陷入深深的绝望。幸好，当我住在巴黎的时候，从不了解他的事情。的确，此乃一大幸事，因为如果当时我了解他的情况的话，必定会更加绝望，那对我就是灾难性的了。

对海明威来说，巴黎是一席流动的盛宴。可巴黎对奥拉西奥·基罗加不同于对海明威，她从来不是流动的盛宴，而是一场真正的噩梦。请看倒霉的基罗加在他的日记中是怎样写的："真是太痛苦了！有时候我几乎要哭了。在巴黎，我就是这个样子，连一个可以说说话的人都没有！每过一天，不能看到一点希望，而是眼前一片黑暗。"这就是基罗加在他的日记中所写的。再往下看，我们读到的句子就恰恰与海明威对巴黎的看法完全相反了。海明威在回忆巴黎时，称她为永远跟随我们的流动盛宴。而基罗加的日记里写的却是：在巴黎只有自杀的念头使他平静下来，这种想法来自一种新的冲动；从理论上讲，这应该让他远离对巴黎那些日子的回忆，然而，他非但不能远离那种记忆，而且那种回忆顽固地挥之不去，即使在他最后开枪自杀的时候，那种回忆也没有离开他的脑子，因为"即使到了那个时候，我说，我也将为对巴黎的回忆感到恐惧"。

## 50

再谈谈关于绝望的事。一天，我跟劳尔·埃斯卡里坐在埃菲尔铁塔高处危险的布莱斯咖啡馆里。如果我没有记错的话，那正是喝开胃酒的时候。我想读点佩雷克在他的那本《空间的种类》中写的东西给劳尔·埃斯卡里听："在城市本身的概念里就有点可怕的东西。它让人觉得我们只能贴紧那些悲惨而绝望的形象。"我问劳尔他怎么看这句话，他只是耸了耸肩膀。"我希望事情很快能变好。"那时我想到对他这样说。我的话中流露出绝望，但也有点装腔作势的成分。劳尔微微一笑。"这就是说你认为存在希望了。"他说。"难道没有吗？"我问他。"啊，当然有希望，但不是为了我们。"他回答说。

这个8月我在巴黎，一个共同的朋友把我在饭店的电话给了劳尔，劳尔给我打来电话时，我让他回忆我们这段短促的对话。没错，跟每次一样，他是从基罗加的国家，从乌拉圭的蒙得维的亚城给我打来电话的。他经常从这座城市给我打电话。电话是从电话亭打来的，这个电话亭就在罗特雷亚蒙出生的那座房子附近。劳尔对我们那次关于希望的谈话完全不记得了。"我是从电话亭给你打电话，不是从希望中给你打电话。"他对我说。我想，他是想用这句话（这句话荒唐而不完整，但对达到他的目的很有效）告诉我，他对涉及希望的话题不感兴趣；再说，从我们那次谈论希望至今已经过去了很长时间。"你知道吗，现在我在这儿正回忆和写下我们关于巴黎的谈话。"我对他说。他沉默不语。"你还在电话亭吗？"我问。"你为什么干这事？"他突然回答我。于是我告诉他，我正在准备一个为期三天的讲座，讲座的内容就是用讽刺的目光回顾我在巴黎度过的岁月。"你时时都会提到我吗？"他说。"噢，是的，"我回答说，"不过我特别要讲讽刺，讲巴黎，讲海明威，讲玛格丽特·杜拉斯，还要讲我怎样写了我的第一本书。"他又沉默不语了。"噢，就是说，这将是带点自传性质的讲座，讲你的流浪生活，你的在巴黎学习文学创作的岁月。"他突然说道。"没错，就是这样。"我回答说，"尽管我想学习，但没学到太多。""您真有意思，"他说，"在许多可使用的手法中，一部自传也可以写成一部虚构的作品。"他再次沉默不语。"那么，你就努力吧，"他补充道，"你要尽量真诚，给人以真实感，让人看到一个**真实的**你。至于我，你就尽量多说些谎言。"

## 51

有些日子,当黄昏降临的时候,如果在放松身心的卢森堡公园已经散过了步,我就会在回到我居住的小区之前转个弯儿,经过20世纪20年代曾经是葛特鲁德·斯泰因的家的门前,看看弗勒吕斯大街27号。跟海明威一样,我去那儿并非是因为"爱那儿的火、精美的图画和有趣的交谈"——这三样东西是海明威在那个家中发现的——而是因为我觉得那样做会给我带来运气。因为,归根结底,葛特鲁德·斯泰因小姐曾经是昔日海明威的保护神,恰如今日玛格丽特·杜拉斯像我的保护神一样。我就是这样想的。作为有点雄心大志的年轻人,我渴望的不是一种保护,而是两种保护。因此,我把那个有时候从那家门前走过,看看那个金属门牌的习惯视为一种可以驱邪的护身符。那个金属门牌提醒着人们,这里曾经是文学世界中心之一,但它忘记了告诉大家,当年去那儿拜访的天才人士们有时不得不听这样一句话:"玫瑰就是玫瑰就是玫瑰。"这是斯泰因小姐最爱说的话之一,它无可辩驳地证明了在文学世界中心同样总能听到一些废话。

"一个可怕的女作家。"那些为那幢房子挂纪念性金属门牌的人在完成任务之后大概会补上这么一句。因为葛特

鲁德·斯泰因这个美国流亡者企图净化英语，通过过分的
语言简化给英语以美学冲击（强迫读者像初次入世般看待
外部世界）。她真是一个糟糕透了的作家，尽管她对年轻的
海明威进行了有趣的教导。是她建议海明威在他的各种散
文中舍弃那些装饰性的、没有实际价值的东西，对文章集
中、压缩，总之，通过讽刺性的模仿，粉碎那些陈词滥调
的修饰。实际上，她在不经意中建议她的学生海明威以詹
姆斯·乔伊斯为模范，去做他在他刚刚写完的《尤利西斯》
中所做的事。

收到这条建议几个月之后，海明威阅读了乔伊斯的
《尤利西斯》。他在弗勒吕斯大街27号这样评论道："这本书
真是太棒了！"这是唯一一次在那个家中他能说这句话，因
为斯泰因小姐立刻提醒他，如果有人在那个客厅中两次提
到乔伊斯，她就永远不会再邀请他。但不管怎样，那句关
于《尤利西斯》的评语引起了乔伊斯的朋友埃兹拉·庞德
的注意。于是埃兹拉·庞德决定读年轻的海明威的作品，
并评价他为伟大的天才，为他加油，鼓励他，结果最后换
取的是海明威给他上拳击课。

我在黄昏时经常从弗勒吕斯大街27号的纪念性金属门
牌前走过，有时担心会让斯泰因小姐的幽灵发现，为了寻
求小说情节的相似，我把《贾科莫·乔伊斯》西班牙文版
第七页的大部分（《尤利西斯》作者的个人笔记）都搬到
了《知识女杀手》中。在《知识女杀手》进入中心内容的

前奏部分，我谈及了女杀手的插图笔记本：方括号中的数字指的是笔记本的页码；笔记的内容和插图每一页都跟原著一致；在《贾科莫·乔伊斯》的第七页上，可以读到非常相似的东西。

因为我是以乔伊斯一本真正的笔记为基础写的那段文字，所以我认为二者必然非常相似。当然，我对相似的理解比起真正意义上的相似还是有不小的差距，即使那些真正的小说家处理相似的问题也需付出巨大的努力。但是，以现在为起点往前看，我认为利用好相似在写作中还是非常有价值的。玛格丽特·杜拉斯曾唐突地交给我一张四开纸，上面写了教导我写小说的文字；我记得，当我认为没费太大的周折就弄懂了那张四开纸上的一部分问题时，心中是何等地欣喜。当然，我心中想，那张四开纸上最艰难的问题我还没有解决，比如说，完整性与和谐的问题，时间因素的问题和写作风格问题，更不要说叙述技巧问题，这个问题是很难把握的。

我有时于黄昏时分在弗勒吕斯大街上那幢房子前走过，我盼望这样做能给我带来运气。然而那幢房子从来没有给我带来过运气，至少我在巴黎的那段时间是这样，因此，这个8月，当我再去看那幢我视为驱邪护身符的房子的时候，我看了一眼那个纪念性金属门牌，就想起了葛特鲁德·斯泰因，想起了她没给我带来好运，想起了昔日她让我产生的恐惧，也就是担心她的幽灵会发现我跟乔伊斯的一些不太多的联系。我也想到了，或者更确切些说，是记起了在那些日子里我就写小说的完整性与协调遇到的难题，姑且就不说写作的风格问题和时间因素了。在这种场合，我要宣泄，冒着别人把我当成疯子的危险，我高声叫喊："斯泰因小姐，您在那儿吗，您能听到我讲话吗？您看呀，好好地看看我，我是海明威。您能看到我吗？《尤利西斯》是一本非常棒的书是一本非常棒的书是一本非常棒的书。您听到我的话了吗，斯泰因小姐？"

## 52

一天上午，我真的看到了来自美国、但一生注定属于法国的电影女演员珍·茜宝。她的头发很短（就像海明威小说中的女主人公），戴着太阳镜，穿着带圆形黑斑点的白色衣服。我看到她匆匆从埃菲尔铁塔旁夏乐宫的一道新古典主义山墙前走过。那道山墙上专门用金字刻印着一位法国诗人、思想家保尔·瓦莱里的庄严话语；突然间，当那个美丽的珍·茜宝从那儿匆匆走过的时候，那些话语似乎找到了它们的真正含义：

**它是坟墓还是宝库，那要看对谁。**

## 53

我每月给母亲打一次电话，每次都在那个专门配有国
际长途电话的电话亭。电话亭安在奥台翁驿站（那是圣日
耳曼街上的一家咖啡馆）的地下室。我跟母亲每月一次的
通话时间很短，只是为了用三言两语寻求个良心平静而已。
我觉得如果一个多月不跟她讲一句话，不告诉她我还活着，
那我就会是一个缺乏骨肉亲情的儿子，就是说，那就有点
太过分了。但是，实际上，我跟她打不打电话都是一样，
这事我心中有数。跟希望我回巴塞罗那的父亲不同，我母
亲对我如何生活完全不放在心上。再者，她认为我是一个
平庸无为的人。这一点她毫不掩饰，不知有多少次反复对
我表示，仿佛以此为乐。我认为她是想当面羞辱我。她总
是趁我爸爸不在场的时候以许多不同的方式对我这样说，
每次都变个花样，有一天她甚至拿我跟巴黎相比："儿子，
你比巴黎还灰暗，还平庸无奇。"

我住在巴黎那个城市对她来说无所谓。她是一个依靠
别的东西生活的女人。比如说，她依靠把所有看到的数字
加在一起过日子。别的人凡是看到的东西都会读一下，就
连飞在空中的报纸都是如此，而她则是把看到的数字全部
加在一起。比如说，有些人她从来不打电话，就因为那些
人的电话号码不吉利。她也以同样的理由拒绝住饭店的某

些房间。她不喜欢我出生的那个年月，也许就是因为这个原因，她避免跟我建立深厚的亲情。她时时刻刻挖空心思对我表示冷淡，将我看得一文不名。

当我知道父亲不在家的时候，我才从巴黎给她打电话。每次都没有几句话，而且总的来说都冷冷淡淡，特别是既不投机又很古怪。话不投机不是因为我古怪（尽管我的确相当古怪），而是因为我的母亲（我想她心中十分明白）向来都非常古怪，总是古怪得没有边儿。为了彻底说清楚，我再举些例子：她不能容忍同一只烟灰缸中有三个烟头；看到一个纽扣松了她会叫起来；如果飞机上有三个修女旅客，她就不会乘那班飞机旅行；在周五她既不开始做任何事情，也不把任何事情做完。好像这还不够，她是一个最后从不把水龙头关死的女人。说真话，最后这件事明摆着她是故意惹人气愤。

我住在巴黎对我母亲来说无所谓。但是，一天，在每月一次的电话中，她突然改变了态度。这样的事情只发生过一次，也许就是因为这个原因，所以我牢牢记在了心中。直至过了许多年后我才发现，她那奇怪的态度是因为我父亲那一天提前回到了家中，她不得不突然在电话里迫不得已地扮演了一个关心儿子的母亲的角色，对我说希望我回巴塞罗那，劝我放弃"对文学的可笑诺言"，结束飘忽不定的流浪生活。我在电话另一端诧异至极，没法更感到莫名其妙了。那次电话作为我从巴黎往巴塞罗那打的所有电话中最奇怪的一次留在了我的记忆中。巴黎是她非常了解的城市，还在她的少女时代，她就在那儿短暂地住过几段时间，这让她变成了一个有时候会说几句怪话的人。在她结婚之前，我外婆不知有多少次不得不和颜悦色地在客人面前为她的那些话语作解释："是这样，你们知道吗？这孩子曾在巴黎待过。"我外婆说。"啊，怪不得了，那就懂了。如果她在巴黎待过……"客人们用一种既嘲弄又亲切的语调说。

"你就像一张破唱片，反复就那么个调儿。"我记得那天母亲突然对我说（后来我才知道，那时正巧碰上我父亲走进家门），"你口口声声说巴黎好，巴黎好，可你在巴黎到底找到什么了？"尽管我很惊讶，但是我记得我差一点儿就对她说，我怀着一颗因悲哀而茫然的心走遍了那座城市全部的大街小巷。但是，话到嘴边，我什么也没敢说。"对我来说真是不幸。"她继续说道，"看到我儿子变成了一张破唱片。"说到这儿，她猛然停住了。当出现这种情况的时候，那就是她最后要冒出句怪话的预兆了。那种怪话是她在巴黎学到的，往往会带有奇怪的妙趣，就像那一天她这样对我说："你口口声声不离巴黎，就知道巴黎，仿佛是一座……遍布线条的城市里的破唱片。你看，埃菲尔铁塔除了线条还是线条，巴黎那些阔佬的裤子上都是线条，女门房的额头上都是线条，线条，线条，线条无处不在，而你就是这个线条王国里的一张破唱片。你应该重新考虑你的线条生活。"

我母亲是个直觉和才气都很机敏的女人。还在她那一天说出巴黎和线条的那些话之前，这一点就给我留下了深刻的印象。说来真是奇怪，她说的那些线条恰恰跟卡夫卡写的一点东西完全吻合，这件事不久前我就发现了。我敢肯定，我母亲绝不会读到卡夫卡的话，除了别的因素之外，就是因为她从来不读书。我觉得她甚至都不知道有卡夫卡这个20世纪匆匆过客的存在；此公看巴黎跟我母亲的眼光相似。他在自己的日记中写道："巴黎充满了线条……大艺术宫的线条天花板，办公室的窗户由线条分开，埃菲尔铁塔由线条构成，我们窗子对面阳台上中间和边上的贴缝木条都给人以线条感，室外小扶手椅和咖啡馆的小桌子腿均为线条形，还有公共服务场所内那些尖端为金黄色的铁栅栏。"

卡夫卡的线条巴黎。也许是由于沃尔特·本雅明的原因，我就更认可这一点。本雅明在他的《小巷之书》中将巴黎看成一个镜子之城："巴黎街道上的柏油光滑得像一面镜子，特别是家家咖啡馆前的平台上都装有玻璃。为了让室内更加明亮和所有的隔间以及最狭小的角落都给人一种宽敞的舒适感，每家咖啡馆无处不装有镜子，巴黎的商号店铺均为镜子的世界。女人们反反复复、不厌其烦地照镜子。巴黎正是因此而特别美丽。"

我的母亲。我的线条母亲。她是天才，是一个人物。

我爱她,可是她不爱我。但是,不管怎么说,她的死还是令我悲伤。她在自己生命的最后几年变得更加古怪,将一切都寄托在从格拉纳达买来的几张摩尔人驱邪护身符上。临终的时候,我和爸爸,还有她的两个不知多久没见过面的兄弟守在她的身旁,她说了几句告别的话,也就是她生命中最后的几句话。那些话是她预先想好的,所以我耳边响起了她的墓志铭,尽管我们没敢把那句话放在她的墓碑上。"我将嘲笑我那些痛苦的话语。"听到这话,她的两个兄弟既惊愕又伤悲。"这是因为她在巴黎住过。"我对他们说。

## 54

"你到巴黎来,就是要创立自己的风格,不是吗?"一天,玛格丽特·杜拉斯在夜间诡秘地这样问我。开始我真希望我是听错了,但愿她讲的是别的事,因为她是用**高级**法语对我讲的。但是,不对,她对我讲的恰恰是创作风格问题。她重述了一遍,我看到她认为我已经完全懂了。我想起了**风格**是她教导我写作的那张四开纸上的内容之一。我是在我们上了我的西亚特127型轿车时记起这件事的。在许多个月中,我是第一次答应开那辆车。那辆车我一直停在我家——也许最好说是玛格丽特·杜拉斯的家——门前,因为它缺一个前灯,我不知道何处能修;再说,也不知道要花多少钱。但是，那一天我答应了开这辆车，因为我在街上意外地遇上了玛格丽特·杜拉斯，她要求我——实际上几乎是命令我——开车到布洛涅森林走一趟，看看那儿到晚上妓女穿初领圣餐的衣服接客是否属实。那条消息是她刚从《快报》上读到的，设若真是那样，那是对妇女的一种侮辱，是对女性尊严的一种不可容忍的轻蔑。假若看到妓女果真那般打扮，她要写篇文章找个地方发表，她认为那是不可接受的。我坐到驾驶盘前，绝对无可奈何地等待着霉运上门，因为我在想，缺少一个车灯，马上就会遇上交通警察来找麻烦（事情真怪，没有遇上）。

时至今日，玛格丽特·杜拉斯那些关于我的写作风格的话还鸣响在我的耳际。"我没有什么风格。"在忍耐了好一会儿之后，我终于这样回答了她。那时我们已经到了布洛涅森林，在里面转了很长时间，什么都没有发现。一个小时过去了，那场令人憋气的搜寻毫无结果，我已感到十分厌烦，就用一种非常礼貌但也几乎要失控的语调对玛格丽特·杜拉斯说："我们在森林里已经旮旮旯旯地搜寻了二十遍，我看事情非常清楚了。"

"为什么你车上少了一个前灯？"那时她又问我。"因为我不知道到哪儿去修，也不知道需要多少开销。"我回答她说。她猛然间在我缺的前灯上看出了一种象征意义。"据说跟许多年轻人一样，你的风格也是只有一个灯。"她对我说，并且笑了起来，接着是咳嗽，咳嗽完又笑，随后又重复了我的风格只有一个灯的那句话。尽管我完全听懂了她话里的意思，但是我宁愿她讲的是**高级**法语。我假装聚精会神地看着方向盘，实际上那会儿真想看到一个妓女，就一个妓女，身穿初领圣餐的衣服，这样就可以彻底结束我文学风格上让人恼火的事情了。我们在布洛涅森林中来来回回折腾了一个半小时，最后没有发现我们要找的猎物，于是就停下来，在库伯勒酒吧喝了几杯波尔图葡萄酒——我每次到那儿都喝这种酒。在那儿，玛格丽特·杜拉斯问我是否愿意听听法国幽默作家雷蒙·凯诺的忠告。我正要回答她，她却卖关子，说不想告诉我那位作家有什么忠告，因为那忠告对我不会有任何益处。她转而给我讲了一件关于我所缺前灯的非常复杂的事。从那一刻开始，整个晚上她都用她的**高级**法语跟我讲话，我能听懂的寥寥无几。

风格！许多年间，我都把《知识女杀手》看成是一本与我无关的作家写的作品。再者，我觉得这本书冷冰冰的，很少反映生活。此外，如果我们考虑到我写这本书只是为了要我的读者丧命，那么我对待它的这种态度就毫不稀奇了。今天我认为我已经明白了为什么我总感到我写的第一本书是冷冰冰的，我认为这是因为它绝对缺乏风格。在那个时代，正如纪德所说，我们远远不懂得具有风格的作品的伟大秘密——举例说，司汤达的伟大秘密就在于一时心血来潮时当即动笔写作。纪德在谈到司汤达时说，他的风格，我们姑且可以称为其风格的精明，这种风格的精明就在于他那被激发的思维如此活跃，如此艳丽清新，就像收藏家刚刚抓到的一只正在破茧而出的新生蝴蝶一般。因此，这种描摹和加工润色是机敏而自发的，不是约定的、突然的和赤裸裸的。所以，司汤达创作风格的这种描摹和加工润色总是一次次让我们着迷。

我认为在我初涉文坛开始写《知识女杀手》的时候，我过分地把思维中的形式和内容、感情和感情的表现分割开来了，实际上，它们是绝对不应分割开来的。情感和思想应是永远不能分离的，而读者应该直接参与激发起来的思维中的文稿创作。

在青年时代，一个人带着动情的思维去写作的时刻是少之又少的。

## 55

没有一个初涉文学创作的作家不曾关心过自己的风格。在那次跟玛格丽特·杜拉斯一起外出的第二天晚上，我正在一边溜达一边翻来覆去地考虑创作风格问题，在波默拉耶电影院前面碰上了劳尔·埃斯卡里。要看电影的人排了很长的队，上映的影片是拍成电影的摇滚剧《汤米》。那一天有一件事我心中非常清楚，清楚得跟巴黎所有其他的人一样：很快天就要落雨了。可是，相反，创作风格问题在我的脑子里却是一盆糨糊，尽管有一点我也十分清楚：在普通平常的事情上，风格，而不是真诚，才是最根本的。而在重要的事情上，风格同样是最根本的。一言以蔽之：风格在哪儿都是根本性的。然而，确切地说，什么是风格？比如说，从实质上讲，一个人用烟斗吸烟就是他的风格吗？当我请劳尔·埃斯卡里说说他的看法时，他脸上露出厌烦之色，看了我一眼，接着引用了奥斯卡·王尔德的话："犯罪应该是一个人干，不要同谋。"我把这句话琢磨了一番，悟出了劳尔·埃斯卡里可能是想用这句话向我表明，应该告诉那些想寻求风格的人，寻求风格是一种难以捉摸的方式，因为要想获得风格，他们只要显示自己的本色就足够了。我装傻，假装不理解他的话，为的是看他能不能再多说点儿。"风格是一种罪行吗？"我问。波默拉耶电影院门前排队的人越来越多，我们决定离开那儿，开始朝穆费塔街走去。"未来的作家将是些低智商者，少有口才流利和雄辩的人，他们会把'伟大的风格'看成是复活节蛋糕。"劳尔·埃斯卡里突然说道。而后，又过了片刻，他带点神秘地补充道："便秘就是风格的未来。"到了穆费塔街，我们就进了罗宾咖啡馆。那个时候，劳尔·埃斯卡里才看出我是一脸茫然，渴望多了解一些关于风格的事，于是他几乎像是怜悯我似的又补充道："你看，是下雨还是下雪，你想告诉我这件事。那你就怎么做呢？你就说：下雨，下雪。这就是风格。明白了吗？"连他自己都不会想到他的才气横溢把我搞得有多么难受。这是因为正如一句法国格言所说：

没有任何人那么聪明，可以知道他干的全部坏事。

## 56

长眠中即是聋子，我们不会被天国打扰。

————马塞尔·普鲁斯特

那么，永垂不朽呢？难道劳尔·埃斯卡里就一点也未涉及永垂不朽吗？在玛格丽特·杜拉斯教导我写作的那张四开纸上，没有包括永垂不朽的内容。这是为什么？难道她本人没有怀着最高的雄心壮志写作，一直渴望创作出一部杰作，一部永垂不朽的作品吗？她为什么没奉劝我要野心勃勃？她是看我写不出永垂不朽的作品吗？她之所以没有在教导我写作中纳入永垂不朽这一条，肯定是出于常识；同样，在她的教导意见中，也没有纳入直觉、天才、学识和敏感的提示。当我看清这一点时，我的心情平静了下来。她怎么能建议我写出永垂不朽的作品呢？但是，这在我精神上留下了奇怪的痛苦烙印。每次看到她，我就觉得我**是个凡人**。一天，我对劳尔·埃斯卡里说了这件事。他对我跟他说的话并不感到惊奇。他陷入了思考，我等待着，看他会对我说点什么。由于过了一会他还在思考，我就问他在想什么。"我在想，我们名字的光辉停留在我们的墓碑上。"他说。

57

性格在周日下午形成。

——拉蒙·埃德尔

周日下午，我总是一人独处，感到甚是孤独。另外，小区改变很大，到处是些陌生面孔的人，他们来自城市周边地区，或者来自本地区乡下；这些人都只是乏味地在神话般的圣日耳曼街上观看关闭着的商店橱窗。我无法在咖啡馆里找到某个相识的人，每个周日，都有一种深为不幸的感觉占据我的心灵，我只好一边熬过这一天，一边等待着第二天周一重新归来，一切恢复到某种正常的状态。许多个周日的下午，我都到圣日耳曼街日夜杂货店地下室的书店去看书。有时候，为了找一个长时间待在那儿久久不离去的理由，我最后便买上一本平装书，而这本书就把我一周的预算突破了。我感到厌烦，这我知道，同一些书，我会看上十遍二十遍。

"生命是短暂的，尽管如此，我们仍然感到厌倦。"法国作家儒勒·列纳尔说。

某些周日，我觉得我待在那家书店里消磨时间是为了能够回到巴塞罗那，告诉人们我曾住在巴黎。一天，那是一个周日下午的黄昏时刻，显然天很快就要下雪了，我在那家日夜杂货店的书店里发现有一个我认识的巴塞罗那人，她是个精神病专家，叫阿莉西亚·罗伊戈，她正在观察我。我认为她看出了我的厌倦情绪，特别是注意到了我是独自一人，不知道自己在巴黎该干什么。我想躲起来，但是我知道已经没用了，因为她已经看到了我。我看到她朝我走近来，我的脸马上红了。"你住在巴黎，不是吗？"她客气地问我。我百分之百地相信她看出了我的孤独和无聊。我的脸更加红了。"对不起，有人在等我，我想我有急事。"我不留情面地表示。"你只是认为自己有急事吧？"她问，脸上洋溢着微笑。我买了一本平装书，并吩咐给我像礼物那样包好。我没有选择，而是买了第一眼看到的那一本，而她却对我喜欢阿法纳西·格洛普培柯的作品感到惊讶。实际上，我根本就不知道那个作家是谁。"我看要下雪了。"我说，并且马上离开了书店。

　　与那个人的见面触及了我的灵魂。过了一会儿，当我在夜间回到阁楼的时候，我可就崩溃了。我俯到《知识女杀手》的打字稿上，失声痛哭起来。我感到比任何时候都更加孤独和无依无靠。月光从小窗户里照进来，映在室内的镜子上，无疑那是为了让人产生一种虚幻的感觉，这在巴黎很典型，就是说，它让人感到那房间比它的实际面积大得多。月光让我眼花缭乱，似乎是要我往窗外看看是否在下雪。我站起身来，离开夜间的写字台，往外看了一眼，看到巴黎上空在下雪。我长时间地凝望着那个沉静、缓慢

而悄然无声的场景。当那单调的雪景开始让我感到再也难
以忍受的时候，我想到了某个人，这个人有一次想到，假
设上帝没有创造乌鸦的话，下雪会单调到何种程度。

58

　　一个冬天的下午，我在阁楼里写作，似乎觉得《知识
女杀手》里的一个人物埃莱娜·比列娜就站在我身后，向
我口授关于她应该说的话。"我不是女同性恋。"我听到她
清清楚楚地这样对我说。我转过身，没有看到她，但我觉
得她是刚刚在十分之一秒钟前消失得无影无踪的。"那么你
现在时时刻刻都要成为女同性恋了。"我对她说。没有听到
回答。知道我具有防止我书中人物反抗的权威，知道在
《雾》中发生在乌纳穆诺身上的事情不能也不应该发生在我
身上（那件事我们在学校里听到过好多次），这让我非常高
兴。因为让我最喜欢当作家的事就是在我阁楼的孤独中所
获得的自由。那是一种远离家长、远离家庭专制的世界、
远离政治的世界的自由，我把那个世界已远远地丢在后面，
丢在巴塞罗那了。我在巴黎变成了一个作家，变成了一个
自由人，并非是为了让一位小姐来到我的面前指手画脚，
用她的怪癖和命令将我的一切破坏掉，归根结底，她只不
过是我创造出来的一个人物罢了。

　　因此，从一开始我就清楚——事情有点怪，因为从一

开始我几乎什么都不清楚——通过思维的努力和帮助，作家一定要站在自己的人物之上（姑且就这么说吧），让自己的人物听命于自己，而不是让自己的人物超越自己，作家听命于他们。我告诉自己，从根本上讲，这是一件有关纪律和行为准则的事，也是有关优良举止风度的事，特别是这与读者对我们的信任有关。我认为我的这种看法是对的。因为，譬如说，请你们现在告诉我，你们不会因为我的这种看法就失去对我的信任，也不会觉得这样会造成混乱或觉得我缺乏教养；你们甚至可以认为，即使玛格丽特·杜拉斯突然从另一个世界回到人间，跟我们处在一起，抱怨我让她在这儿说的那些事情，要求我一次彻底修好我的汽车所缺的前灯，另外还要求我付她不知欠了多少个月的房租，并请求她原谅，总之是修灯和还她的债，如此种种，也不会导致什么引人注意的麻烦。

通过我写的第一本书，我学会了（更多的是出于本能）不让自己创作的人物来左右我。不过最重要的是，如果说我在巴黎真的学到了一点东西的话——我现在并不是在讽刺——那就是用打字机写作。在住进阁楼之前，那种不停地敲着单调的键盘工作的方式我用得不太多。至于写作风格，在写完第一本书后，我还是没有自己的风格，这是真话。我的风格差不多仍跟我来巴黎时一样。尽管我靠着烟斗和绝望做出了许多努力，但没有明显的改观。虽然我怀疑把读者全部杀死的做法会让我永远找不到爱我的人，但是最终我也没有彻底醒悟，认识到即便是**用文字**也不能把读者全部杀死，因为写作风格恰恰存在于赋予读者生命之中（而不存在于让他们丧命），存在于创造新的读者，存在于跟读者以最淳朴清晰的语言进行的对话之中，不管我渴望讲的事情有多么离奇古怪。

司汤达在写《巴马修道院》的时候曾下定决心，为了选取一种具体的风格，让他的读者精确地理解他要给他们表达的意思——哪怕他想对他们讲的是最稀奇古怪的事情——他时不时地要读一些《民法》的章节。他这样写道："如果连我自己都不明白，那**我的整个世界**就被摧毁了。"我花了很长时间才领悟他的用意——如果我算是真弄明白了的话。

## 59

由于阁楼只在大楼的夹层有一个非常狭小且令人恶心的公用盥洗室，那儿无法淋浴，我只好每周自己带上毛巾，坐很长时间的地铁到奥斯特里茨车站的公共澡堂打扫一下个人卫生，把自己收拾干净。恰恰来自我的城市巴塞罗那的火车都到达那个车站，这让我相当害怕被刚刚来到巴黎的巴塞罗那朋友或熟人发现。很少有比可能被这些人发现更让我感到害怕的事情了。就是说，我害怕突然被他们看到我可怜巴巴地拿着洗澡的毛巾，发现我在巴黎准备成为像海明威一样的作家的生活条件并非如田园诗般惬意。当然，一天，我最害怕的事情还是发生了。我听到有人叫我的名字，就去看呼唤我的人是谁。那是安东尼奥·米罗，如今他是著名的服装设计师，当时他是巴塞罗那加泰罗尼亚地区拉兰布拉罗缎装诚信店的老板。

幸好我刚刚洗过淋浴，而不是蓬头垢面脏兮兮的。"你在这儿干什么，收拾得这么干干净净的?"他问我。我愣了两秒钟才反应过来，而且觉得反应得很机灵。"我有个约会。"我挤了挤眼睛对他说。"天哪，你真会算计，出门还带着毛巾，一切都齐备。"他对我说。

那种我长时间乘地铁去洗淋浴的事情永远属于一个荒唐的世界。特别是当我淋浴后回到阁楼的时候，可真是滑稽透了，因为洗完后我要重新乘地铁回住处，待回到阁楼的时候，澡等于白洗，我又变得跟离开时同样地蓬头垢面了。更有甚者，那就是每次我都害怕有人在门口等我，看到我拿着可怜巴巴的毛巾回来，还有一张脏兮兮的脸。

这是因为，有时候有些社区里的朋友会上阁楼来问候我一下，另有一些人会出于好奇上来看看，还有一些人来自巴塞罗那，打算留在我的阁楼过夜（我几乎统统拒绝）。佩特拉姑娘就是最后这种人之一。她这种情况，我就作特例处理，答应她可以留下来。女人对我恰恰不是多余的，佩特拉应该说是上帝赐予我的祝福。在巴塞罗那我曾跟她睡过几次，实际上她是我离开巴塞罗那之前的最后一个情人（因为她长得很丑又没有钱，所以我对此事秘而不宣）。我看到她非常可怕，但这恰恰给予我强烈的刺激。另外，她是巴塞罗那周围最边远地区工人的女儿，这一点也让我的刺激感更加强烈，因为跟与我所在社会阶层的女人上床不同，和她上床让我少了些对性事失败的恐惧，不管是相对失败还是彻底失败。跟她睡觉我不感到太紧张，也不感到太拘束，能够逐渐轻松地学会如何做一个情人；另外还有一个附加的好处：如果我做得不到位，没有让女方满意，那也不会有任何人知道我的社会地位，我可以继续快快乐乐地干我那些无把握的性事。

佩特拉姑娘叫了门，几秒钟之后，她就赤裸着身子活动在了我的面前，用她的身体挡住了我从一本法国杂志上剪下来的弗吉尼亚·伍尔芙的大照片。我是把那张照片作为招贴画挂在那儿的。我在地板上我睡觉的床垫上坐下来，观察了佩特拉好一会儿。我们好像是在一家妓院里，尽管我马上看出那不是，因为我在电影里看到过，在镜子的映衬下，妓院的空间很宽敞，看上去女人的裸体很远，几乎给人一种神圣感。相反，在阁楼里，在一个如此狭小房间的四壁之间，裸体，也就是佩特拉的裸体，看上去离得很近很近，几乎马上就要发动进攻了；尽管那种进攻甚是有趣，但还是对我产生了强烈的刺激。

"你可以在这儿留两个晚上。"我对她说。佩特拉也只想在这儿待两个晚上。因为，尽管看起来可能是这样——

我心里想——但是她离开巴塞罗那并非是来巴黎找我的，而是因为她在巴黎找到了一份工作，如此而已。在两天之内，她将有自己的阁楼；她要去为住在马勒塞布大街的一位夫人的女儿上西班牙文课。夫人雇用她，管吃管住，另加很少几个法郎。她幻想着那一切都非常美妙。让她教西班牙文课不大像是真的，很可能是雇她当用人。也正是由于这个原因，她有自己的小房间，就是说，有她的仆人房间，她的跟我一样的阁楼。

两天之后，她离开了我的阁楼。临行时我们约好，下一个周五我到她的新居去拜访她。我真的这样做了。一个天气令人讨厌的星期五，我没完没了地倒了两次地铁去赴约，去佩特拉在马勒塞布大街的仆人房间跟她睡觉。但是我心绪不佳，因为也就在这个星期五，我有一个更为诱人的邀请，是来自巴黎的名流，地点在帕洛玛·毕加索的家中，而毕加索的家位于城市的另一端。

我先去了佩特拉的阁楼，打算把两件事协调安排好。西班牙发生了邮电工人罢工，我已经二十天没收到爸爸的汇款了。我身上已没有一个法郎，所以对跟帕洛玛·毕加索和她的朋友接触很感兴趣，因为我想，在那儿起码可以收到出席他们朋友圈子里另外的聚会的邀请。那些邀请可以帮助我继续生存下来，因为在那些聚会上用餐免费。去佩特拉的仆人房间拜访实在太讨厌了。我被分成两半，一个晚上要办两件事，让它们两全其美，都不耽误。

佩特拉和毕加索。两个各在巴黎一端的家中间需要整整一个小时的夜班地铁车程。我还忘了说佩特拉的那个房间实在太难看了。蓝方格窗帘是用便宜布料制作的，床罩是瞎凑合的，枕头上有一个长毛绒玩具熊。如果一个人看到这番情景，同时又想到那一刻自己本来可以在跟帕洛玛·毕加索或玛格丽特·杜拉斯圈子里的那些朋友交谈，真会哭起来。我对佩特拉说，我有一个重要的约会，没有时间跟她上床，我去那儿，只是因为我需要她给我钱，由于西班牙邮电工人罢工，我身上一个法郎都没有了。佩特拉很不开心。她接下来对我说的话大出我的意料。"我给你这笔钱。"她说，"但是你应该回巴塞罗那去，在这儿你是在白白浪费时间。我也在浪费时间，但至少我有一份工作。"她几乎把身上的法郎全给了我。我突然觉得自己像是个给她拉皮条的家伙，但同时这种感觉却也挺舒服。"好了，现在你走吧！"她怒气冲冲地说，但显然她还在爱着我。我朝钱看了一眼。"我要成为世界上最优秀的作家，我就是为此待在巴黎的。"我对她解释说。我又朝钱看了一眼。"西班牙邮电工人罢工一结束，我爸爸又会把我的工资寄来，到时我马上把钱还给你。"我说。"什么工资？"她问。我没有回答。之后，我乘了一个小时的地铁夜车，终于获得了**胜利**——至少这是我滑稽可笑的感觉——走进了帕洛玛·毕加索家中的客厅，在那儿谈起了奥黛丽·赫本、《蒂凡尼的早餐》和电影导演伯努瓦·雅克（他曾在玛格丽

特·杜拉斯拍摄《印度之歌》时担任助理导演）。《印度之
歌》在那些日子里席卷了巴黎的所有广告。而伯努瓦·雅
克刚刚上映了他的第一部电影，片名跟我的小说名相似，
叫《音乐家杀手》。那些大厅里的灯具很豪华，桌子上摆着
鱼子酱。我口袋里装着佩特拉的法郎，觉得自己是世界上
最富有的人。我为自己表现得那么机灵、以那么厚颜无耻
的方式把钱弄到手感到无比自豪。我以为有了那些钱，我
就已经变成曼波舞之王了。

## 60

一个半月后，佩特拉重新出现在我的阁楼里。我为了
不让她留下来，在把钱还给她之后，就请她去看电影。真
是凑巧，我们选的影片的场景，居然跟我们那天晚上在佩
特拉有着一个长毛绒熊枕头的阁楼里发生的情景一样。那
个一个半月前的晚上，对我来说，她就是汇款单和我的妓
女；对她来说，我是个匆匆的来访者和无赖，是曼波舞
之王。

"我建议你去看伯努瓦·雅克的电影，他是我在小区里
的一个朋友。"我对她说。虽然雅克住的地方离我的住处确
实只有咫尺之遥，但要说他是我的朋友，那可就大可怀疑
了。我在帕洛玛·毕加索家中的那次聚会上曾见过他几秒
钟，后来也只又见过一次，这一次是在玛格丽特·杜拉斯

家中，他是带着他的妻子马丁内·西蒙奈来的。

《音乐家杀手》由安娜·卡丽娜、约尔·布里翁和身价极高的老戏骨霍华德·弗农主演。弗农一直是配角演员，他对支持年轻导演或有冒险精神的导演十分热心，以前也跟阿列塔合作过。雅克的电影风格严峻而富有哲理，受罗伯特·布列松和玛格丽特·杜拉斯的影响，节奏缓慢，对话简朴而有分寸。说实话，非常凝练。马丁内·西蒙奈演了一个非常次要的角色，这在我看来明显不公平。

影片由陀思妥耶夫斯基的一个未写完的故事改编而来，雅克把这个故事搬到了巴黎，讲的是一个来自外省的小提琴手的经历。这个小提琴手确信自己具有非凡的音乐家天赋，便离开故乡来首都闯荡。在首都，他连续在一些乐团获得位子，但没有一个合作成功，于是他决定不再工作，因为他对跟世界上任何一个乐团平庸的成员分享自己非凡的天才不感兴趣，哪怕这个乐团非常优秀。他认为自己是世界上最杰出的小提琴手，游走于巴黎街头，用傲慢而妒忌的目光看着那些在巴黎城内举办音乐会的广告消息。最后他走投无路，只好去戏弄一个女仆（安娜·卡丽娜饰）。女仆在她简陋的小房间接受了他，因为她爱上了他。她爱上他并非因为他是个来自外省的音乐人，没有职业又傲慢自大，而是因为他是一个穷苦忧伤的老好人，她看到他在巴黎大叫大喊，称自己是世界上最优秀的小提琴手。

## 61

1974年4月29日，我买了纸和信封，写了一封和阿尔蒂尔·兰波在1870年4月29日写给泰奥多尔·德邦维尔的一模一样的信：

这些诗是否可以在《当代帕纳斯》找到位置发表？

我不是名人。但是这有什么关系？诗人都是兄弟，他们的诗里有信任，他们爱，他们希望：这就是一切。

亲爱的老师：提携我一下吧。我是个年轻人，向我伸出援助之手吧……

我把信塞进信封，寄给了泰奥多尔·德邦维尔先生，地址是巴黎市舒瓦瑟尔街阿尔封斯·勒梅尔出版社。

过了七天，邮局把兰波的信退回了我的阁楼。那封信寄到了舒瓦瑟尔街（那儿的确是法国作家路易-斐迪南·塞利纳青少年时代艰难度日的地方），但是在那儿没有找到任何一个泰奥多尔·德邦维尔，所以便退回了圣贝努瓦街。我在这条街上等到天黑，然后把它打开阅读。"我是个年轻人。"我高声朗读道。整个晚上我都等着有人来帮助我，希

望有人来敲我阁楼的门，向我伸出援助之手。那一夜，我
是在等待兰波的过程中度过的。

62

我经常去看电影。

尼古拉斯·雷的《荒漠怪客》是我一生中看的次数最
多的电影。在巴黎刚一上映，我就在某个滚动上映的夜场
排了队。我准备把那部电影看上N遍。它那关于爱情的对
话让我陶醉，我喜欢来自主人公坚强人格的安全感。我想，
如果我在儿时就认识了这个主人公约翰尼·吉他，那么我
的童年就完全是另一番情景了。我想象着我自己睡在我儿
时的房间里，由于知道约翰尼·吉他在守护着那个家，夜
间我什么都不害怕。我能背出主人公在电影里说的所有话，
特别是关于爱情的对话，因为在对话中约翰尼（斯特林·
海登）问威伊娜（琼·克劳馥）她忘记过多少男人，而威
伊娜则说跟他记得的女人一样多。

巴黎的一个晚上，我从圣安娜街勒塞布特迪斯科舞厅
的一次长时间聚会上离开。那是一家时髦的迪斯科舞厅，
也是美人儿的聚集中心（比如说，英格丽·卡文，但是伊
夫·圣洛朗、努里耶夫、赫尔姆特·贝格、安迪·沃霍尔
和另一个朱塞特·黛也在那儿，后者总是那么漂亮，而且
由一位丑八怪陪伴着）。我和朋友们一起走在塞纳河边，阿

道弗·阿列塔突然指了指河边那些雄伟的大楼之一的最高层。"在那儿，在那个亮着灯的宽大平台上，住着斯特林·海登。"他对我说。

我不知道约翰尼·吉他住在巴黎。听了阿列塔的话之后，我们继续往前走，几乎大家都以沉默表示尊敬，仿佛我们被河上方主人公平台上的巫术抓住了。那一天和那一次沉默之后，又有另外的日子和另外的沉默。我单独或者跟别人在一起几次又在夜间从塞纳河边斯特林·海登家附近走过。我记得每次我都本能地抬起眼睛，往那座大楼的最高一层张望，寻找那个平台，看到那儿总是亮着灯。我也记得每次从那儿走过我都感到很舒服，往上看看那大楼的最高一层，就感到从塞纳河边的那座房子里，从那个总是亮着灯不眠的平台上，伟大的约翰尼·吉他在夜间守护着我，监督着我，不让我有时由于忧伤而在河边走错路。

## 63

我经常去看电影。

看到由平庸的导演让·德拉努瓦根据维克多·雨果的小说《巴黎圣母院》改编的电影，我真的被感动了。虽然影片明显地让人感到恐怖，但是驼背人卡西莫多和美女爱斯梅拉达的故事却触及了我的灵魂。从影院出来，我一直走到巴黎圣母院旁的爱斯梅拉达饭店。在那些日子里，爱斯梅拉达饭店无可争辩地成了市内流浪人的中心，成了自由神话般的空间。据说在那儿房间没有钥匙，而且所有的房间都相通。一个名叫赫尔曼的西班牙年轻人做接待工作，他是阿列塔和哈维尔·格兰德斯的朋友，他告诉我，有个异装癖经常光顾那家饭店，每次都假扮成朱塞特·黛，还总是闹出一些丑闻。

那么，谁是真正的朱塞特·黛呢？赫尔曼给我解释说，她是主演过让·谷克多执导的《美女与野兽》的女演员。她之所以特别著名，是因为在拍摄了那部电影之后，她跟一个比利时人（世界上最富有的男人之一）结了婚，那个男人由于放任她迷恋绿宝石而破产了。

"那么这就是你在爱斯梅拉达饭店告诉我的一切。"我想对赫尔曼说的就是这么句话。他荒唐地对我说的话这么简短表示不满。我看到他那般毫无道理地大动肝火，便很快离开那儿走了。走之前，我还是对他告诉了我谁是真正的朱塞特·黛表示了感谢。我离开爱斯梅拉达饭店，决定登高爬上巴黎圣母院（我从来没上去过），了解一下卡西莫多神秘的领地。我跟几个旅游者一起往上爬，爬到顶上以后，面对眼前的情景，我不禁大为惶惑不安。我们共同的朋友的朋友、女摄影师马丁内·巴拉特正在用她的照相机让劳尔·埃斯卡里名垂后世，因为我这位朋友正跟威廉·巴勒斯在一起。没错，恰恰在那一刻，劳尔·埃斯卡里正在跟那位美国实验小说家分享一根大麻烟。对此从我看到

的第一刻起，我就毫不怀疑，尽管面对那一发现我感到极
为慌乱和惊讶不已。劳尔跟那位著名作家在巴黎圣母院顶
上干什么？当然，既然我想问人家，那么我也应该问问自
己：我也爬上了修道院高处，我想在那儿干什么？

我发觉我对这位好友的许多事情都不了解。另外，我
感到我被彻底排除到那个场面之外，以至于我都不敢走过
去跟他们打招呼。由于他们没看到我，我也就不跟他们说
什么了。我感到自己是一个低贱卑微的人。如果我前去跟
他们打招呼，说不定他们会突然把我推向一个未知的世界。

在以后的日子里，每当我见到劳尔·埃斯卡里的时候，
我就会时常不由自主地想起，他对我隐瞒着一些朋友，也
肯定隐藏着一些事情。我又想，正如萨特所说，地狱也许
不是**别人**，而正是一些我们自以为很了解，实质上却完全
陌生的人。直至有一天，劳尔·埃斯卡里亲自给我看了马
丁内·巴拉特拍的照片。"有一天，我跟威廉·巴勒斯在一
起，你知道吗？"他真诚而毫不神秘地对我说。如果说在那
儿有个神秘而不可思议的人的话，那就是我自己，特别是
我那时对他说："当时我就在巴黎圣母院顶上，但是我没有
朝你们走过去，因为我不敢，你跟那么著名的一个人物在
一起……"

劳尔·埃斯卡里看了我一眼，好像我才是那个吸大麻
烟的人。实际上，他看我的样子就跟我在修道院高处看他
跟巴勒斯在一起时的样子相同。不过，最为让人感到惊奇

的是，片刻之后，他表示对我非常理解，他发现，尽管非常奇怪，但我说的是真话，而且话中带点怨恨和妒忌。他是那样相信我对他说的话，以至于请求我的原谅，然后又告诉我，第二天他约定跟赛日·甘斯布一起玩弹球机。我想过许多次，直到那两次神秘、惶惑和妒忌的场面出现之后，我们之间的伟大友谊才真正全面牢固地建立起来。

## 64

我经常去看电影。

说到在巴黎的最后那些日子，我常常记起那天下午，我偶然在拉丁区的一个小电影厅里看了一部电影短片《三张美国唱片》，由德国著名电影导演维姆·文德斯于1969年拍摄。在那部影片中，摇滚配乐占据了绝对重要的地位，甚至超过了影像本身。我突然回忆起了我生活中已经忘却的配乐。"我们很久以前就忘记了那种习俗。"沃尔特·本雅明在《单向街》中这样写道，"我们的生活之家就是依据那种习俗建造起来的。但是，当必须突然把那个家攻占的时候，敌人的炸弹就开始落了下来。那时，无论什么毫无遮拦、奇奇怪怪的古迹，都会被那些炸弹炸得只剩下地基。"

那一天，就在那个小电影厅里，出现了我早已埋藏在我生活的大厦地窖里的奇怪古物：我回忆起了1963年我走在巴塞罗那佩拉约大街上的那一天；在那条大街上，我平生第一次听到了披头士乐队的演奏。他们正在唱《转弯和呼喊》，我觉得这支乐曲不同于任何乐曲，它向我揭示了一种稀奇的幸福感，那种幸福感在那之前是不可思议的。

摇滚乐的发现拯救了我的生活，至少它给了我寻求生活的动力。那种乐曲不是我们这一代人从任何人那儿继承来的，也没有人教我们去爱它。相反，倒是不止一个人竭力说服我们，让我们坚信应该鄙视它。披头士成员的长发，今天我们觉得是一种庸俗，然而当时实际上并非如此，而且应该说恰恰相反。我认为事实上它对摇滚乐起了决定性的作用，因为它创造了与资本主义截然不同的认同感。在某种意义上，可以说它是向革命迈进了一步，因为，正是摇滚乐第一次给了我们许多人一种认同感。这种认同感之所以成为可能，是因为面对摇滚乐，即使我们处于绝望之中（不管这种绝望是真实的或是伪装的），它还是把我们跟一种奇怪的幸福联系在了一起。

那一天，在那家拉丁区的小电影厅里，我重新找回了埋藏在我生活地基下的回忆，想起了那首改变了我未来前景轨迹的乐曲——《转弯和呼喊》。《三张美国唱片》开始于一次乘车旅行，镜头从车窗起始，慢慢在风光中移动，逐渐展现出城市、商铺、广告、招贴画、郊区、汽车报废厂、工厂，同时传来范·莫里森的乐曲。维姆·文德斯和彼得·汉特克做着评论，他们的画外音压过了车内电台播放的音乐。那部电影真正的主角是摇滚乐；它变成了荒凉而不可穿越的宇宙间的唯一传导体。车外面有什么无关紧要——这不是一部公路片——重要的是在车内：车内电台、电影配乐、摇滚乐。

从那天开始，范·莫里森就成了我最喜欢的歌手。我觉得那一天对于我具有重要意义，因为我发现我应该丢掉某些情结，不要认为摇滚乐跟我能写的东西没关系。那一天我也领悟到，我不应该被某些与我同辈的西班牙作家吓倒，他们说他们只对古典音乐感兴趣。比如说，有一天，我想对他们提及滚石乐队，他们就觉得我甚是可怜。那一天我也明白了，在创作的时候，不仅绝不应该放弃任何东西，而且也不应该让自己受到我那个如此落后的国家里那些假充博学者怜悯目光的影响；那些假充博学者，全是一些死盯在印刷纸型文学上的傲慢作家。那一天，我明白了在写作的时候不应该放弃任何东西，因为正如沃尔特·本雅明所言，写作的时候，事情不分大小都应该讲述；这样做是遵循一条真理：对历史而言，发生的一切，没有任何东西应该被认为可以丢弃。那一天，我发现在国外有一些我上一代的作家和电影导演，比如维姆·文德斯和彼得·汉特克，他们欣然谈论着摇滚乐，谈论范·莫里森的一首歌曲会给他们突然带来一种奇特的幸福感。我继续生活在绝望之中，但有时候会有一种奇特的幸福感，而且那种幸福感还会继续到来，它来自摇滚乐。

## 65

我经常去看电影，大概埃德加多·科萨林斯基也经常去看电影，因为我在看电影时经常碰到他。据苏珊·桑塔格说，科萨林斯基是一位博尔赫斯研究人士。他是阿根廷流亡者，似乎厌倦了那种舒舒服服过日子的局外人角色。他是作家，也是电影工作者，曾经住在巴黎和伦敦，我不知道他现在住在何处，我想现在他只住在巴黎。我记得我之所以崇拜他，是因为知道他会把两个城市协调好，同时从事两项艺术事业，这一点我肯定办不到。比如说，在我到达巴黎之前，我从未想到过一个人可以同时居住在两个城市，对我来说，一个城市就足够折腾了。我还记得我看过某部他制作的电影，读过他写的关于研究博尔赫斯和电影的散文，也读过他写的论流言蜚语作为一种叙述方法的论文，以及其他文章。他所有的作品都很吸引人。在我离开巴黎十年之后，我非常欣赏他的《巫毒之城》一书。那是他流亡期间的著作，是一部跨国作品，利用混合结构写成，当时是一种非常创新的手法，今天在文坛上地位则更为稳固。

《巫毒之城》给人这样一种印象：它是科萨林斯基在非常认真地听取了让·吕克·戈达尔的建议后写成的。后者建议作者要把虚构的电影变成纪录片，把纪录片变成虚构的电影。《巫毒之城》一书把散文和虚构糅合在一起，走在了另外那些后来的作家的前面，因此它也就往前推动了新的有趣的文学倾向。它的叙述仿佛由两种成分组成：散文风格的叙述和叙事风格的散文。另外，书中充满了铭文和题词式的引文，读来让人想到戈达尔那些充满引言的电影。我在八九十年代的某些作品都由戈达尔的电影引申而来（尽管我猜想是无意识的），而且我认为也有点引申自科萨林斯基《巫毒之城》的小说结构。这种结构中那些看上去随心所欲、别出心裁的引文和移植成分赋予语言一种绝佳的感染力：引言，或者说文化垃圾，以奇妙的方式进入作品的结构，它不是顺畅地与作品的剩余部分相衔接，而是与其相碰撞，上升到一个不可预见的强势高位，变成作品的又一个章节。

《巫毒之城》这本书被写成了文学作品，在我看来，作者感到自己是个局外人，对此他却觉得舒舒服服。我认为，对于我的小说而言，它在随时策划情节方面产生了特别的影响。但是，这种影响我是在20世纪80年代中期接受的，因此，它属于跟这次三天的讲座完全无关的文学传记时期。这次的讲座不谈什么情节，而是以讽刺的心态回顾我的青年时代，驱除那个时代的邪气。

## 66

我经常去看电影，看《印度之歌》。有时找个这样的理由，有时找个那样的理由，反正总是去看《印度之歌》，那是玛格丽特·杜拉斯的最佳影片。如果有人没看过，我就会自告奋勇陪他去看。影片1975年在巴黎的几家电影院同时首映时大获成功，我看过许多次，每次都心醉神迷。此外，我感到它仿佛是我的作品，也许这是因为我曾多次去过拍摄现场，特别是电影在布洛涅森林的罗斯柴尔德宫拍摄的时候，那儿距两个月前我和玛格丽特·杜拉斯去寻找穿衣像初领圣餐时的妓女的地方只有咫尺之遥。那座宫殿是玛格丽特·杜拉斯在那座城市里做长途散步时发现的。从一开始她就被那个地方迷住了。直到她生命最后的日子，她都对那个空间念念不忘，保留着对它的深刻印象，讲述戈培尔曾住在那儿，罗斯柴尔德家族的几个仆人曾经在宫殿的密室里背着德国人从事抵抗活动。战后，罗斯柴尔德家族的人决定永远不再回那儿居住。当玛格丽特·杜拉斯选中那座宫殿作为取景地的时候，它显然已处于被遗弃和毁坏的状态。那是一幢严重衰败的房子，非常适合玛格丽特·杜拉斯企图要讲的发生在那儿的故事。她讲的是一个热恋突然被中止的爱情故事。围绕这个爱情故事的是外部世界——印度。印度的恐怖、饥饿、麻风病和季风带来的潮湿。还有那些日常突发事件的固有的恐怖。一些隐身人的声音担当讲述者，努力再现那个爱情故事。那些声音是在模模糊糊地进行回忆，尽管它们没有忘记恋爱的男士在法国使馆的接待室里高声发出爱情的呼喊，副领事高声呼叫恋爱女士的名字安娜·玛利亚·斯特莱特。同时，远处传来的轮船汽笛声和附近小鸟的叫声清晰可闻。整部电影就是一场伟大的爱情呼喊的回声。

我多次去拍摄现场，有时候是跟劳尔·埃斯卡里，有时候是跟阿道弗·阿列塔，目睹罗斯柴尔德家族的公园怎样变成了一座殖民地花园。一盏巨大的石英灯把夜间的蝴蝶吸引过来，成百只蝴蝶在那儿被烤死。巴黎夏日白色的光芒蒙上了一层季风色彩。在首映的那一天，玛格丽特·杜拉斯非常喜欢人家问她是在印度哪个地区拍摄的那部电影。我记得在那次首映结束时，阿兰·罗伯-格里耶走近她说，她拍的电影他全部看过，他非常喜欢《印度之歌》。我记得当时我一下子愣住了，因为我不知道我是把她的话真的听清楚了，还是她又用她的**高级**法语说话时我没听明白，反正我觉得玛格丽特·杜拉斯的回答是她感到非常遗憾，因为她无法为对方的电影做出相同的评价。我记得在我的一生中，我从未听人说话那么直白，大概也正因为如此，那些话牢固地铭刻在了我的脑海里。另外，我一生中有些场合也仿效了这种直白，但总是效果不佳，因为不管怎么说，受伤害者都会做出不良反应，变成我的仇人，最后，由于一种奇怪的联想，我都把他们视为仇人，他们讨厌《印度之歌》的美感，讨厌这场伟大爱情呼喊的回声在那个印度之夜渐渐远去。随着时光的流逝，我明白了这种联想并非像我原来以为的那样是胡思乱想，因为《印度之歌》唯独让我的朋友们喜欢。

67

我经常去看电影。在我喜欢的电影中，总是有意大利电影导演贝尔纳多·贝尔托卢奇的《随波逐流的人》。我非常欣赏多米尼克·桑达、斯蒂芬尼娅·桑德雷莉的参与和有争议的皮埃尔·克里蒙地的介入。我也欣赏维托里奥·斯托拉罗出类拔萃的摄影。不过，首先最让我着迷的是，那部电影与其他所有电影截然不同，它那讲故事的方法是完全非传统的。故事的发展是跳跃式的，就如创作一部长篇小说时故事情节的发展那样，你不知道它会在哪儿停下来，也不知道它是不是要结束了。像阿根廷作家胡里奥·科塔萨尔在他的《跳房子》（阅读这部小说让我感到我更是紧密地跟巴黎连在一起，当时我对它很欣赏）里做的那样，贝尔托卢奇将叙述变成了游戏。我在心中琢磨，哪一天我敢用这种在贝尔托卢奇和胡里奥·科塔萨尔身上发现的游戏精神着手创作一部小说，绝对自由地从这个方格跳到那个方格。这种叙述艺术是在他们创作一开始就具有的。贝

尔托卢奇的另一部电影《巴黎最后的探戈》，尽管尚未达到
《跳房子》那样完美无缺的水平，也让我感到一定程度的震
撼，特别是它那令人神魂颠倒的开始：一个迷失方向、陷
入深深绝望的马龙·白兰度——我想，就跟我一样——在
巴黎街头，不知走向何方。以那样的形式开始，从那种极
端的情况出发，一切似乎都有可能发生。当时电影就是一
面镜子。这面镜子甚至照出了迷失方向的我，因为我不知
道——我为这种无知而痛苦——优秀的小说是文字现实的
镜子，就像电影是视觉现实的镜子一样。举例说，对于这
一切，我全然不懂。不过，即便我早已发现了叙述的游戏，
懂得了跳房子的游戏和讲故事的理想模式，我仍然不懂得
如何来编织和展示那种现实。再者，一个可怕的问题的影
子会降临到我的阁楼：什么是我自己的现实？如果我连自
己的现实都不知道，我怎么还会有编织和展示现实的欲望？

　　现在我来跳跃一下，也许我会改变题目，但是不会改
变方格。做游戏需要遵守游戏规则。我跳跃一下是为了坦
诚地告诉你们大家，我为不怀念我那些开始当作家的学徒
年代而感到很幸运，因为，比如说，假如现在我能告诉你
们我在那些年代是如何怀着豪情壮志，如何在阁楼里写作
消磨时光，如何因整天长时间地工作而变得身体瘦弱而憔
悴，晚间当所有人都进入甜蜜的梦乡的时候，我还要继续
不知疲倦地伏案工作，一直工作到黎明，仿佛是充了电，
即使后来……假如我能把这一切告诉你们该多好呀，但是

我不能这样做，因为在我青年时代从事写作的时候没有什么丰功伟业，没有什么美妙或感人之处。对此我很清楚，这是很可悲的。不过，这也是我的幸运所在，因为我现在活着没有怀念和留恋。我甚至连我的纯真、我的励志激情和强烈的欲望都不怀念。这就像在巴黎我巧妙地一步步把一切都推迟到后面，只等在如今的这些岁月间真正感受写作的诱惑——晚年岁月的写作诱惑。

## 68

根据传说，1944年8月25日，海明威端着一支冲锋枪，带领一队法国抵抗运动成员，先于同盟国军队几个小时攻入了被德国占领长达四年之久的巴黎，解放了里茨饭店的酒吧，也就是著名的坎邦街柏蒂酒吧。据说，说得更准确点儿，是海明威解放了饭店的酒窖。然后，他占了饭店的一间套房，几乎一直在喝香槟和白兰地，醉醺醺地开始接待朋友或者来祝贺他的一般访客。在到饭店来的人中，有高傲得不能再高傲的安德烈·马尔罗。这位作家指挥一小队士兵列队进入里茨酒吧，他脚蹬锃光瓦亮的马靴，完全变成了一位陆军上校。他到里茨酒吧来不是为了向哪个人表示祝贺，更不是来祝贺海明威的。海明威立刻看到了他，并马上记起了这位高傲的上校在1937年放弃了西班牙内战来写《希望》，那部长篇小说被一些淳朴的老实人捧为杰作。他很快发现，马尔罗上校在炫耀他的那一小队士兵，嘲笑那位里茨饭店的解放者海明威率领下的一伙衣衫褴褛的士兵。

"真可惜，"海明威对马尔罗说，"我们攻占巴黎时，居然没有得到你的精英士兵的支援。"

他手下一个浑身破衣烂衫的士兵用法语在他耳边悄悄说："爸爸，我们可以把这头蠢猪枪毙吗？"

这个夏天的8月25日，我去了柏蒂酒吧。这个小酒吧在二十年前改了名字，如今它在里茨的地址叫海明威酒吧，尽管那里有过许多另外的著名顾客，其中包括玛琳·黛德丽、司各特·菲茨杰拉德、英格丽·褒曼、格雷厄姆·格林和杜鲁门·卡波特。

我和妻子去那家酒吧，原本是想庆祝它解放五十八周年，但是一走进去，就看到那个狭小的空间里挤满了人，他们都喝得酩酊大醉，好像也在庆祝那个日子。那些人已醉得不能自持，丑态百出。我在那儿看到的景象跟天堂相去十万八千里。海明威说："当我做梦到了天堂的时候，总是被带到巴黎的里茨饭店去。"我觉得不得不立刻提醒我的妻子，那儿的情景跟我期望的完全相反，它不是天堂。"但愿它成为天堂。"我妻子神秘地说道。我正想对她说我不明白她说的那句话的意思，这时酒吧里的一些人看到我们在找桌位，就互相说了点什么，有几个人甚至笑了起来，我一直不知道他们在笑什么。"你看出这些笨蛋在笑什么吗？"

我对妻子说。她只是耸了耸肩膀，似乎那种情况并没有让她像我那样受到伤害，我向来都是把事情看得比她严重。

我记得当我青年时代住在巴黎的时候，我三天两头地去那家酒吧，当时它还叫柏蒂酒吧，在那儿没有人笑我。相反，有些人甚至对我很尊重，给我提些劝告，许多许多的劝告。那时酒吧里总是有空位，我喜欢坐在顶层的一张桌子旁。有一天，我跟维吉·瓦波鲁坐在酒吧的顶层上，她"屈尊就驾地"——这是我拿来表示别人看得起我的用词——给了我一个我从未忘记的劝告："每逢你想要批评任何人的时候，你就记住，这个世界上所有的人，并不是个个都有过你拥有的那些优越条件。"过了几天，我发现那句话出自《了不起的盖茨比》，就请她给我一个解释。当她发现自己被我揭穿的时候，她几乎哭了起来，而我在那一刻明白过来，她对我的劝告完全是出于善意，都是为我着想，在巴黎没有一个人像她那样看重我。

没错，她几乎哭了起来，并且请求我原谅，称她对我进行劝告的那句话是为了纪念司各特·菲茨杰拉德；后者是那家酒吧的常客，另外，他写过一个短篇小说，题为《一颗像里茨饭店那么大的钻石》。钻石为她平生所渴望，她渴望得到一颗那么硕大的钻石。维吉·瓦波鲁是拉丁区里最漂亮的异装癖，而且从来没有一个人像她那样跟杜鲁门·卡波特的小说《蒂凡尼的早餐》中的霍莉·格莱特利如此酷肖。在巴黎明净凉爽的清晨，我在拉丁区跟她不期而遇，她向我提出的问题令我想起了卡波特小说中的女主人公："我原以为作家都是年纪很大的人，当然了，尽管帕特里克·莫迪亚诺还不算老。真的，海明威老了吗？""海明威死了。"我不得不这样回答她。

在许多个明净凉爽的巴黎的清晨，我在拉丁区买面包时跟她不期而遇，她高声地向我提出非常有趣或者说不可思议的问题，特别是考虑到我们正在一家面包房排队买面包，那实在是不合时宜。我尤其记得她提过这样一个问题："我不是一个世故或假冒的女人，而是一件货真价实的伪造品，这难道不是真的吗？"不消说，所有排队买面包的人都朝我们投来了目光。在某种形式上，那副场面可说是我现在这种感觉的先例——当我在这年8月25日走进老柏蒂酒吧时，所有的人都朝我们投来目光，并且有些人还嘲笑我们。人变老了就该这样子吗？我想，当我年轻的时候，在这个酒吧里没有人会笑我；不仅如此，他们还给我出些主意，比如今更尊重我。

一天，也是在酒吧顶层的桌子旁，让·科克托电影里的明星、演员让·马莱给了我一个神秘的劝告，从那时起我一直在翻来覆去地考虑他说的是什么意思。我曾陪一个记者朋友去为一家西班牙杂志采访他。采访快结束时，让·马莱听说我想当作家，就转弯抹角地最后给了我一个劝告，说我肯定是渴望出名。"不是这样吗？"他问我。我没有回答他，因为我还没想清楚该如何回答，实际上我不仅仅想出名，而且渴望在巴黎获得成功；不过两件事也许是一回事。那时让·马莱说："名声是由千百条传言和误解铸成的，那些传言和误解往往与真实的人关系不大。"我三心二意地听着他的话，并不清楚他要表达什么意思，而且当时首先闪过我脑子里的想法是，他在竭力模仿让·科克托，因为他说起话来跟让·科克托一个腔调，他的人格跟他的前任情人及导师的人格已经融合了，有时候他的动作和表情简直就是让·科克托的翻版。当他告诉我要给我一个劝告的时候，我准备洗耳恭听。"制造一个跟你一模一样的替身。"让·马莱说，"他可以帮助你增强自信，甚至可以冒名顶替你去登上舞台，让你远离喧嚣安静地去工作。"过了一段时间，我知道了这个劝告是来自让·科克托经常说的一句名言。对此我并不感到奇怪。

就这样，我在里茨饭店的酒吧里听到了五花八门的各种劝告，就缺我的妻子给我一个劝告了。这个过去的8月25日，当我们看到里茨酒吧间在海明威史诗般的功绩周年纪念日呈现的那般情景时，我对妻子说，当庆祝一个节日的时候，不管庆祝什么节日，我们都没有任何理由要参与进去。我这样说的目的是我们不要留在那儿。由于妻子沉默不语，我又坚持说道："再说，我们没有在海明威说的天堂。"那时，妻子给了我一个劝告，这个劝告一直让我们在那家酒吧待到第二天黎明。她说："正因为我们没有在天堂，所以我劝你还是在这儿待一会儿，我们来利用这个不是天堂的地方开心地笑一笑。想想看，在地狱里他们是不让我们笑的，在天堂里更不会让我们笑。在那儿肯定我们做什么都不适宜。"

这个8月25日，我和妻子解放了我们最隐秘的激情，仿佛是我们在解放里茨饭店的酒窖。兴许我们解放得有点儿过头了。我们开始要了两杯鸡尾酒，振作了一下精神，我跟妻子讲起了马尔罗上校和海明威在里茨饭店的军事冲撞。"你让我感到厌烦了，海明威。"妻子突然对我说，她是军人的女儿和孙女。那一刻，我本来应该想起，一种隐秘却又严重的敌对心态，一股针对个人的憎恶感正在她的心中扎营——最恰当的动词恰恰是这个军事术语"扎营"——而只有在夜间被酒精刺激后，这种心态才会流露出来。她尤其对我那个怪癖极为反感：我喜欢最终有一天，哪怕出于怜悯，某个人会撒谎说我长得很像海明威。但是，我对那第一次攻击的意图没有太放在心上，没有给予应有的重视。我们又要了两杯鸡尾酒，接着又要了两杯，然后又要了十杯；我开始把鸡尾酒叫**马尔罗鸡尾酒**。但是一切都变得像莫洛托夫鸡尾酒——莫洛托夫汽油弹——那么危险了。猛然间，我们发现天已经亮了，用海明威的话说，我们已经过河入林了。我们笑得很开心，如同一对真正的傻瓜，时间在我们身边飞驰而过，日光已经渗进了酒吧里。我正在跟几个绝对是地地道道的大笨蛋的美国人交谈，突然间，我那烂醉如泥的妻子不再笑了，因为她觉得我那些衣衫褴楼的士兵——她是这么说的——不尊重她，看她不顺眼。
"什么衣衫褴褛的士兵？"我惊慌地问她。据她说，衣衫褴
褛的士兵就是那几个跟我交谈的大笨蛋。"你的私人军队。"
她说，那些人是酒吧里最后一帮醉鬼。我瞅了妻子一眼，
她让我想起了马尔罗上校，这是难免的，于是我冒出了这
么一句："你不会是在想我要枪毙你吧？"我绝对不应该这
样问她，绝对不应该。我暴露了一个事实：有一股隐秘的
憎恶感也"扎营"在我的心里。随后爆发了一场"军事冲
突"，我扮演的是海明威爸爸的角色，妻子扮演的是马尔罗
的角色。在这场可怕的冲突中，我打输了，失掉了两颗牙，
也失掉了对自己的信心以及对妻子的信任。第二天，当她
说我比以前更漂亮了的时候，我简直对她恨得咬牙切齿。
她这样讽刺地对我说："你少了两颗牙，已经不那么像海明
威了。"

## 69

　　佛朗哥第一次死亡的时候——他死过两次——我正在
阁楼里平静地读诗。当那个独裁者在马德里的医院里即将
离世时，一个假的小道消息传到了流亡中的西班牙共产党
领导人圣地亚哥·卡里略那儿，他通过巴黎电台过早地宣
布了独裁者死亡的消息。我阁楼的邻居——一个从来没跟
我讲过话的神秘黑人，但是那一天他跟我讲话了——在他

的晶体管收音机里听到了这个消息，就热情地来敲了几下我的门。我开门看到他，首先不禁大吃一惊——那是一个身高两米的科特迪瓦的黑人，样子有点像食人生番——他对我说："早上好，**乖乖**，西班牙的佛朗哥死了。"说罢就纵声大笑起来，同时也就自然地露出了他那一嘴尖利的牙齿。那消息让我非常高兴，尽管我仍然不失稳重，表现出一定的镇静，我想那是我企图避免让他发现我面对他那副样子感到害怕。"**乖乖**是什么意思？"我只是这样问了一句。他没有回答，转身回了他的房间。

自然，我没有再继续读诗。我走出阁楼到街上去跟遇到的第一位朋友共同庆祝佛朗哥去了另一个世界。在那些日子里，除了读博尔赫斯（我刚刚发现这个作家）和先贤祠作家们（以卢梭和兰波为首）的文学作品外，像在巴塞罗那做的那样，我继续读"二七年代"作家的诗，特别是读路易斯·塞努达、佩德罗·萨利纳斯、胡安·拉雷亚、加西亚·洛尔加和豪尔赫·纪廉。我读了许多诗。"二七年代"作家的诗一直影响着我，我们把那些诗称为培养作家的诗。实际上，在我生活在巴黎之前的那段时间，我在巴塞罗那就只是读诗，不仅读"二七年代"作家的诗，而且也读胡安·拉蒙·希门内斯和安东尼奥·马查多，以及某些战后诗人，如布拉斯·奥特罗的诗。这一切都影响着我在巴黎阁楼生活前的文学习作，鼓励我去创作。

对西班牙的诗，我一直给予关注，我是西班牙诗歌的忠实读者。不管怎么说，我在巴塞罗那大学读书的那些岁月，是西班牙诗歌推动我去写出了我最初的某些幼稚的诗篇。那些诗我至今还保留着，比如《露天里的青春》，今天倒是可以用讽刺的目光把它的标题改为《愁苦中的绝望》，因为表面看来那是一首非常欢快和乐观的诗，然而实际上却无法掩饰我面对生活的焦虑和彻底的茫然无措："我设计了一个世界/背负着石板/老修士们/面对赞美诗痛哭/我则在全神贯注倾听拉丁文/感染那死亡的领域……但是现在我准备挥霍自由/感觉最后终于正在体验到了人生/那些老牌的卑鄙之徒从来没有为我而做过美梦……"

我在巴黎挥霍自由？没有那么多的自由可供我挥霍，也许可以挥霍染上肺炎的危险。我的电炉曾经坏过，有几天在阁楼里我冻得要死。阁楼里不像在我父母家那样有中央空调，所以就没有真正的自由，或者说得更确切些，没有充分的自由。本来这是我所懂得的，但我宁可自欺欺人，认为寒冷和流浪是纯净的自由。我是一个失败的诗人，本来想写出伟大的诗篇，现在已经压低了雄心壮志，甘愿只做一个讲故事的人，这让我干的事已经相当不轻松了。可是，我依然怀揣着想做诗人的破灭理想。从本质上讲，《知识女杀手》那部罪恶的手稿所讲述的就是我本想成为的那个诗人的死亡。

总而言之，在我获悉佛朗哥死讯的那一刻，我正在读诗。但是，一听到那位屠夫将军的死讯，我便不再读诗，出门到街上找某个朋友共同庆祝那件事。我碰上了哈维尔·格兰德斯，他对独裁者的死还完全蒙在鼓里，我告诉他之后，他拥抱住我，我们拥抱了很久，喜不自禁地上蹦下跳，跳的是那般高兴，以致最后我崴了一只脚。一个小时之后，我拖着绑了绷带的脚回家，结果获知佛朗哥并没有死，气得我大骂圣地亚哥·卡里略。在以后的日子里，由于脚崴了行动不便，我便又去读诗。后来，有一天佛朗哥又死了，这次又是黑人邻居的收音机里传来的，这次的消息是真的，但是我已经不能高兴地跳起来了，因为我已经用某种形式庆祝过了，再说我的脚也不听使唤。黑人邻居又来敲门，又一次叫我**乖乖**。有一会儿我觉得，每当佛朗哥死的时候他就叫我**乖乖**。独裁者第二次死亡的时候，我也正在读诗。这一次我读的是克劳迪奥·罗德里格斯的《觉醒之歌》："仿佛是从来就不属于我/请你让我的声音在空中回荡/在空中/让我的声音属于所有人，让所有人都知道/不管是一个上午还是一个下午，那都一样。"

　　我打开阁楼的窗户。一个独裁者，一个大杀人犯死了。尽管不能说——就像克劳迪奥·罗德里格斯在他的诗里说的那样——风或光是属于我的，但我心想，也许很快我的声音就会在空气中回荡，它将属于所有人。一开始我想到，佛朗哥的死是一个非常重大的历史事件，它有点像克劳迪奥·罗德里格斯在那首《觉醒之歌》中说到的东西。随后我变得严肃起来，心想对我、对风和光，一个新时代就要开始了。然而，突然……

那不会是最后一次，但那样的事在我的生活中是第一次发生。当我正觉得这情况超验得叫人害怕时，我突然几乎是毫无意识地从这股肃穆的眩晕中挣脱，直接记起了一个无关紧要的外国单词，这个单词和当时的超验感受相比实在是小事一桩。但是，不管怎么说，它还是让我轻松了下来，因为我的情绪忽然依附在了这桩小事上。

那个外国单词就是沙湾拿吉。

沙湾拿吉是一个东方地名，在影片《印度之歌》中着魔般地一次次重复。那是一个东方地名，一个外国单词，对我来说，由于影片中一个印度女乞丐说出这个词的方式，我觉得它更像是提问而不是一个专有名词，一个以令人毛骨悚然的方式喊出的问题，就像是有个人像副领事那样喊道："那么现在怎么办？"那声音跟沙湾拿吉一样。那么现在怎么办？声音里充满痛苦和焦虑。那是一声呼喊，一个问题，一个失落的词，就像在荒凉的加尔各答喊出的威尼斯之名。

那是一声呼喊，一个问题，一个词，后来在电影里变成了一首歌。

那么现在怎么办？

佛朗哥死了，而我只想着季风时节的阳光在恒河边的公园里颤动的情形。佛朗哥死了，而我只会想沙湾拿吉。这似乎很轻浮。但随后我就想："那么现在怎么办？"

## 70

我找到了一本书。我断定它与我的流浪生活有关。书的名字叫《杀人犯的时代》，作者为亨利·米勒，写的是兰波的传记，同时也是对米勒在巴黎既穷困潦倒又感到幸福的岁月的回忆。在一篇1955年写于美国加利福尼亚州大瑟尔的序言中，作者在谈到兰波时说，那位法国诗人以发自心灵深处的象征性语言"描写了当今正在发生的一切事情"。按照米勒的说法，兰波和伟大的宗教革新者之间存在着直接的关系。那位法国诗人也建议一切从零开始重新创造生活。"他比任何时候都更活跃，"米勒这样评价兰波，"未来是属于他的……即使没有未来。"我心想，鉴于我的现在平淡无奇，未来如果属于我那就太妙了。我愿意相信米勒说的没有未来，我愿意相信他，只要能够保留这样的希望：无论如何，即便那个未来不存在，某一天它也属于我。

## 71

这个8月我去了巴黎，乘地铁一直到了法国国家图书馆，它那荒唐的建筑结构是由于密特朗的妄自尊大而建起来的。我去这个奇怪的地方是因为就跟W.G.塞巴尔德一样，我深信那儿"埋藏着我们的文明所产生的一切东西"；我也深信，现代人在进步和独一思维的催眠状态下，不会怀念躺在那座先贤祠里的东西，也不会怀念那些已逝者的足迹。现代人似乎是误入了歧途，处在了他们可望而不可即的一个未来的海市蜃楼中。

也是在20世纪70年代，当我在巴黎的时候——当时在我眼里，密特朗基本上可说是玛格丽特·杜拉斯的一个朋友，1943年全面抵抗时期，他在我那间阁楼里曾躲藏过两个晚上——未来就是海市蜃楼，但是我拒绝接受。由于正处在青年时代，我感到有责任相信自己有未来，尽管对这个未来我看不太清楚。另外，由于总是绝望，我竟然真的一天天生活在绝望之中，把一切都看得很灰暗，未来一片漆黑。我的青春开始像我以前称作的那种"黑暗中的绝望"。这种绝望——有时是伪装的，有时则真的非常鲜明——是我最忠实的伴侣，我住在巴黎的漫长的两年中间，它始终陪伴着我。有许多次，从我不太伪装的绝望中似乎突然闪现出一点光亮，它告诉我，我正在那间阁楼里埋葬自己的青春。我想，青春是美妙的，而我的流浪生涯将一无所成，我在扼杀自己的青春。

一天，通过一篇科萨林斯基写的关于博尔赫斯的散文和电影，我发现了这位《阿莱夫》的作者。我在西班牙书店里买了他的短篇小说集，读起来大开眼界，特别是他在一个短篇里阐明的也许不存在未来的思想，给我留下了深刻的印象。这跟我在米勒的作品中看到的涉及兰波的思想如出一辙。面对这种对时间的否定，我又感到茫然了。这种否定时间的观点，在论述奥尔比斯·特蒂乌斯的一篇文章中也可以找到，此为所有哲学流派中最重要的公理。根据这条公理，未来的现实只存在于我们当今的忧虑和希望的形式之中，过去的现实只不过是纯粹的回忆而已。

过去永远是一种回忆的集合体，而且那些回忆是非常不牢靠的，因为它们绝不会符合原来的事实。关于这件事，我从博尔赫斯那儿听到了一点非常美丽动人的东西。我是在他于泽基安作的一个秘密讲座上听到的；泽基安是一家地下书店，位于利特雷街一幢房子的二楼。正是科萨林斯基本人让我找到了那家秘密书店。

去泽基安前，我没有未来；离开泽基安时，我又没有了过去。

我听博尔赫斯说，他记得一天下午他父亲跟他讲了关于回忆的一件非常悲哀的事。父亲对他说："当我第一次到达布宜诺斯艾利斯的时候，我以为我能回忆起我的童年时代，因为我认为，比如说，如果今天我回忆今天上午的什么事，我脑子里就会出现今天上午看到的东西的形象。但是，如果今天晚上我来回忆今天上午的事，那我回忆的就不是上午第一个看到的形象，而是我记得的第一个形象了。因此，当我回忆某件事的时候，我所回忆的不是事物的真实形象，而是我在回忆我最后一次对它的回忆，亦即我在回忆最后一次的回忆。所以，实际上我绝对没有对童年的回忆和形象，也绝对没有对青年时期的回忆和形象。"

在回忆过父亲的这些话之后，博尔赫斯沉默了几秒钟，我似乎觉得那阵沉默近乎无限。过了片刻，博尔赫斯又补充道："我努力不去想过去的事情，因为如果我去想，我知道那是我在进行回忆，脑子里出现的不是第一批形象。这让我感到悲哀。一想到也许我不会有对我青年时代的真正回忆，我就不免伤心起来。"

## 72

听了博尔赫斯在泽基安书店讲的关于我们没有对青年时代的真正回忆后，过了几个月，一天，有个自称西尔维的姑娘在大街上叫住了我，她以共谋者的语调告诉我，那一天她在博尔赫斯泽基安书店的讲座上看到了我，她想告诉我，下周二的下午六点钟，乔治·佩雷克在那家秘密书店里有一个讲话。"我在那儿等你。"她半带神秘地说，"你不要迟到，因为乔治·佩雷克的讲话很短。"接着，她给了我出席秘密会议的暗号，随即拐过圣贝努瓦街和雅各布街交叉处的街角，永远地消失了。她梳着跟简·柏金同样的发式，这是我对她记忆最深刻的地方。我说她永远地消失了，是因为我在下一个周二去泽基安书店参加秘密会议时没有见到她，我一生也再没有见过她。这是一个谜。

对于去不去泽基安书店见乔治·佩雷克，我犹豫再三。因为，首先我不得不一个人去，重新爬到利特雷街那座楼房二层的白漆门前，这让我感到胆怯，觉得很困难。几个月前，我在那儿听过博尔赫斯的讲座。再者，佩雷克我已经见过一次，当时是推介菲利普·索莱尔斯的一本书，我暗暗地仔细观察过他。总之，还有一些其他理由，让我非常不愿意到那家书店去。但事实是最后我还是去了。我报了暗号（"我是一个睡觉的人"），进了楼房，尽管情况很正常，我还是感到惴惴不安，因为门前回答我暗号的人嘲笑了我，他们说："可是，看你的脸色没有什么睡意。"书店里有三十个人左右，我一个人也不认识。六点整，有个人出现了，他自称是佩雷克，但实际上不是。更有甚者，他丝毫不像佩雷克。除了其他方面之外，他是个黑人，看到他我清楚地记起了托尼·威廉姆斯，那位派特斯乐队的主唱歌手。假佩雷克的讲话很短，让人难以忘记，即使那是青年时代的回忆。他的讲话大概如此：

"很久以前，在纽约，太平洋最后的浪涛滚滚而来，撞击在一片礁石上，飞溅起白色的浪花。在距那片礁石数百米的地方，有个人打算自杀。他是一个律师的书记员，躲在屏风后面，坐在他桌子对面消磨时光，一直不肯从那儿离开。他以姜味饼干为食，从窗户里可以看到一堵变黑的砖墙，他几乎伸手可及。要求他做什么都没有用，他不读书，也不去邮局。威胁和恳求对他都徒劳无益。最后，他

几乎双目失明，不得不把他赶走。他赖在了楼梯上，那时
只好把他关起来。但是他坐在监狱的院子里，拒绝进食。"

说完这些，那个假佩雷克死死地盯了听众片刻，然后
便走向门口，用力砰的一声把门关上走了。"倒霉到家了还
怕什么！"坐在我旁边的人高声喊道。所有人都不高兴地看
了他一眼。不一会儿会议就散了。我一切都蒙在鼓里，什
么都没弄明白。我走上利特雷街，回到阁楼。我没见到西
尔维，也没见到佩雷克。那砰的一声把门关上又是怎么
回事？

真奇怪，我想。这件事我会记上几年吗？第二天我把
"倒霉到家了还怕什么"这句话搬进了《知识女杀手》中，
天晓得随着时间的推移，我会不会有勇气回忆起派特斯乐
队的这位歌手呢。

## 73

在巴黎的这个8月，每当回饭店的时候我们都从利特雷
街大楼前经过。在那座大楼的二层，曾有过一家叫泽基安
的秘密书店。不管是我还是我妻子，都没有下定决心走进
那座昔日曾经是泽基安书店所在的大楼的二层探个究竟，
看看那儿到底有什么名堂。那家书店大概还在那儿吧？它
是否继续处于秘密状态？的确，真是活见鬼，在一个自由
的巴黎，怎么还存在一个地下书店，而我还觉得那是正常

之事哩？

我记得清清楚楚，它几乎在我脑海里挥之不去：大楼里有一道螺旋式楼梯通向二楼，二楼有一扇白门，在门的窥视孔上方，有一个涂成黑色的微型字母Z指示着方向。

尽管我时时都想让自己重新回到那个有一天我亲眼看到了神奇的博尔赫斯的空间，但是我始终没有下定决心迈出第一步。同时，这种我同妻子共同感到的犹豫不决——她也非常地犹豫——实际上在慢慢增大我的好奇心，让我极为渴望知道那个神秘的泽基安书店大概变成了什么。也许现在它已经是一处温馨的中产阶级家庭的安静住宅？这户人家并不知道这幢房子的过去，而当他们知道有一天博尔赫斯曾在他们甜蜜的餐厅里做过一次讲座，坦陈他一想到我们对自己的青年时代也许没有真实的回忆就感到悲哀时，他们必然会感到一片茫然。

那扇白门后面到底会有什么？时间一天天地流逝，我们还是没有下定决心进入利特雷街那幢大楼，爬到二层去按那扇白门的门铃——那扇白门大概仍然是白色的吧——那里可是泽基安书店的所在地呀！直到一天下午，我们在花神咖啡馆里躲雨时意外地碰上了朋友塞尔希奥·皮托尔——我们不知道他在巴黎，遇到他对我们是个惊喜。他立刻变成了我们向利特雷街那幢大楼进发的头儿。实际上是他把我们拖到那儿去的。雨刚要停下来，他就说，我们就去那儿调查，想知道的必须查清，不查清那扇白门后面是什么名堂我们绝不离开那幢大楼，看看那儿到底有什么人或家具——说这话时他微微一笑——那儿恰恰是有一天博尔赫斯声称没有对我们青年时代的真实回忆是一件可悲的事情的地方呀！

我们进了利特雷街那幢大楼，看到在二层有两套对门的住房，它们各自有门，但没有一扇是刷成白色的。正像我记忆中的那样，那道螺旋楼梯依旧在那儿，据此可以断定我们没有进错大楼，但是，无疑我是记错了二楼夹层那扇唯一的门。一时间，所有围绕泽基安书店的调查都转向了那两扇门，看看哪扇门是那扇白门。

尽管我做了努力，但我还是不能断定在那两扇门中，哪一扇是我几乎在三十年前曾两次穿过的那扇白门。我们决定叫左边那扇门，因为我觉得它更可能是那扇白门。室内没有人答应。我们继续叫，狠狠地按了几次门铃。依旧没有回应。"这显然是那家书店的门，好像里面没有人，您已经看到了，它的房间是那样机密，变得已经看不见了。"塞尔希奥·皮托尔说，他毫不掩饰这次调查让他感到非常开心和有趣。突然，我觉得他仿佛进入了他写的一个短篇故事中。那时，我想起了他写的短篇小说都是一些让人猜不透的故事，如果最后打算对我们揭露点什么，他绝不会对我们说得明明白白，而是让神秘一直伴随着我们每一位读者直到最后。塞尔希奥·皮托尔这位短篇小说家的风范就在于总是在讲述一切而不破解其中之谜。

塞尔希奥·皮托尔是那样兴奋，他用力敲门，同时笑得前仰后合。这时我们听到对面的门里有个人转动窥视孔在偷看我们。少顷，我们转而按对面的门铃。一个上了年纪的女人——一位老妇人——小心翼翼地把门打开一条缝，没有解开门上的安全链。"你们在找人吗？"她问。皮托尔想出了一个聪明法子，他用无可挑剔的法语问道："我们找豪尔赫·路易斯·博尔赫斯，他是住在对面吗？"那女人稍微沉吟了一下，然后对我们说："他们是住在那儿，但是他们不在，他们从来都不在。"

听了这话，皮托尔的目光突然一亮。现在我们知道泽基安书店曾经存在的地方以及它现在可能继续存在的地方了：博尔赫斯一家从前住在那儿，而现在他们已经不在了。我们嘻嘻哈哈地离开了那个地方，觉得为了解开那家秘密书店之谜和这个世界的谜，能做的事情我们全都做了。我们离开那儿时有一种感觉：我们跟看不见的真相离得比任何时候都近。

## 74

我跟劳尔·埃斯卡里经常去参加阿根廷人的聚会。那应该是在1974年7月左右，在画家安东尼奥·塞吉的画室里举办的一次聚会上，我认识了希尔韦塔·洛沃，一位年近八十岁的乌拉圭夫人。乍看上去她是一个人格高尚的女人，

非常有情趣，尽管有时候她表现出某种忧虑，因为她似乎
时不时地被一种短促却十分强烈的不安所侵袭。尽管她从
未踏上过西班牙的土地，但她对西班牙却无所不知。她对
我说，她一生对那个国家情有独钟。相反，她对男人从来
不太感兴趣。这话是她对我说的，然后她扬扬得意地自吹
自擂说自己的名字跟普鲁斯特小说中的一个人物希尔韦
塔·德圣鲁相似。接着她再次谈她对男人的冷漠，并且为
没跟任何男人结婚而显得甚是骄傲。"所有男人到最后没有
一个不让人厌烦。"她说。她突然出其不意地问我，愿不愿
意第二天一起去一家餐馆吃饭。"如果您不认为您单独跟一
个年轻人去吃饭会冒险的话……"我对她说，想表现一下
自己颇有情趣，但显然却是非常笨拙。看到我周围的人都
笑了起来，我又赶快补充说："或者是单独去跟一个老头吃
饭。"此刻我突然意识到，我说的让画家塞吉的客人都大笑
不止的那第一句话，很可能是母亲恰恰在谈到我时说的话
（对她来说，我永远是一个孩子：顺便说一下，是一个单调
乏味的孩子）。

第二天，我跟希尔韦塔·洛沃太太在香榭丽舍大街一
家饭店的私人餐厅里共进午餐。有好一阵子，我感到自己
是一个由他非常愿意有的母亲陪着吃饭的孩子。"玛格丽
特·杜拉斯对你好吗？"她这样问了一句，仿佛在跟我的房
东就母性感情进行竞争。在几乎整个进餐过程中我都感觉
良好。我受到了保护，仿佛跟母亲在一起，好像这种感觉

我好久都没有过了。当时我想，实际上，直到那一天，也许我从来就没有得到过一个母亲的保护。此外，没有一个母亲觉得我单调乏味，而是把我看成具有艺术潜能。在洛沃太太的眼里，我的艺术潜能是无限的；这句话让我感到我具有创作才能，也使我鼓起勇气向她讲述了《知识女杀手》的故事情节，尽管我给她讲的故事情节绝对是大变样了。

由于我们喝的三瓶波尔多红葡萄酒（不算少）的贡献，我把我小说的整个故事都改变了。事实是我对她说，《知识女杀手》讲的是一个非常迷人的老太太的故事，但是这个迷人的老太太有杀人倾向。她只勾引西班牙年轻人，最后跟他们做爱，把他们杀死。

"难道你把我看成一个食人的情人吗？"她冷不丁地问我。我不知该对她如何作答。"你认为我是什么呀？一只母螳螂吗？"我不大清楚她指的是什么意思。"你认为我是那种一跟男人交媾就把他吃了的女人吗？"她说完这句话，就猛地扑到我身上来。我将永远记住这件事，将其看成我们可以称为（当然，我会特别强调这件事）我在巴黎性教育的一个最短但也是最有意义的插曲。

她把手插进我裤子的"文明门"，我吓了一跳，一下子愣住了。"你不太像个西班牙人，而更像一块极地冰。"她相当恼火地说，因为她看到我几乎一动不动，冷得像个冰块。我本想问她那是不是一种责备，但波尔多红葡萄酒的效力让我转到了另外的思路。

"您母亲近况好吗?"我说。

毫无疑问,这是一句颇有教养的问话,但在那一时刻显然是荒唐的,而且,向一位如此年长的夫人提出这样的问题尤其荒唐。但是,当我听说——简直不可思议——希尔韦塔·洛沃居然真的还有母亲的时候,不禁感到大为意外。

"我母亲的情况仍然令人羡慕。"她对我说,接着她向我解释了为什么:她母亲已经九十五岁高龄了,生理机能还很正常,可以独自步行去做弥撒,参加葬礼也能控制感情,还逐渐培育了一种非凡的道德美。

"那么,您母亲的母亲呢?"我怯生生地问,没有半点儿嘲弄的意思。

"她仍旧处于死亡状态。"她回答我说。

我看到这一次她真的跟我发火了。她让我想起了我母亲由于我的某种顽皮或恶作剧而大动肝火的样子。总之,女士们先生们,我应该毫无讽刺意味地告诉你们一件事:我平生从没有像那天一样感到有那么多母亲。

## 75

他们告诉我您叫克拉拉,对吗?不对?嗯,我也不是算命先生。事实上没有人告诉我您叫这个名字,只是我想

跟听众中的某个人短暂接触一下，稍稍摆脱一下我这次讲
座的讲稿。我要重新即兴讲演，告诉您和全体听众，我不
收回我对你们讲过的话：我喜欢纽约胜过喜欢巴黎。而现
在我也不否认，就如海明威在1918年做的那样，我真喜欢
在百老汇和曼哈顿散步，穿着我的少尉制服在那儿吹牛，
就跟海明威一样在第五大道列队前进。现在我也不否认我
喜欢亚麻色头发的女护士，那样的女护士也喜欢我，这是
当然的。您是女护士，我不认为我看错了。您不叫克拉拉，
但您是女护士。

我喜欢女护士，因为她们有伟大的牺牲精神和耐性。
对此海明威很清楚，所以他经常爱上她们。第一次世界大
战期间，在意大利，一挺奥地利机枪的子弹击中了海明威
的左腿，他被送到了米兰曼索尼大道的美国红十字会医院。
那儿有十八名女护士，却只有八个病人。那么好，海明威
爱上护士长阿格尼斯·汉娜·冯·克鲁斯基，一个出身德
裔的美国女人，这个女护士激起了他的灵感，让他塑造了
《永别了，武器》中的女主人公，以至司各特·菲茨杰拉德
调侃说，海明威每写一部新小说都需要一个新女人。当然
了，夫人，您不叫克拉拉，但您是这次讲座的新女人，对
此我毫不怀疑，正像我毫不怀疑巴黎永无止境那样。那么
好吧，您走吧，没有人阻止您。请记住，我不想给您制造
麻烦，我是一个疲惫的男人。您走吧，当然是这样。这事
儿也并不严重。再说，今天我就要结束了，明天我会告诉

你们我是否真的想在巴黎获得成功。

## 76

我们走在圣日耳曼大街上。当走到奥台翁驿站咖啡馆的时候，我想建议阿玛宝拉（一个样子像卡车司机似的安达卢西亚女人）我们停下来一会儿打一盘弹球。实际上这是我要的一个小计谋，为的是去看看马丁内·西蒙奈，她也经常去那儿玩弹球机。那是一个灰蒙蒙的秋日，我深深地沉浸在乡愁和阴郁之中，觉得唯有看到美丽的马丁内·西莫奈情绪才会转好。

没准儿是出于妒忌，因为阿玛宝拉已经猜出了我的用意，她表现得仿佛是个跟马丁内·西蒙奈水火不容的女人，马上用她那令人难忘的喝多了卡塞利亚烈性酒的嗓音，不费吹灰之力地让我直接大为扫兴了。"听着，"她说，"你早就过了玩弹球机的年龄。我们不进驿站，你一天比一天更像散落在地上的纸牌。""我像散落在地上的纸牌"这句话引起了我的好奇。"你这话是什么意思？"我问。"我说呀，亲爱的，你还在糊里糊涂，还在误入歧途。因为，我们来看看，你打算怎样生活？"我觉得，就因为她不愿意停下来玩弹球，她那么指责我实在太过分了。"那么，可以问问我们这么急急忙忙地要到哪儿去吗？"我反击道。她在街上站了一会儿，然后一如她惯有的荒唐古怪，用她那很重的安达卢西亚口音说："我们去殉情。"

进了驿站，我看到弹球机被哈维尔·格兰德斯占着。"至少让我到酒吧里跟他打声招呼。"我对阿玛宝拉说。我们进了酒吧，她嘴里嘟嘟哝哝很不情愿。"你们俩在干什么？"哈维尔·格兰德斯问，眼睛没有离开弹球机。"在争吵。"阿玛宝拉说。"为什么争吵？"哈维尔·格兰德斯问。"不为什么。"我说。"什么不为什么？"阿玛宝拉重新指责我道，"我们在说你还完全糊里糊涂，不知迷途知返。""此话怎讲？"哈维尔·格兰德斯笑着问。"他还没考虑好自己要怎样生活。"阿玛宝拉解释说。

哈维尔·格兰德斯继续玩着他的弹球机，只以他那特有的方式纵声大笑起来，然后几乎是扯着嗓子高声对阿玛宝拉说："可是他已经知道要怎样生活：当作家。不过，事情就是有点晚了。"说罢他又兴高采烈地哈哈大笑起来，我觉得他好像是吸了大剂量的大麻烟。"怎么说晚了？"我抗议道。哈维尔把手里的游戏停下一会儿，将一只手放到我的肩膀上，清清楚楚地用他那出生地马德里区丰卡拉尔的地方口音对我说："我是说你跟鲍里斯·维昂比起来是晚了点儿。此公到了你这个年龄几乎已经快死了，但那时他就已写出了五百首歌，三百首诗，我不知多少部的长篇小说，五十部舞台剧本，八部歌剧，一千五百篇音乐评论。而且，不仅如此，他还吹小号，无节制地吹小号。他还是一个了不起的夜游者，天天从绿吧到马提尼克·罗姆酒馆，从塔布酒吧到小圣贝努瓦酒馆，从三只小鸭酒吧到老鸽窝酒馆。他结过两次婚，我不知他有多少子女。他拿过工程学位，在巴尔萨尔跟侍者争论过上千次，胡闹过上千次，他在这个区的富家子弟喧闹的舞会上狂听唱片，把电唱机的针都磨秃了。总之，我干吗跟你说这些呀。"

哈维尔的一席话让我低下了头，实际上已经把头垂到了胸前，仿佛输了一千盘弹球游戏。"哦，太好了，"阿玛宝拉对我说，"我们要的就是让你感到沮丧。"

## 77

我真的想在巴黎取得成功吗？在那些年月里，我的头脑还比较简单，所以想深挖一下这个问题，结果最终也没能找到精确的答案。我最多也只是能记得自己大概已经是一个很著名的作家，但遗憾的是我缺乏最根本的东西：写出一本书。另外，即便我把手中正在写的那本书完成，对出版它我也怀有很大的恐惧心理。出版这本书的想法所引起的巨大恐惧一直萦绕在我的心头，令我惶惶不安。我也缺少一个女人，一个既漂亮又聪明、还要深深爱着我的女人。这一点我也不具备。实际上我一无所有。天底下竟有如此不公平的事。也许如果我把小说写完并且能够出版，我就可以获得成功，可我太害怕了。哦，即使也许我能克服恐惧把小说出版，并且恰恰有一个既非常漂亮又聪明的

女人——或许是个女护士，她读过小说马上爱上我——来
阅读它，从而使我获得成功，但那时又会出现可怕的疑虑：
考虑到我要把我的读者全部杀死，我不会找到一个爱我的
女读者。没有比我的文学习作更悲惨的前景了，因为我在
往我自己的屋顶上投掷知识杀人的石头。更糟糕的是，我
要等到把那本书写完，才能开始写另一本真正能为我提供
成功机会的书，也就是能让我找到我生活中的女人的书。
可是，如果我连那样做是不是适合自己都没把握，我又怎
么走向成功呢？而且，如果我对出版自己的书顾虑重重，
我又怎么去出版它呢？再说，正是因为我对出版自己的书
怀有恐惧，所以至今我还没有写完。如果我找到了生活中
的女人却没有成功，那又该怎么办呢？许多个晚上，当我
在黑漆漆的阁楼里把灯关上时，我在心里琢磨，最理想的
将是认识一个既漂亮又聪明还能帮助我成功的女人。她能
够让那句话变为现实：在一个伟大的男人身后必定有一个
伟大的女人。可是，如果实际上我清清楚楚地知道自己不
是一个伟大的男人，那又怎么能渴望找到一个伟大的女人
呢？有一天我会成为一个伟大的男人吗？我琢磨也许我的
下一部小说可能会涉及这件事，我将在摆脱该死的知识女
杀手后动笔。我这样想着，进入了梦乡。于是在梦中，我
想着巴黎——不是我——有一个伟大的未来，而且还跑着
有轨电车。

## 78

　　我认识了一个叫阿方索的家伙，他是西班牙政治流亡者，不管找到什么书，他都会强迫自己读完。这个人无疑很聪明，但是，由于境遇所迫，为了生存，他面临成为印度大麻毒贩的危险。在我见到他的时候，他总是穿着一件拳击运动裤，外面加一件衬衫，衬衫外面再穿一件蓝色的法国水手衫。就是说，他经常穿得跟海明威青年时代在巴黎的岁月里那样。另外，他长得也跟青年时代的海明威相像，特别是跟我看到的海明威在任红十字会中尉时的一张照片酷肖。对于他像海明威这一点，我一直看得清清楚楚，但我在他面前完全守口如瓶。我去买他的货（是帮维吉·瓦波鲁买的，她给我劳务费，这样会缓解一点我手头的拮据），忍受他从过量阅读阶级斗争作品中产生的妒忌或仇恨，忍受他拿我和我的阁楼开玩笑，然后就离开。我看不出说他像海明威会有什么用处，他之所以穿拳击运动裤，是因为他在闲时就去练拳击。不过，他那件蓝色法国水手衫也真的是我一生中看到的样式最老的了，所以这就可能——不是很可能，但有可能——这件水手衫就是当年海明威身上穿的那一件。但是我没有跟他提起。我想，何必呢。直到有一天下午，他拿我开的玩笑太出格了，开始那么恶狠狠地嘲笑我的阁楼，使我忍无可忍，我才问他是否发现他的穿着跟海明威青年时代住在巴黎时一模一样。他的反应比我期望得要快，并且说出的话令我大为惊诧："这是因为我就是海明威，我以为你早已看出来了。"

当你们问我，在写作时我是先打好腹稿，还是随着写作的进程让要写的内容逐渐出现在我的脑子里时，我总是回答你们，在写作过程中时时都会出现意想不到的事情，可说是无限的。这是一种幸运，因为出现意想不到的事情，故事情节方向的突然改变，在关键时刻莫名其妙地出现一个句子，这是一种意外的收获，是对一个作家极佳的小小推力，使他能振作精神继续写下去。这就是那天拳击手阿方索用他那出人意料的回答所做到的；他让我头脑清醒，思维活跃，下笔如有神。当阿方索对我说他就是海明威的时候，我意识到我应该按照他给我指的道路走下去。因为如果像他说的那样，他是海明威（他当然不是），我就有一个唯一的机会与他会面，采访他。否则就毫无意义：虚构永远是虚构，当虚构风趣地出现的时候，就应该相信它。当阿方索那样做的时候，就应该想到那是一种很美妙的虚构，看清了这件事，就要去相信它。面对这种风格的情势，一个人不应该装腔作势。如果阿方索说他是海明威，实际上我最应该做的就是痛痛快快地顺势认同他的话，然后去向他提出问题，既然他自称海明威，那就看他如何自圆其说了。

"富人是一些非常不同的人，他们跟我们不一样。"我对他说。这句话人所共知，它是司各特·菲茨杰拉德在某个场合说给海明威听的，海明威则讽刺地回答说："当然了，富人钱更多。"相反，阿方索的回答是："对富人的诅咒，就是他们必须跟富人住在一起。"尽管那回答很巧妙风趣，但并不完全切题。莫非那也是海明威的讲话方式？当然不是。海明威讲话不像奥斯卡·王尔德或G.K.切斯特顿。我决定最好还是放弃那次采访，但首先我问了他最后一个问题，一个与我直接相关的问题："海明威先生，对一个初学习作的人来说，您认为什么是最好的训练方法？"我真是预想不到，他的回答让我大为惊诧。他又回到出乎意料的路上去，于是我继续振作精神，兴致勃勃地进行采访。"我们姑且这样说吧，"他回答我，声调很像海明威，"这个初学习作者应该去上吊自杀，因为他发现要想写出成功的作品比登天还难，实在难以忍受。那时有个人会毫不怜悯地去救他，于是上吊者就会逼迫自己在余生殚精竭虑写出最佳作品来。就这样，至少他有上吊自杀的故事作为开始。"

听了他这番话，我兴奋得不能再兴奋了。于是我问他："海明威先生，在一个人的写作进程中，主题或故事情节或人物会改变吗？""有些时候，一个人对自己写的故事清清楚楚，胸有成竹，"他说，用双手捂住了脸，仿佛在拳击，"也有些时候，一个人对故事是随写随编，对事情如何发展没有一点儿概念。随着写作的发展，一切都在变化。这是由故事本身的发展变化所导致的。有时候这种变化是如此地缓慢，以至似乎是没有变化。但是，总是在变化，总是在运动。"

此时我愈加兴奋："海明威先生，当您在写作的时候，有时您是否会发现您受到了当时正在阅读的东西的影响？"他沉默下来，沉思了一会儿，最后回答我说："目前没有任何我阅读的东西影响我，但是有一个时期司各特·菲茨杰拉德非常重要，这给我跟我的朋友葛特鲁德·斯泰因的关系带来了很大的麻烦。当我评论说《尤利西斯》那本书写得太棒了的时候，斯泰因对我说，如果有人在她家两次提起乔伊斯的名字，她就永远不会再邀请他。""那您怎么办？"我问道。"我能怎么办，我的朋友？忍着点儿吧。在她家我再也没提过那个人的名字。"

我对他采访了很长时间，感到学会了很多东西，因为我真的是全神贯注地听了他的一些建议。"奇怪，"在采访临近尾声时他对我说，"您竟会听我的建议。正常情况下，没有人会听我的建议，也不会有人接受我的建议。说来稀奇，几乎没有人接受我的建议，相反，他们倒是接受金钱，大概是金钱更有价值吧。"

这最后的一段话在我听来就完全不像海明威说的了，下面的话就更是相去甚远。他说："我曾想通过我自学的知识来摆脱贫困，但是我毫无收获，我不得不卖一些无价值的小东西艰难度日，勉强糊口。从儿时起，我们就几乎没饭吃。妈妈是个残疾人，爸爸是个酒鬼。但是，尽管如此，我们还要保全面子。贫穷，但要干干净净。至今我不明白社会意识怎样在我身上醒来，因为我没有社会意识，我只好听天由命。"

直到他说到这儿的时候，我还是觉得没有半点儿海明威的味道，所以就准备结束采访了。一次世界性的独家采访，我想，有一天我会写它的。"您还有什么补充吗？"我问他。"请写上我非常喜欢雪和冬天，也喜欢带我的女儿们去上钢琴课。"他对我说。面对我向他投去的凶狠目光——那像是在要求他不要离开采访提纲太远——他又说道："怎么啦？我不是经常把一切都说出的，我遵守冰山原则，这次会见的秘密故事由您用我没说出的东西去构建，不能总是我来工作。醉鬼父亲，残疾母亲。这事您要记住，在一丝不苟地讲述我的悲惨经历时，您要把您全部的才能都发挥出来。"

我这算是一次世界性的独家采访，还是一个故事？夜幕已经降临，我得回我的小区里去了，维吉·瓦波鲁在那儿等我，我要把印度大麻交给她。再说，也有一位画家在等阿方索。"我跟画家胡安·米罗约好了，我们在我练拳击的体育馆见面。"他说。我不知道……"拳击"这个词听起来非常有力，仿佛是对采访者打了一拳，也给了短篇小说家一拳。

## 79

既然我们谈到巴黎的西班牙流亡者，我认为，最终变成了花神咖啡馆重要人物的疯癫青年孤儿托马斯·莫利或许值得我们注意。年轻的莫利刚刚在他的故土马略卡岛继承了一大笔财富，然后他又心满意足地看到，由于一桩意外事故，他在一夜之间失去了所有的亲人，于是他马上迁居到——他自称是流亡到——巴黎，那座他梦想中的城市。

他迁居或者说自我流放到巴黎，寻求的是忘记那些他已丢在身后的衣衫褴褛、邋邋遢遢的死人（他在马略卡时家道已经十分败落，完全不能给他带来高尚的名声），在那儿过着一种花花公子或闲人的生活，这两种生活是他在马略卡岛上的故乡帕尔马小城里无法享受到的。他很快就放弃了第二种闲人生活，因为他喜欢上了安逸地待在花神咖啡馆。那儿的氛围令他着迷，他黏上了这家咖啡馆的室外平台，甚至在巴黎雇用了一个委内瑞拉籍秘书陪他，开始天天都泡在那儿，带着最高级的纨绔子弟作风，着手准备适当的材料写一本怪诞可笑的书。他想给这本书起的题目叫《尽管你流亡巴黎，怎样才能尽量不像巴罗哈》。

有一次，刚到巴黎的青年百万富翁莫利纯粹出于好奇，参加了哲学家加西亚·卡尔沃在圣米歇尔广场的金球咖啡馆举办的西班牙茶话会。正如他凭直觉所预见到的，那儿的粗暴气氛和人们缺乏优雅的举止让他惊呆了。这场西班牙茶话会使他想起了他抛在身后的那个肮脏败落的家庭。在他看来，他那体面的身份受到了误解，面对这种肮脏，他感到恐惧，他甚至没有力气走近加西亚·卡尔沃，问问人家对巴罗哈第一次流亡巴黎时的生活如何看待。

不管怎样，在我跟他交谈的那一天，他对我说，那次短暂进入金球咖啡馆的经历对他还是非常有益的。那种经历使他再也不会三心二意地试图去寻找比花神更好的咖啡馆了。在我跟他唯一交谈过的那一天，他向我承认他并不幸福。他之所以感到不幸福，是因为他发现所有接近他的人都是想从他身上捞到好处，为了他的钱。他的秘书至少是他自己挑选的，他们之间也就没有发生那种充满猜忌怀疑的不愉快的麻烦事。

"那么说，你现在大概正在怀疑我？"我们在花神咖啡馆交谈的那一天，我这样问他。"非常怀疑。"他承认说。我跟他接近是出于好奇，想知道怎样靠一个秘书来写一部长篇小说。在玛格丽特·杜拉斯指导我的那张四开纸上，完全没有涉及有可能需要靠向秘书口授来进行创作的提法。尽管实际上我肯定不需要一个秘书来帮助写作，我也不想预先就把它完全否定，因为为了摆脱我初学写作的脆弱境况，我没有多余的手段。这让我去问年轻的莫利，伴随他的委内瑞拉秘书的智力贡献何在，是不是他聘用这个秘书的唯一目的就是要显示自己非常有身份。"在巴黎生活，一切都可以显示身份，除了像皮奥·巴罗哈那样。"他回答我说。就这样，我开始了解他正在写作的那本书的主题。

通过搜集1912年前后巴罗哈第一次流亡到巴黎时的生活资料——为此莫利雇用了几个大学生，由他的秘书掌管从事细致的调查研究工作，并每天按时来花神咖啡馆将调查研究的结果汇报给他——他一步步地准备写一本书，这本书将为已经流亡或未来不得不流亡的作家提供一个生活模式：一个无可挑剔的模式。这个模式的本质就是不顾一切地寻求幸福，并且与当年巴罗哈在巴黎的生活模式截然不同。据他说，巴罗哈是在一张盖着台布的脏兮兮的桌子上写作《科学之树》的，那个糟糕透顶的房间就在伏吉拉尔街上那家简陋不堪的布列塔涅旅馆里。

"恰恰在离那儿几步之遥的地方，"年轻的莫利那一天对我说道，"也就在伏吉拉尔街上，西班牙文学和美国文学形成了刺目的对比：在伏吉拉尔街58号的一幢华丽公寓里，住着司各特·菲茨杰拉德和珊尔达，周围是一片迷人的风光。相反，巴罗哈住在一个肮脏的房间里，为了节约空间，床铺嵌在墙壁上。西班牙文学如果不远离盖着台布的桌子和嵌进墙壁的床铺，就将永远一文不值。"

他露出一副恐怖的表情——我猜他是想让我分担他的恐怖——对我说，正如拉蒙·戈麦斯·德拉·塞尔纳在对巴罗哈的描述中所言，巴罗哈只有在带来访的朋友们外出吃晚饭时才离开旅馆的房间，而在席间，他硬要对他们没完没了地唠叨科学的重要性和俄国生物学家梅奇尼科夫的重要地位。当时梅奇尼科夫正在走红，因为他刚刚发表了一种见解，认为某些保加利亚公民长寿是因为他们经常吃发酵的乳制品。"没什么，"巴罗哈在晚餐中间一遍又一遍地重复着，"就应该成为梅奇尼科夫那样的人。"他把这个名字最后一个字母 v 的发音念成了三个 f 的长音。

无须是一个精明人即可看出，年轻的孤儿百万富翁莫利要写的书是一个疯疯癫癫的人的胡言乱语，那一大群假学生在骗他的钱，他们全是那个委内瑞拉秘书的朋友。但是，不管怎么说，毫无疑问，由于它跟流亡者的历史渊源，就写一本关于某个流亡者的书而言，花神咖啡馆还是最适宜的地方。我祝贺莫利选择了那家咖啡馆作为如此适当的舞台从事写作。总之，我只跟年轻人莫利谈过那一次，但那并不意味着我没有学到东西，我审慎地效仿他，艰苦地写着我的书，而随着秘书雇用的学生数目的大量增加，他的那本书也就不断地拉长再拉长，直至有一天——显然那已是我离开巴黎多年之后了——那本书对那位青年百万富翁已经变得没完没了、无法结束了，就是说，确确实实对他已变得无限地长。但是，有人对我讲，莫利本人对此毫不介意，恰恰相反，当时他已经发现，创作那部作品的真正乐趣和魅力以及真正的纨绔子弟作风就在于他慷慨地给那些假学生提供了工作。

因此，尽管那本书显然已变得没完没了，他还是决定继续写下去，本来他早就应该停手了，特别是在他阅读巴罗哈作品的时候。他发现他崇拜这位作家，以前他总想用一些细枝末节——比如说，这位作家的衬衣少一个扣子——来纠缠不休地伤害他，那是一种不可饶恕的浅薄行为。如果当时他没有把那本书的创作停下来，现在他就更不会停下来了，因为书已经会变得无限长了。既然明知归根结底那本书永远不会出版，相反，继续写下去只是为了能够继续以他世界上最充分的纨绔子弟作风帮助那一大批需要工作的年轻人，而且在工作这件事上，莫利知道，秘书知道，最后我听说每个人都知道，那纯粹是一场闹剧，是把那个肮脏的百万富翁家庭的遗产分给需要的人共享，干吗还要把它停下来呢？

莫利最终变成了花神咖啡馆室外平台上的名人，在20世纪80年代，连日本人都来找他拍照，让他的秘书站在他旁边。莫利在1992年因暴病去世。他有一张在20世纪80年代末拍摄的很美的照片，我认为那是1989年冬天在花神咖啡馆门口拍摄的。在那张照片上可以看到，马略卡岛的百万富翁和他的委内瑞拉秘书由一群笑吟吟的假学生簇拥着，那场面恰恰不能说那些假学生是为了什么经济利益方去接近莫利和他的秘书（当时也已是百万富翁）的，而是正如那个笑呵呵的委内瑞拉秘书所说，是他们主动找了那些学生，那些失业的年轻人被他们抓到死缠硬磨不放，才踏上了准备写一本不明智的、没完没了的书的征程。但是，不管怎么说，那一举动还是给了许多人饭吃，另外也使得那个如今并不年轻的莫利，那个伟大的疯子和古怪的孤儿，在死前用一项做得很出色的事业来证明了自己，尽管那项事业没有尽头，因而也是无法完成的。面对死神，另外也由于他慷慨的道德观（而不是由于嘲笑别人的床嵌进墙里），他成了真正的纨绔子弟，一个终身泡在花神咖啡馆里过着辉煌的流亡日子的纨绔子弟的侧影。

## 80

我清楚地记得《知识女杀手》的第一个句子（那是我在全书已经写完后写的）："我一生中哭哭笑笑的时刻如此混杂交织在一起，以至我不可能不抱着良好的幽默感，去回忆那个促使我出版这些文字的痛苦事件。"

这么长的第一句话不仅让我觉得是一个好的开头，而且，它跟出现在小说中心部分的危险罪恶原稿的句子一起，是眼下我所承认的为我自己创造的少数句子之一，因为所有的其他句子我都觉得非常做作而不自然，或感觉久远，或似乎抄自别的作者。说来奇怪，就是这么一个今天我如此认同的开头的长句子，刚开始时我却拒绝采用它，因为我觉得我的书不能以这么不符合我真实生活的东西开始，理由是我从来没有经历过这类事情，从来没有过眼泪和欢笑交织混杂的经历。

　　但是，我很快就意识到，随着时间的推移，我终究会承认这个句子是真正为自己所有的少数句子之一。我看出这件事，多亏了维吉·瓦波鲁。她对我说，生活最后常常是模仿艺术，我终究会有这样的经历：随着时间的流逝，到最后我绝对要为那第一个句子负责，而在另一方面，我不会感到自己是我那本罪恶之书中其他许多句子的作者。

　　嗯，事情就是这样。的确，那得在过了许多年以后——这些年的时间我都很好地利用了——像我第一本书的第一个句子那样不确定的东西才变得确定无疑起来。真实的情况是，随着时间的流逝，哭哭笑笑的时刻已经在我的生活中屡屡交织在一起，如今，比方说，我发现自己不可能不带着一种幽默感去回忆自己创作最近几部长篇小说时所处于的精神状态，在那种奇怪的精神状态下，我会为自己的幽默而流泪，当我小说中的人物死亡时，我会纵声狂笑。问题是，生活就是那副德行，而艺术也是如此。如果一个人有耐心，经过一段较长的时间，他就会证明，跟哭哭笑笑一样，生活和艺术也有一种倾向，那就是到最后它们也会混杂交织在一起，塑造出一个唯一的、同时具有悲剧性和喜剧性的角色，一个如此奇特的角色，就如斗牛士和公牛所构成的那些了不起的、让我们决不会忘记的表演场面一样奇特。

## 81

在拍摄完《印度之歌》几天之后，玛格丽特·杜拉斯
感到非常迷惑，这是我多年之后才知道的；当时我既不想
知道玛格丽特·杜拉斯感觉如何，也不关心她处于什么样
的精神状态。现在我知道，1974年夏末对她来说是可怕的，
那是一个炎热而忧虑的夏末，也是一个孤独的夏末。拍完
《印度之歌》以后，所有人都回到他们的日常生活，玛格丽
特·杜拉斯就开始感到孤独了。据劳尔·阿德勒在杜拉斯
传记中说，她感到空虚，浑身轻飘飘的。她去了诺夫勒堡，
我恰恰有一天在那儿拜访了她，那正是在那个可怕的夏末，
我对这一整出戏浑然不知。

在诺夫勒堡，她又重新听到了在写完电影脚本的那些
日子里不断听到的声音。"我绝对不行了，"她对一个朋友
说，"我再也回不到现实中去了。"于是她开始考虑拍一部
《印度之歌》的续集。一天晚上，她做了一个奇怪的梦，梦
见遭到了抢劫，盗贼将她在特鲁维尔的家洗劫一空，最糟
糕的是，甚至连她的海景都抢走了。他们抢走了她的文件、
资料、钱和钱包。她痛哭不止，但是没有人理睬她。她感
到非常孤独，没有了那些大海风景。醒来的时候，她陷入
极度的抑郁。在以后的日子里，她又一次次地重做那个梦。

她最后的两本书没有产生什么影响，作为作家，她好

像已才思枯竭。她感到自己被孤立，被鄙夷，被吓坏了。
"我最后两本书的失败令我充满惊讶和恐惧。"她写信给她
的出版商克劳德·加利马尔德说。接着，在谈到她刚刚在
一篇文章里得到的夸赞时，她对这位出版商说："您没有时
间读这篇文章，这我非常理解。但这篇文章里谈到我时
（不管有没有道理，但问题不在这儿），说我是一位天才的
激情四射的作家……您忙得不可开交，而我必须生活。我
的政治立场是非常激进的……**我必须生活，我孤独一人，
已经不再年轻，我不想晚年生活在贫困之中**（表示强调的
黑体字是杜拉斯自己标出的）。设若我不得不重新过儿时所
经历的贫困日子，我就会开枪自杀。历史不能重演，我要
自卫，我不是圣徒。谁都不是圣徒。乔治·巴塔耶在人生
最后几年经历的痛苦折磨（他身上总是缺几个法郎）我觉
得是不正常的……如果我的书在这儿没法卖得更多，我就
到国外去。"

　　现在我知道，当1975年6月《印度之歌》变成一部邪典
电影的时候，受到的那种欢迎令她感到惊讶，同时也大大
地鼓舞了她，使她走出了困境。影片在数家多厅影院放映，
总的来说，与谁人乐队的那部摇滚剧商业片《汤米》在海
报上平分秋色。今天，在了解她经历的那场危机之后，我
完全理解了当玛格丽特·杜拉斯看到电影院外排起的长队
时，她为何那么激动兴奋——我记得那情况引起了我的极
大关注——她以为那些人都是为看《印度之歌》而排队的，

其实他们一般都是去看另外一部电影，那部摇滚剧影片的，这并不意味着她的影片未获成功，它只是没有取得像她认为的或者说她梦想中的那种广泛好评。

我和劳尔·埃斯卡里嘲笑玛格丽特·杜拉斯的这种错觉，这种想引人注目的渴望或对成功的执迷。如今想来让人感到奇怪。确实有点奇怪，但就那个恐惧与成功、哭泣与欢笑的故事，在我的心灵中扎下根来的首先是海景突然在玛格丽特的梦中消失这件事。这也许是由于我记住了她写的最后的句子之一，也就是她文学遗作《这是全部》一书中的一个句子："我不知道我是否害怕死亡。自从到了大海边以后，我几乎什么也不知道了。"或许，就永远死亡这个念头而言，最令我害怕的是，之后再也看不到大海，再也看不到海浪在荒凉的冬日海滩上粉碎开来了。

不过，首先，在我的心灵中扎根最深的是那句令人惊讶的话，它充分表现出玛格丽特·杜拉斯勇敢、具有挑战性和富有智慧的风格："如果我的书在这儿没法卖得更多，我就到国外去。"这是多么精妙的威胁！我现在可以看到她说这句话的样子：面带童稚的笑容，几乎像是在开玩笑。但是她说的话是可怕的，这我们都清楚，同时它又具有诗意。可怕和诗意并存，就跟外国一样。

## 82

　　佛朗哥第二次死亡几天之后，我偶尔在一本杂志上看到了一张在弗朗索瓦·勒里奥内的私家花园里举办的乌力波（潜在文学工场）聚会的照片。这个潜在文学工场的成员除了别人之外，还有乔治·佩雷克、马塞尔·贝纳布、伊塔洛·卡尔维诺和雷蒙·格诺。看到这张照片，我感到困惑不解。这个潜在文学工场是怎么回事呢？我恰恰是要当一名作家，这样我就不需要去办公室上班，更不要说去一个工场干活儿了。但是，这肯定是一个别具风格的工场，是一个文学工场，正如"乌力波"这个首字母缩略词中的"力"所指明的那样。但是我还是想不明白，一个文学工场到底会是个什么样子呢？它听起来不怎么顺耳。这会是乔治·佩雷克那个怪人干的事吗？

　　照片下面的文字是："不管从写作方法还是从独特的文学观念上，雷蒙·鲁塞尔都是这场运动的先驱，现征集他的后继者。"我对雷蒙·鲁塞尔喜欢得入迷，在某些方面我感到自己也是他的后继者。难道我可以作为潜在文学工场的成员，自己却没意识到吗？照片上有这个文学组织的十七名成员，在一张桌子上摆着一幅安德烈·布拉维尔的肖像，此人为文学工场的驻外通讯记者，具体而言，是驻比利时的通讯记者。我特别留意到了布拉维尔这个姓氏，而且我注意到，他的发型跟我完全一样。更不用说他的烟斗了，跟我的烟斗也很像。潜在文学工场偷走了我的烟斗，我突然这样想。第二天，我打听了那个布拉维尔的情况。"他是图书馆管理员和**啪嗒学派成员**。"人们能告诉我的只有这些。又是**啪嗒学派**！

　　**潜在文学工场成员，啪嗒学派成员，情境主义者**……我想，最谨慎的做法大概是继续做**情境主义者**，尽管不去办实事。我不准备迎接更多的新奇遇，但是应该承认，巴黎到处都是让人想不到的事，奇遇可说没完没了。我考虑，如果我决定去巴塞罗那做一次短暂的旅行，当熟人和朋友问起我在巴黎混得怎么样时，那会是很有趣的。我会对他们说："哦，没什么，跟这儿一样，只是在那儿我是**潜在文学工场成员、啪嗒学派成员和情境主义者**。而这让事情变得有点不一样了，我敢肯定你们会明白的。"我会梳着布拉维尔的发型，一边抽我的烟斗，一边告诉他们这些话。我敢肯定，看到他们个个惊诧不已或嫉妒得要死，我会很享受。现在已到了在我的城市里他们对我刮目相看的时候了。

## 83

　　佛朗哥第二次死亡几天之后，我到巴塞罗那做了一次短暂的旅行；我不知道为什么，也许是为了让我的父母看到我的脚踝上裹了绷带。事实是12月初的一个晚上，我去了蒙塔内尔街的薄伽丘迪斯科舞厅，在那儿遇见了小说家胡安·马尔塞，他已经在巴黎住了好几年，一些共同的朋友告诉他我渴望当作家。开头我想问问他，一个人在巴黎为了利用好时间应该做些什么，但我又觉得，去问一些我根本不在乎答案的问题似乎很愚蠢。随后我想到要他在文学上给予指教，向他请教一个跟写小说技巧有关的问题。话刚问出口我就后悔了，我想他马上会跟玛格丽特·杜拉斯一样给我一张清单，上面列出指导意见。我心想，如果他给我一张四开纸或者类似的东西，我就立刻把写着玛格丽特·杜拉斯严厉教导的那张纸拿给他看（那张纸我总是带在裤子的后兜里），并且说声谢谢，但也要对他说，那种文字的劝告我实在太多了。但是，马尔塞没有用四开纸给我提建议。"真奇怪，小伙子，正常情况下，年轻人是不会向别人求教的。"他对我说。而后，他又费心对我解释（他的话我会永远铭刻于心），作家最难做到的事情之一就是不得不把我们正在写着的小说的一些段落扔进字纸篓里，这些段落我们非常喜欢，但是它们对整部作品的设计无补，因为它们与故事情节和结构不相宜。"有时候我们不得不摈弃这些自己喜欢的段落。"他说。不久，他就跟随一个金发女郎走掉了。大家都叫那位金发女郎特蕾莎。

第二天晚上，我还是在翻来覆去地一直琢磨马尔塞对我讲的话，我又去薄伽丘迪斯科舞厅，但这天没见到马尔塞，唯一看到的是在走进那儿时没有一个熟人，或者说得更恰当些，只看到在柜台的一端，胡安·本纳特和新人作家爱德华多·门多萨正在有点神秘地交谈，后者在那些日子里刚刚出版了他的第一本小说。我装出若无其事的样子走近他们身边，仅仅听到了他们说的一句话（因为他们马上就离开了柜台，兴许是警惕我的偷听）。我走近他们时恰巧听到了胡安·本纳特对爱德华多·门多萨说的那句话，我听得十分清楚，绝不会忘记——外面大雨滂沱，那是一个暴风雨的夜晚——那句话就像是一部悬疑电影中的男演员的台词："今天我刚写完一部小说的第一页，我不知道它讲的是什么，但是我知道，一个着迷的年头在等待我。"

胡安·本纳特的写作方法似乎没啥不好的，我便把它记了下来，现在想想，我记得它听起来像是一个十分有益、非常适时且主动提出的建议。没过多久，我的一些熟人就进来了，其中包括贝阿特丽茨·德莫拉，她最终将出版《知识女杀手》，尽管那天晚上我还不可能知道这一点。那天晚上我甚至跟她对这本书只字未提，我们谈了另外一本书，胡里奥·拉蒙·里贝罗的作品。我从未听说过这位秘鲁作家。贝阿特丽茨问我，如果我回巴黎，是否可把这本书的长条校样交到作家手里。她没告诉我这本书的名字，只是说长条清样一旦让胡里奥·拉蒙·里贝罗本人改完，他们就将出版。我本来没有立刻回巴黎的计划，但这件事以某种形式加速了我的返回，因为我的爱面子不允许我对她说，我不知道何时才能回到巴黎，将那些长条校样交到里贝罗手里。

三天后我就回到了巴黎。我在圣贝努瓦街的阁楼里只待了一小会儿，然后就乘地铁外出了。如果我没有记错的话，我是在离法尔吉埃广场很近的车站下的车。由于非常紧张，我折腾了许久才找到了里贝罗居住的大楼。尽管拖了很长时间，但终归是找到了。那时，我便怀着无比满足的心情爬上了一道陡峭的楼梯，因为我正在准备完成贝阿特丽茨交给我的使命。今天想来，贝阿特丽茨托我带的很可能就是《无国籍散文》的长条校样，随着时间的推移，后来这本文学著作成了我最喜爱的书之一。我记得当时我很乐意接受那份委托，因为我感到终于有一份责任落到了我的身上，甚至觉得自己为迁居巴黎的决定找到了一个值得令人尊重的理由。

我在1975年12月9日回到巴黎，当日把行李放到阁楼后，便立即去完成贝阿特丽茨的委托。我沿着一道陡峭的楼梯上了楼，按了门铃，当时里贝罗正在跟他的儿子在客厅里玩耍，他立即把门打开。我非常腼腆，不过，里贝罗显然也是如此。"我给您带来了这个。"我对他说。后来我从他的私人日记里得悉，对于他，在儿子的活动和他的活动之间，在玩耍和写作之间，存在着一种相应的平衡关系："吸引他去玩玩具的心境跟我面对我的打字机时的心境相似：不满意，厌烦，希望把话让给其他人或在我们自己心中的另外一些人去说……"

里贝罗拿过长条校样，看了我一眼，没有说话。他长得又高又瘦，似乎身体有点虚弱，我也说不清是为什么。"我是受贝阿特丽茨之托来这儿的。"我又相当紧张地补充说。在后面的时间里，我一直在等他说点什么。但是，当我觉得他正想开口说话时，我却逃离了那儿；之所以这样做，是因为他的腼腆和我的腼腆共同在我身上引起的恐惧。我沿着楼梯飞快地跑下去，当到达一楼的时候，我感到我马上就要呼吸到新鲜空气和在街上得到解放了。这时，我突然听到从阴森森的楼梯上方传来被儿子的欢笑声冲淡了的作家的呼喊声。

"您慢点儿，别着急。"

说来此事有点荒唐可笑，但时间已经逝去，如今回想起这次怯生生的、短促而冷淡的见面，我的心里十分温暖。我说不出这股暖意具体来自何处，但它在那么长久的时间之后，还是从那么遥远的地方到来，驻留我心。

## 84

我回到巴黎度过的第一个晚上，大概是由于父亲关于钱的事给我下了最后通牒，我梦见那个跟我留着一模一样的发型的男人安德烈·布拉维尔打算对我说点什么，但没有敢开口。直到最后，他终于对我说："年轻人以为钱就是一切，等上了些年纪的时候，他们才发现那是真的。"

85

　　我考虑着胡安·马尔塞在巴塞罗那给我讲的话，似乎发现了他那些涉及有时候不得不把正在写的小说的一些段落扔进字纸篓里的话，可能跟写作上神秘的**完整性与和谐**要素有关。这儿所指的**完整性与和谐**，也就是出现在玛格丽特·杜拉斯那张四开纸上的教导。如果我没理解错的话，那就是说，一部小说必然有某种内在的东西，最好情节统一。不管一个人写的东西是何等诱人，只要它脱离了情节主线，就必须摈弃。马尔塞在薄伽丘迪斯科舞厅里跟我讲的不就是这个意思吗？或许他是想对我解释，一个人在写作过程中，会有一些意想不到的事情出现在他的脑海里，而且这些事情还不可控制地围绕作品的情节主线扩大，这些东西有时候就要忍着点儿痛苦的心情将其舍弃。他是这个意思吗？他真的是在给我谈完整性与和谐的问题吗？或者谈的完全是另一回事？我可以接受小说有一种不可更改的统一完整的规律这种观点吗？这也许是我在《知识女杀手》一直遵循的规律，因为我从未脱离过故事的主线。但是这也并非完全说明这种做法是最佳选择，因为情况有时会自相矛盾，在一本书的写作过程中，我往往发现，一本小说必须具有完整性与和谐这个观点也颇具争议。那么，离开了主题会发生什么情况呢？据我所知，或者说得更确切些，是我的直觉告诉我，有一些优秀的小说之所以优秀，恰恰是因为它的某些部分离题。再说，我认为一本书就如一次长谈，难道几个小时的交谈就只能围绕一个主题、利用一种方式或者出于同一个目的吗？

我把我的忧虑告诉了劳尔·埃斯卡里，他说关于完整性与和谐的问题比我想的要难解决得多。"为什么？"我不安地问。当时我们是在他威尼斯街的家中，我记得很清楚，留声机里放着鲍里斯·维昂的乐曲，我们刚发生过争执，因为——我想当时我还没有摆脱鲍里斯·维昂的形象给我造成的心理创伤——我喜欢听哈里·贝拉方特的乐曲。劳尔·埃斯卡里去了他的书房，说是去找一个关于作家为捍卫整体性而奋战的范本。不一会，他拿着福楼拜给路易丝·科莱的信回来了："五个月里，我写出了七十五页，每一段本身都非常好，有几页可说是十全十美。这一点我敢肯定。但是恰恰是因为这一点，事情再无进展。那是一些非常完美而有序的段落的汇集，但是它们彼此之间却无联系，所以我不得不舍弃它们，不去强行让它们发生联系，就像人在想让船帆获得更大风力时对桅杆所做的处理那样……"

"如此看来，"劳尔·埃斯卡里说，"这既不是整体性的问题，也不是某种容忍离开主题的问题，事情要比看上去深刻而复杂得多。要让所有的段落互相联系，事情就是如此。"

他简直把我说晕乎了，但是我没有告诉他。

## 86

当然了，对他的说法我很怀疑。怀疑并不是什么特别坏的事情，但我当时并不知道这个。过度怀疑让我十分纠结，本来我可以摆脱忧虑，就只怀疑，不去刨根问底考虑更多的问题。我不知道怀疑就是写作。1995年，在她生命最后的日子里，玛格丽特·杜拉斯就说过了："我可以随心所欲地说出我要说的话，我将永远不会明白为什么写作和怎样不去写作。在生命中，会有这样的一个时刻，我认为那是生命的全部所在，我们永远无法解脱。在这一刻，一切皆被怀疑：怀疑就是写作。"

女士们先生们，既然你们已经对我在巴黎的坎坷岁月有了明晰的了解，请你们允许我现在将讲稿放一会儿，来即兴说点什么，让我来告诉你们一些我认为完全适宜于我们现在的讲座氛围的东西吧。我想我应该告诉你们，在我读过的所有玛格丽特·杜拉斯的语句中，有一个句子我熟稔于心，而且照我看来，它说的正是关于我和我在这场讲座上详细叙述的生活的真实情况："我们作家过着非常贫困的日子：我指的是那些真正从事写作的人。我不了解有任何人比我的个人生活更差。"

## 87

雅娜·布达德很像可可·香奈儿，不过，她是更为现代的版本。她像一只叽叽喳喳、又瘦又干净的家雀，也像一只兴致勃勃的啄木鸟，讲起话来滔滔不绝，没完没了，可她常常把手中掌握的材料混淆，尽管有时候她的头脑又惊人地清醒。不过，一般来说，她总是把从许多书中获得的材料搅得一团糟。据她说，在最近三年里，她读了上千本书，具体而言，是从她知道自己已经长大成人，为自己再也不是一个小女孩而感到绝望的时候，她便开始阅读小说和散文，以期了解一点世态炎凉，探讨所有那些她在少女时代完全不感兴趣的东西。

说到作家、卡通画家、演员和油画家科皮，他曾是我阁楼以前的租户之一，他把一部手稿放在了阁楼上，有一天他决定拿回去，于是我们就认识了。后来我们发现，我们有许多共同的朋友，比如说，我们在那个被称为"阿根廷帮"的一伙人中就有共同的朋友。那伙年轻人经常围在玛格丽特·杜拉斯身边，我记得他们陪伴着既聪明又狂热的她，总是感到非常惬意。之所以感到非常惬意，是因为除了她很有趣和传递着一种自由欢快的感觉外，玛格丽特·杜拉斯对他们每个人都很感兴趣，总是向他们提出一些很随便的问题，跟踪新潮流，什么都想知道。正如科皮所说："玛格丽特孤独一人，但她从其他人那里获取养料。"

一天，我和科皮以及雅娜·布达德到小区里的一个小吃店品尝牡蛎。我会一直记住这一天，不仅因为那是我平生第一次吃牡蛎（科皮请客），还因为发现了有的人可以确确实实地生活在一个秘密中，也因为看到冬日的阳光是如此地美丽，肯定我一生中从前某一天也曾看到过那样的阳光。我们是在梅迪契街科尔蒂书店那儿偶尔碰上的，在强劲而清新的风中，我们开始一起沿着卢森堡公园的一条条石铺路边往前走边散步。当我们穿过卢森堡公园，刚走上了波拿巴街，还没有决定去吃牡蛎的时候，我们几乎就跟流浪者布维撞在了一起，他正指着那条街上一座大楼的高处，向一对迷路的夫妇讲述他年轻时在那儿度过的流浪岁月。"我就住在那儿，就在那儿，由于这座大楼的过错，我命运不佳，作为艺术家失败了。"他对那对夫妇讲话的声音，非常像一名歌手。

"你们看，你们看那个老家伙。"科皮说。我们几个人都见过他，雅娜·布达德有一天晚上甚至跟他谈过话。那天晚上，布达德在她的大门前边碰到他，看到他划着了一根火柴却不吸烟，就问他划火柴干什么，那老头回答说："现在是晚上，知道吗？我划火柴是为了什么都看不见。"

他疯了，显然是这样。但是，他着魔似的责怪小区里的那些大楼——只责怪那个小区的大楼——把他在艺术上的失败归罪于它们，这件事仍旧是一个不解之谜。流浪者布维那一天占去了我们在咖啡馆室外露台上（那儿有火盆）交谈的一部分时间。我们在那儿大嚼牡蛎，科皮时时都表现得像一只母老鼠，因为他很想把自己跟他表演的各种角色联系起来，而那些天，他每天晚上都在巴黎的一个剧院里演他的作品《罗莱塔·斯特朗》。那部戏剧讲的就是一只母老鼠的故事。那只母老鼠被送上了太空，在一场事故之后，它导致了全人类的灭绝，结果被孤零零地留在了宇宙中，像个疯女人一样叫个不停。

他那值得赞扬的母老鼠表演在当天中午即将彻底打开我的眼界，让我看到戏剧与生活之间并不存在界限；除此之外，也将让我发现其他人具有冒风险创作的无限才华，就是说，创作者一开始就要从一种极端的形势下起步，那种形势迫使他们在精神高度紧张的状态下着手剧本写作，而且在整个写作过程中始终无法摆脱那种精神紧张状态。我会不会有一天也能从极端的形势起步进行写作，就如我敬佩的科皮一直做的那样？当时我一边跟科皮和雅娜·布达德吃牡蛎一边这样想。一边吃，我也一边想起了海明威。当那位作家在巴黎手头有点钱的时候，他就去吃牡蛎，"吃着那带有强烈海腥味和淡淡的金属味的牡蛎，一边呷着冰镇白葡萄酒，嘴里只留下那海腥味和多汁的蚌肉"。另外，我也不停地想，我能吃到这些美味的牡蛎，一边吃一边还能把每个贝壳里冰凉的汁液慢慢咂干，然后很快又用干白葡萄酒把牡蛎的味道灌下肚去，这是多么幸运啊。

"为什么流浪者布维一直指控这个小区毁掉了他的艺术?"科皮用大概是母老鼠的嗓音问道,假若母老鼠有嗓音的话;另外,那种声音是沙哑的。布达德考虑了片刻,突然把一满杯葡萄酒一饮而尽,然后说道:"从实质上讲,这个老头很有趣,他没有想到没成为一个成功的艺术家是一种解脱。"接着,她把一些名人胡乱地搅在了一起,将画家胡安·米罗和巴勃罗·毕加索的名字搞混了,叫成了米罗·巴勃罗。

"你们想想托尔斯泰或者海明威,他们都是成功的作家。可你们回忆一下,他们和其他那么多著名的艺术家老了之后是怎样的结局。"科皮说。

"有时候我去弗拉加特餐厅吃饭,在那儿看到亨利·德蒙泰朗躲在钢琴后面,让人恶心,同时也让人难以置信地可怜。显然他就要自杀了。任何一个艺术家,即使成就再大,到了最后也总是自我幽闭,躲藏起来。"布达德说。

"或许流浪者布维是存在主义者和朱丽叶·格蕾科的男朋友,所以他才这样。"布达德开玩笑道。我觉得布达德没有听到我的话,好一会儿她都在沉思之中,没有听我说话。现在她突然开口了,仿佛正在开始做一连串的劝告:"他们那些成功者,要么自杀,要么发疯,要么变成白痴,或者厌倦无聊郁郁而死,几乎没有一个人能优雅地安度晚年。相反,流浪者布维由于失败,气色极佳,气质高雅,你们不觉得是这样吗?不过,他也确实总是抓住小区里的那些大楼不放，有点过于耿耿于怀了。"

"有时我想，如果他不是恰恰在我的阁楼里度过了他的流浪岁月，我的命运就将是他的命运了。"布达德又开玩笑说。这一次她也没有听我说话，而是又讲起话来，仿佛一下子得到了一种启示："我敢肯定，老头儿绝不会告诉我们为什么这个小区里的大楼让他如此难以释怀，他不告诉我们肯定是因为这个秘密非常重大，就是因此他才能活下来，肯定流浪者布维唯一剩下的也就是这件事了，也就是为什么他这样表现的秘密。**他生活在这个秘密之中**。"

"你看得不错。"科皮说。但随后他又讽刺地说："尽管你也可以说，老头儿属于那类人：他们懂得三个人完全可以永远保守一个秘密，不过要等到两个人死了的时候。"

在巴黎的这个夏天，我一面在小区里散步，一面又去考虑那一天布达德说的话。我觉得她的确没有看错，也许流浪者布维就是为他的秘密而活着的。在巴黎的这个夏天，我经常想到那个冬日阳光令人难忘的日子，那一天我跟科皮和布达德一起去品尝牡蛎。我想了那么多，以至我开始上上下下地仔细观察那些大楼，力图恨它们，这样就可以把那些年我在阁楼里的失败归罪于它们，也终于可以顺便打探是怎样的秘密给了布维那么强的生命力。但是在这方面我一无所得，最后证实，跟科皮和布达德一样，跟某一天我发生的事情一样，跟所有的人一样，流浪者布维把他最不能转让的秘密带到坟墓里去了。海明威在他关于短篇小说的论文里，也就是在他的著名的冰山理论中说过：最重要的东西永远不能说出来。

## 88

"在巴黎生活过以后，一个人就不能再在任何地方生活，包括巴黎。"（约翰·阿什贝利）

## 89

一天，我终于决定要安上我缺的车前灯了。由于还是不知道要到哪儿找人安装，我决定去向圣贝努瓦街侧一条小胡同里的那个人打听，他就在我家对面，经营一家修补轮胎的生意。我去了之后，看到修补铺技工的妻子像是喝醉了，她说要想找她丈夫必须预约，于是她要我坐一会儿。我坐了下来。一条狗跑了过来，要往我身上爬。技工的妻子说："这些小狗就是喜欢人的膝盖。"而我就是喜欢这句话。我掏出身上的笔记本把它记下来，笔记本带在身上，便于我专门记下在街上碰到的那些可能对我写书有用的东西。从几天前我就开始发现，记下对写作有用的东西很有意思。这样做我很开心，因为它让我感到自己是个作家了。

不久之后，我来到了奥尔良门。在等待技工给我修车灯的时候，我又想起了轮胎修补铺技工的妻子对我说的那句话。我心想，她肯定是有点喝醉了，这正可以解释为什么从她嘴里冒出了那么漂亮的一句话。这时，我突然想到，我在那家修补铺的这个短暂的插曲，跟《流动的盛宴》中那个著名的段落有点儿类似。在那个段落里，海明威解释说，斯泰因小姐当时驾驶的老式福特T型车出了毛病，而那个在汽车修理行的小伙子在大战的最后一年曾在部队里服过役，他对修理那辆福特车没有认真对待，因此最后他被老板狠狠地训斥了一顿。老板对他说："你们这些人都是**迷惘的一代**。"斯泰因小姐听到这句话便补充道："你就是这样的人。你们都是这样的人。你们这些在大战中服过役的年轻人都是。你们是迷惘的一代。"

"真的吗？"海明威问斯泰因小姐。在斯泰因小姐看来，所有的年轻人对什么都不尊重，他们总是喝得酩酊大醉直至死去。海明威企图让斯泰因小姐明白事情并非如此，很可能是因为那个小伙子的老板在上午十一点钟就喝醉了酒，所以才说出这等精彩的话语。"别跟我争辩了，海明威。"斯泰因小姐说，"这根本没有用。你们全是迷惘的一代，正像那位汽车修理行老板所说的那样。"

就在当天，就是说，我修好车灯的那一天，到了晚上，由于车灯已经修好，我回头又经过修补车胎的那个地方，为他们告诉了我安装车灯的地方而向他们道谢。我走进那家修补铺，看看技工的妻子能否继续再给我说些漂亮的语句，或者醉酒使她走向了不同的方面，也许会说出一些可怕的话语。那个女人不在，她的丈夫正在铺子里逗着小狗玩。"您有什么事还是没有什么事？有事您就说吧！"他问。他醉得非常厉害。也许他会给我说出个漂亮的句子，我想。"没什么事。"我怯生生地对他说，尽管像每次一样，那胆怯掺杂着我想是来自胆怯本身的某些勇敢。"怎么叫没什么事？"技工说，一边把小狗放在他的膝盖上。"没什么事，"我对他说，"我就是来向您表示感谢，我的车终于有两个前灯了，我想马上告诉您，不想等到明天。"他用奇怪的目光盯着我，接着用非常缓慢的西班牙语对我说："等到明天？明天就是今天。"听到"明天就是今天"这个句子的那一刻，我心中痒痒得一时喜不自胜，禁不住要把它记下来。我真的把这个句子记了下来，为防那个汉子可能会火冒三丈，我就飞快地转身离开，就像某些让这个铺子干了一点微不足道的小活，却不得不付一大笔钱的顾客一般。我还是听到那位技工似乎不高兴地用法语说："眼镜你好，再见了，小妞。"但我对这句话毫无兴趣。过了一会儿，我回到阁楼，心中依旧充满喜悦，对那一天捞到的句子感到非常满意，我决定首先把"明天就是今天"这句话放进我的小说里。《明天就是今天》，而不是我已经想好了的《此刻的云》，将是一部由胡安·埃雷拉这个假想人物写成的小说的标题。至于"这些小狗就喜欢人的膝盖"这句话，我将让它从阿娜·卡尼萨尔的嘴里说出来，她是我的女性人物中最让人喜欢的角色。"这是大丰收的一天。"我心里想，摆

出某种了不起的样子。好像那一天我的作家志向更加巩
固了。

## 90

我记得很清楚，那是1974年11月（或者是12月？）一个
非常寒冷的日子。那一天我终于决定到护墙广场走走，这
个广场跟海明威巴黎岁月的记忆紧密相连。我坐在了酒吧
外面的平台上，这家酒吧在20世纪20年代叫业余爱好者咖
啡馆（"那是一家可悲的经营得很差劲的咖啡馆，那个地
区的酒鬼全都拥挤在里面，我是绝对不去的，因为那些人
身上脏得要命，臭气难闻，酒醉后发出一股酸臭味儿。"
《流动的盛宴》中如此说道）。不到一个小时，我看到有五
六个海明威生平的追踪者从那儿走过，他们是沿着陡峭的
穆费塔街爬上来的游览者。到了广场之后，他们就开始寻
找昔日的老业余爱好者咖啡馆，在那儿留影，然后就像训
练有素的登山运动员那样继续往上爬，直到站在勒穆瓦纳
红衣主教街74号门前；海明威19世纪20年代初就住在那儿。
他们肯定要观看纪念海明威在此短期居住的金属门牌，并
为之拍照，为他们心目中的英雄祈祷，还会发现楼下那家
著名的大众舞厅现在已经变成了简陋的迪斯科舞厅，当年
这家舞厅里的手风琴声曾搅得海明威难以写作。

我记得很清楚，我坐在咖啡馆的室外平台上，突然

《乞力马扎罗山的雪》中的一个场景闪现在我的脑海里。在那个场景中，主人公正面临着死亡，他回忆着他将永远不能再写的所有的故事："从那儿，他至少知道二十个有趣的故事，可是他一个都没有写。为什么？"

我也知道二十个有趣的故事吗？那一天我马上这样想。说真话，我不知道，因为我生活贫乏，经历很少，如果想对自己诚实的话，那就应该承认我没有二十个故事，甚至可以说除了《知识女杀手》以外再没其他故事了，那本书我应该继续写下去，以后就让灵感说话吧。我记得当时我心里想，事情也并非那么严重。不管怎么说，就是个耐心问题，总有一天我会成为一个优秀的作家。但是，我也记得当时我被一连串的问题缠住了：活见鬼，为什么现在我还不是一名优秀的作家，而要等到将来？我还缺少什么？缺生活和阅历吗？这我缺少吗？如果我永远成不了一名优秀的作家怎么办？那我将成为什么人？我会一辈子都是一个既无经验又无阅历、永远也写不出好作品的青年人吗？这种结局我会受得了吗？我重新想到《知识女杀手》，这一次我考虑应该把那本书结束了，以便设法着手一项新计划，写一本超过《知识女杀手》的书。不过，如果我连手头上正在写的书都写不好，那我又用什么办法写一本书来超过它？如果为写另一本书，我花很多时间在我阁楼里所有的书中寻找想法和感觉，最后却一无所获，那我又怎么能超过它呢？这会让我时时都生活在深深的绝望之中吗？我心想，如果我是个真正的作家，就不会有那么多棘手的问题。可是，一定要等到年龄再大些才能克服这些难题吗？有一天我会成为真正的作家吗？

我心想，如果我成为真正的作家，非洲将是我的。为什么是非洲？因为我将了解回到我从未去过的地方的伤感和忧郁；因为我将去那些在从未去过之前就在那儿待过的地方；那些城市在我从未到过之前我就在那儿待过了。

如果我真的成为作家，我将像兰波一样尝试创办所有的聚会，取得所有的成功，编写所有的剧本，试图发明新的鲜花，发现新的星球，创造新的肉类、新的语言。

如果我真的成为作家，我将绝对是现代人；沐浴着曙光，带着火热的耐心，我将走进富丽华美的城市。如果我真的成为作家，我的日子将会变成完全不同的样子。如果我真的成为作家……

## 91

一天晚上，我突然被巴黎一阵强劲的暴风雨惊醒。我把阁楼的小窗户关好，肩上披了块大披巾，便开始带点惬意地倾听轰轰隆隆的雷声，坦然地体会那道道闪电的恐怖。我想起了仅仅几天之前在巴塞罗那听到的胡安·本纳特说的话，那句话也是在一个暴风雨的日子里说的。于是，我突然产生了开始写另一部小说的强烈欲望，打算把《知识

女杀手》的结尾部分留到以后再写。我走到写字台前，想
到自己归根结底是地中海人，尽管厌恶夏天洗海水澡的那
些人的粗俗，但并不因此而不喜欢阳光和大海。在那个暴
风雨的夜晚，我成功地写出了我新小说的第一个句子："我
爱阳光、沙滩和带着咸味的海水。"我就迷恋地中海的话写
了整整一页，但无论如何再也写不进第二页。"今天我刚写
完一部小说的第一页，我不知道它讲的是什么，但是我知
道，一个着迷的年头在等待我。"这句话是我从胡安·本纳
特那儿听来的。同样，我写出了第一页，也不知道我的小
说讲的是什么。至此一切完美无缺，一切一模一样——但
从此以后，一切都不同了。时光一个小时又一个小时地从
我身旁流逝，我期待着我的着迷年头开始，但它一直没有
到来。另外，一个着迷的年头是什么样子？不会如我开始
时想得那么简单。再说，要说得明确些，着迷又作何解释？
第二天，暴风雨已经停了，我垂头丧气，只好又向《知识
女杀手》屈服了。我在上午写了几个小时，然后上街买了
一份西班牙的体育报纸，接着去巴克街一家非常便宜的中
国餐馆用餐，在路上遇到了马丁内·西蒙奈。我真愿不惜
一切代价让她陪我去用餐。然而她非但没答应，反而飞快
地从一条人行道走向了另一条人行道，同时朝我打着手势，
仿佛是说，昨晚的暴风雨实在太可怕了。她转过一个街角
就消失了。她甚至没给我机会告诉她，我爱阳光、沙滩和
带咸味的海水。也许这样更好，因为如果那一天我把这句

话说出了口，我就会再加上某句话，比如我会对她说："一年前，你就让我着迷了。"

## 92

20世纪50年代末，当《过河入林》出版的时候，评论家都摇起脑袋，不怎么样，不怎么样，这是评论家一致的观点，他们认为海明威才思枯竭。但是，后者恰恰不是那种轻易缴械投降的人，他不会那么容易退缩。这个人懂得面对逆境该如何动作，就像水中的鱼一般。生活和文学对他就是这样：一个激发硬汉最真挚、最勇敢的美德和潜能的舞台。当评论家都在摇脑袋的时候，海明威使出了他惯有的讽刺挖苦的本领，威胁几位评论家说要砸烂他们的脑袋。但是这一切不仅仅是停留在口头上说说痛快而已，他又重新投入了艰苦的工作，努力证明他远远没有才思枯竭。结果，他写出了《老人与海》。

《老人与海》写一个硬汉面对失败的勇敢精神，讲述了一位古巴老渔夫孤独一人坚忍不拔的斗争。"他是个独自驾了条平底小船在湾流里打鱼的老人，这回一连去了八十四天，却连一条鱼都没能打着。"作品讲述了老渔夫独自一人与一条大马林鱼奋力搏斗的故事，整个过程就像斗牛士杀死他所心爱的公牛一般。《老人与海》重振了海明威作为作家的国际声誉，让普通读者感动得流下了眼泪，无疑也为他荣获诺贝尔文学奖起到了助推作用。海明威很不耐烦地接受了诺贝尔文学奖，但同时他内心里还是暗自满意。由于诺贝尔文学奖此前已经授予了平庸的辛克莱尔·刘易斯和不可理喻的威廉·福克纳，海明威认为把同样愚蠢的奖项授予他是很糟糕、非常令人不快的事。他认为威廉·福克纳"是个喝着大量黑麦烧酒，夸夸其谈的大骗子"。不管怎么讲，诺贝尔文学奖还是让海明威取得了更大的成就。这种成就的影响是如此巨大，以至海明威看到，布道者怎样以他的著作为基础进行说教，人们在街上怎样流着热泪亲吻他；而他的意大利语译者由于被作品感动得直流泪，结果《老人与海》的翻译几乎寸步难行。

《老人与海》有个句子我在阁楼里读过许多遍："一个人并不是生来要被打败的，你尽可以把他消灭掉，可就是打不败他。"这个句子我读了许多遍，特别是我在巴黎的日子临近尾声时，那正是某种荒唐的感觉跟失败搅在一起开始侵袭我内心的时候；当时我不得不时时告诉自己，我根本没有被打败，仅仅因为我还没有进入任何战斗。但是这并不能给予我足够的安慰，因为我心中总是有一种荒唐的感觉，我们可以把这种感觉称为一种"为什么"的感觉。

为什么要活着？为什么要写一个女杀手？为什么是伊莎贝尔·阿佳妮的眼睛？为什么有跟我父母的那种关系？为什么是海明威？为什么来到巴黎？这一切都是为了什么？上帝呀，为什么？我记得在许多天里，我迈着飞快的步子在小区里匆匆走来走去，像是要去某个地方的样子，但实际上世界上没有一个地方、没有任何人在等我。一天，我更加心神不定、心情非常压抑地溜达着，却遇上了一个心情比我更忧郁的人。那是1975年10月末的一天，具体地说，是法国伟大的拳击手乔治斯·卡朋泰尔下葬的那一天。我伤心至极，在小区里毫无目的地走来走去，突然看到阿方索坐在海姆斯酒吧室外的平台上，这让我大出意料。看到他在那儿我感到奇怪，因为他从不离开他居住的小区。不管怎么说，眼前就是他坐在那儿，一脸沮丧，活脱脱一副落魄者的样子。我朝他走过去。由于他是那样地喜欢拳击，我便天真地认为他是从昔日伟大的世界拳击冠军的葬礼上到这儿来的，他那副垂头丧气的神情与那位拳击冠军的死有关。我向他打过招呼，问他是不是卡朋泰尔的死令他非常难过，结果他朝我投来一道令我永生难忘的仇恨目光。这是我没想到的。我最后也没弄清楚为什么他那么伤心，但事实是，很快，我还没明白缘由何在，我们就开始了一场荒唐的争论。他开始用一种超乎寻常的固执对我说，他非常讨厌那个小区里的青年艺术家。"那些人生活没有计划，没有意义，"他说，"他们吸着烟斗从一家咖啡馆串到另一家咖啡馆，认为时时刻刻都要喝苦艾酒，向女房东骗租是一项伟大功绩，这让他们更像是艺术家。"听完这些话，我感觉自己抑郁到了极点。我的生活就是缺乏计划，缺乏意义。他的那些话是对我不能再逼真的写照了。

几分钟后，我回到阁楼，关门的声音——像每次一样，我把门关得严严实实——我觉得在这一天酷似墓穴冰冷的石板永久地压在死者身上的声音。这里是我的葬身之地吗？比如说，如果那天晚上我死了，要过很久才会有人注意到我失踪了，然后开始寻找，发现了我的尸体。几天之间，我的尸体肯定已在阁楼里腐烂，一直在散发出恶臭，人们只好把门撞开。

想到这一切，我一下子本能地用双手捂住了脸。孤独、焦急的寻觅、与荒唐的不解之缘，这一切构成了我的世界，但是，这个世界无助于我的写作，它只是让我痛苦和焦虑。我知道或者说我听说别的作家从痛苦和焦虑中获得了很大的益处，但是我对如何从我的痛苦和焦虑中获益没有起码的概念。我一直用双手捂住脸，直至我决定去趴到地板上破旧不堪的床垫上什么也不再想，让我的意识变成一片空白，像一个物件那样不想知道任何事情，也不分析任何事情。我想也许这就是智慧所在。但是，事实上，只要一想点什么，即使是我什么也不愿意想这件事，我便又会重新感到痛苦和焦虑，烦躁不安，这种痛苦、焦虑以及烦躁不安，我尚未学会将它们移植运用到我的文学作品中去。

然而，作为对那么多痛苦和焦虑的补偿，这些想法让我怀疑，所有那些懂得把自己的难题运用到他们的作品中，并且具有了成形的世界观的作家，实际上他们都是荒唐可笑的，因为文学之所以可能，是因为世界尚未形成。抑或

是只有我的世界尚未形成？我决定重新出门去撕破阿方索
的脸。但幸好我马上意识到那样做只能是等于自杀，因为
别的不说，阿方索是一位拳击专家。再说，我恰恰不应该
对他发火，因为他体面地对我说出了事实。我决定无论如
何都要赶快离开那儿，离开这个已经变成我的坟墓的阁楼。
于是我去了雅各布街，离开时我甚至试图不想自己要去哪
儿，试图什么也不想，什么也不分析，我什么也不是（我
恰恰应该是这样：什么也不是）。我无精打采地到了雅各布
街，给自己买了一个奶酪馅饼，一个可怜的小小的什么也
不是的奶酪馅饼。

## 93

雅娜·布达德——埃斯特拉·卡列戈的笔名——三天
两头地重复这句话："没有人知道他是谁，没有人是人。"
她声称这是一句古老的法国谚语。但是，一天我在读博尔
赫斯的作品时，发现这句名言出自马塞多尼奥·费尔南德
斯之口。很可能布达德是从她几个阿根廷朋友那儿听来的，
然后忘记了这句话的真正出处。她知道马塞多尼奥是谁吗？
肯定只是听说过这个名字。我也遇到过类似的事情。相反，
我们两个对博尔赫斯了解得越来越多，特别是，我过了很
久才发现这位作家，但现在我一本接一本地读他的书，并
在他的书中发现种种思想观念。比如，皮埃尔·梅纳德论

述的令人惊讶而具有创见的寄生现象，经过博尔赫斯精确但不同于吉诃德的复制，即可以概括为：如果我写一个你已经写过的东西，我写出来的跟你是同样的，但实际上已经不是同一回事了。记忆力超强的富内斯，对艺术品的熟练伪造，存在于其他事物中的存在（就像佩索阿说的那样），对"也许我们大家都深知我们将名垂青史"的信仰，《阿莱夫》，还有猜疑认为诗歌可能是这个世界难以捉摸的名字，等等。如果说到那时为止，我早已看过一些我偶尔会在**真实生活中**看到的人或地方的照片，那么现在，博尔赫斯那篇关于《阿莱夫》的故事就意味着我世界观的进步。我看到，一个人不仅可以在**真实生活中**看到某些人或地方，而且，除此之外，还存在着**看到更多东西**的可能性——我们称之为奇迹。

在博尔赫斯一篇关于电影《公民凯恩》的评论文章中，我看到了一些句子，这些句子让我发现了海明威的一个新弱点。博尔赫斯说，在奥逊·威尔斯的影片中至少有两个情节，其中一个情节几乎陈腐到愚蠢的地步，讲的是一个百万富翁搜集塑像、花园、宫殿、游泳池、车辆、图书馆、男人和女人，最后他发现他所有的收藏品均属人世间的浮华虚荣；看到自己即将死去，他只渴望得到世间的一样东西：那架简陋的雪橇，它是他在贫穷快乐的儿时玩耍的东西。

由于我拿着博尔赫斯的尺度来观察这个世界，我就不可能不带着某种怜悯的目光来看海明威。海明威有一个精彩的人生，他获得了诺贝尔文学奖，半数的人类崇拜他或者说羡慕他，但是，到了他最后的日子，他几乎表现得跟公民凯恩同样陈腐和愚蠢，写出了《流动的盛宴》，深深地怀念他青年时代在巴黎的日子：在那些日子里，他很贫穷，但很幸福。到最后，他就只差没说出他梦想得到一架雪橇了。

我不断地在博尔赫斯那儿发现思想观念，同样也不断地在评论他的著作的人那儿发现思想观念。比如他们说，博尔赫斯是在参照一种传统，因为当代世界仿佛是一个充满失落和衰败的地方；同时，他也是在提及文学变革的观念，因为文学肯定了新生事物的价值。博尔赫斯把旧的东西拿来重写，作为一个文学新手，对此我马上心领神会。靠了雅娜·布达德借我的几本书的帮助，我似乎凭直觉感到博尔赫斯创造了这种可能：我们这些现代作家，在难得接近纯真的文学氛围的情况下，也可以练习文学写作，就是说，我们完全可以继续写作，真的。

在那些日子里，由于我接连从博尔赫斯那儿发现思想观念，没过多久，我就又将他与奥逊·威尔斯联系在了一起。那天晚上，我跟雅娜·布达德一起去看电影《赝品》，影片中采访了画家兼伪造大师埃米尔·德霍伊和克利福德·欧文（他杜撰过一本霍华德·休斯的传记），在艺术上玩起了真实与谎言的概念游戏。电影的主题非常博尔赫斯化，比如说，伪造，真实与虚构之间脆弱的界限。《赝品》使我记起了维吉·瓦波鲁排队买面包时的情形，当时她问我，她是一件货真价实的伪造品，这难道不是真的吗？影片中虽然从未提到博尔赫斯的名字，但它还是让我看出了一些情节、诈骗和迷宫，就这些材料，如果我还想继续成为一位真正的作家，那我还是可以写出东西的。为了成为真正的作家，我必须欢迎对真实的创造，同样，如果我真的想成为作家，我也就必须创造自己。《赝品》这部影片激发了我对杜撰性的作品、对伪书的评论以及对这个世界的激情，在这个世界上，充满了冒名顶替的大骗子、盗用其他身份伪装自己的人、赫赫有名的大人物和默默无闻的小人物。

这部影片影响深远，它的影子会很长很长，它将改变我这个习作者的前进方向。就在我走出影院的那一刻它就开始产生影响了，当时我的朋友雅娜·布达德对我兴致勃勃地评论道："我对你说过了吧，没有人知道他是谁，没有人是人。就连埃庇米尼得斯都不知道。"我问她埃庇米尼得斯是不是她的未婚夫，她笑着摇了摇头。"他是一个古代的圣人。"她说。接着她引用了他那句被写进史册的名言："后一句话是假的，前一句话是真的。"

那天晚上我回到阁楼，变成了一个不知道自己是谁的人。过了一会儿，在读过博尔赫斯一篇讲述制刀匠的短篇小说后，我便在《知识女杀手》中模仿起了威尔斯影片中造假的人，开始引用博尔赫斯却不提他的名字，我写道："一个制刀匠慢慢地把自己的力量传给了自己的刀，最后那把刀有了自己的生命（就像顾问官克雷斯佩尔的魔法小提琴为了霍夫曼所做的那样），它成了自动杀人的武器，而不是拿着它的胳膊杀人。"那是我第一次以钢铁般的意志引用了一个叫博尔赫斯的人的文字而不提他的名字，**我依靠别人**，我引用了一个大人物的话，而我则是一个默默无闻的小人物。

94

一天晚上，我在阁楼里读到，忽必烈汗在13世纪梦见了一座宫殿，于是他就依照梦中所见建了那座宫殿。然后我又读到，对蒙古皇帝这个梦一无所知的18世纪英国诗人柯勒律治，有一天服下安眠药睡觉后，梦见一首关于宫殿的诗，醒来时他断定要么他写了一首诗，要么他得到了一首诗。他记得特别清楚，这首诗有三百行左右，他把其中的五十行抄写下来，这个片段永久地留存在了他以《忽必烈汗》为题的诗作中。但只留下了这五十行，其余的则由于一个不速之客的造访丢失了。

这是一首含有启示性的诗，读过这个故事之后我就安然入眠了。我梦见我的母亲是我非常年轻的姐姐，我跟她发生了乱伦之事。醒来的时候，我似乎对我刚才梦中的性行为记得特别清晰，我赶快走到写字台前，打算把它完整地写下来。但是，我刚在写字台前坐下，就把那个似乎假想中有一个具有灵感的声音向我口授的性事过程忘记了大部分。靠着梦境中的剩余部分，就是说，唯一还留在我脑子中的影像，再加上我自身的感受，我写出了《知识女杀手》中心部分的第三页。对这一页我感到很自豪，因为这是我第一次完成了对我自己预先亲身体验的东西的重写描述和加工改造——尽管这不是一件实事，而只是一个梦。这种亲身体验是一个梦，但梦同样也可以渗透到我们的日常现实中，甚至可以帮助我们通过写作来善于把握现实："那时他记起了他生活中的一段插曲：当时他还很小，有一天，他没有预先打招呼就进入了姐姐的房间，看到姐姐面对镜子一丝不挂。姐姐叫阿里亚德娜，比他年长一倍。看到他进来姐姐十分恼火，毫不留情地对他进行严惩，将他的手脚绑起来用皮鞭猛抽，直至他幼小的身体鲜血直流。后来姐姐答应放开他，但明确地提出一个条件：他要跪在她的面前，吻她的脚，并对她的惩罚表示感谢。他这样做了。而就在他面对皮鞭，跪在美若天仙的姐姐面前的时候，一股享受与欢悦的快感在他体内第一次被唤醒了，这与他对女性胴体的发现紧密相连。他一直以为，这段故事随着时间的推移会渐渐从他的记忆中消失，但是他错了，因为他始终渴望重新见到他死去的姐姐，进入她当时居住的房间，除此以外他没有别的欲望。他感到姐姐仍然在以那样

的语调呼唤着他，那种语调在他童年漫长的激情中，对他
而言实在是再熟悉不过了。"

## 95

不知为何，在所有我对乏味的青年时代的回忆中，同
一个深深厌烦无聊的时刻总是浮现在我的脑海里，就它一
个。那是一个巴黎的下午，看来我是永远难以忘记了。我
无须费力，就处在了那一天必然到来的厌倦无聊的时刻：
我站在阁楼里，透过小窗户凝望圣日耳曼·德普雷街区教
堂的钟楼。我又一次在心中想，我住在世界的中心，但是
我突然发现，这句话我说过一千次了，现在我又说了一遍，
这明显是厌倦无聊的表现。那时我想起了有个人说过，世
界的中心应该是一个伟大的艺术家工作过的地方，而且不
是在德尔斐。我可以认为自己是住在世界中心的一个伟大
的艺术家吗？我真的相信圣日耳曼·德普雷街区是一个什
么地方的中心吗？从我的角度看，这似乎是一个天真幼稚
的想法。但是，头脑这么清醒对我来说并非好事，所以我
便将这些问题抛在脑后。于是我又陷入厌烦无聊之中。

这真可怕。难道我已经不能把握自己了吗？在学校里
时人家告诉我，按照伊拉斯谟的看法，谁若熟悉与自己共
处的技巧，他就永远不会感到厌倦。我好像把这个技巧忘
记了。我没有处在世界的中心，另外，我经常感到厌倦无

聊。智慧不能摆脱厌倦无聊吗？唯有智慧在这方面能帮助我。我让我脑子里一片空白，遇到厌倦无聊的时刻到来时，我就想办法摆脱它。我突然想到，厌倦无聊就是浪费时间。我在《知识女杀手》的一个空白页上把这个句子记下来，据说这个著名的空白页本来应该让作家们甚感恐惧。我用铅笔记下了这个句子，铅笔是我在一年前住进阁楼时从一个小柜子上边的抽屉里发现的，小柜子就在那扇小窗户的下方，刚才我就站在那扇窗户前发呆，感到十分无聊。这一小截铅笔肯定属于以前阁楼里的一个老房客。是科皮的吗？还是哈维尔·格兰德斯的？或者是属于巫师约多洛夫斯基的朋友？他是科皮前面的阁楼房客。要不就是那个保加利亚戏剧女演员的？或者是我那个黑人邻居在跟保加利亚女演员上床时丢在这儿的？也可能是另一个老房客电影导演米洛舍维奇的？异装癖阿玛宝拉也曾在阁楼里住过五个月，要不就是她的？也许它属于密特朗？密特朗之后又有一代代的房客搬进这间阁楼，但他们都避免把这支铅笔毁掉，抑或是他们为了向在这个流浪者狭小的栖身之地居住过的老房客中这位最大名鼎鼎的人物表示敬意？

　　我几乎不感到无聊了！我集中注意力进行这场智力练习，在脑子里想象密特朗同志——也就是密特朗先生——在这间抑郁的阁楼里藏身的两天中间干了些什么。他手里肯定有一把手枪用于自卫。还有一支铅笔，这支铅笔还在这儿，它可以送进法国抵抗运动纪念品博物馆。我想象着密特朗也曾站在我现在站着的这面镜子前。他把铅笔夹在耳朵上，露出微微的笑容。他用铅笔记下不久前勒内·夏尔同志对他说的一句话，那句话他非常喜欢："信徒的沉沦是找到了他的教堂。"

记下那句话之后，密特朗就把铅笔放进了柜子里，以便将来让人发现。在许多年里，伴随着一个接一个的流浪者住进那间阁楼，那支铅笔也就一直保存下来，仿佛是不幸的流浪者们的战利品。密特朗又笑了。他回到镜子前，从枪套中拔出手枪——想到这儿，我一点也不感到厌倦无聊了——他喜欢自己的这个姿势。而我则发现，我在镜子前时这种不受控制或无意识的想象思潮，跟进行文学写作有着共同点，比如说，在人物创造方面。密特朗照镜子，微笑，把玩手枪，砰砰，然后大声说："没有想象力的人以为别人也过着平庸的生活。"

## 96

在法国小说家罗曼·加里的一次讲座上，我听他说，对作家而言，文学中的人物必须有其真实性。那么，对我而言，《知识女杀手》中的人物具有真实性吗？应该说没有一个人物有真实性，几乎所有人物的名字都带着我名字的首写字母，就像是我的名字和我的人格的延伸。也许讲述人女杀手在拥有了伊莎贝尔·阿佳妮的目光后，对我来说有了一点真实性。

还有我母亲大概也是，她被我当作姐姐写了出来。另外大概还有可怜的阿娜·卡尼萨尔，她与别人不同，名字没有带我名字的首写字母；再说，阿娜·卡尼萨尔拥有某种自己的生活，因为对她，我至少可以想象出来，或者说得更明确些，我可以在复制的巴尔蒂斯的一幅画中找到她，那幅画是我在维吉·瓦波鲁家中看到的。

画中的场景是一个女侏儒拉开窗帘，阳光从窗户里射进来，接着便看到一个被杀害的漂亮女人。这正是我希望我的小说具有的神秘氛围。这就是玛格丽特·杜拉斯在教导我的那张四开纸上谈到神秘的**地点环境**时的那种氛围吗？我感到并不完全清楚。那么她对**对话**部分是怎么想的？比起所有的部分来，对话是最缺乏神秘感的，尽管它像其他部分那样仍然是一个难题，至少对像我这样的写作新手而言，因为一般来说，对话是要求复制那些平凡的琐事，这似乎跟优秀的文学作品很难协调相配。表面看来，它是玛格丽特·杜拉斯四开纸上的条目中最容易解决的问题，复制对话似乎轻而易举，但是，不管怎样，最后对话很可能成为最难解决的问题。我是这样想的。另外，我还在心中琢磨，如果对话的前后允许用破折号标示，那很快就会把一页页填满。或者，还是应该要用钢笔而不用打字机写作，要用许多引号，以便把每一页都写得密密麻麻、满满当当，仿佛是一片片的文字，其间墨汁占据了一切，在密密麻麻

的一页文字上寻找最小的空间，不留下任何明显缝隙；是
不是这样的？

　　我是年轻人，倾向于第一种做法，在对话中用破折号。
第二种做法，即多使用引号，让它们占满整个页面，仿佛
把页面变成一个战场，这种情况自然让我感到可怕。但是，
一天我在《如此这般》杂志上读到这样的说法：将对话放
进长篇小说之中是现存的最过时最保守的做法，不管在对
话中用破折号还是用引号，它都是一种倒退。我是在我家
旁边的波拿巴咖啡馆里喝奶茶时读到这一说法的。我认为
这种观点甚至比我原先预想的关于对话一事的争论走得更
远。对此我感到十分忐忑不安，以至我从裤子后兜里掏出
了我总是随身带着的玛格丽特·杜拉斯的教导。在**对话**一
项的旁边，我写下了"保守"一词。之后，我不想完全陷
入困惑不解，便去寻找某种正确的答案。于是我回想起了
海明威，他是短篇小说对话技巧的大师。接着，我环视了
一下四周，发现在波拿巴咖啡馆所有的桌子上，人们都在
对话交谈。但是，这第二种答案不会对事情有多大改变。
所有那些对话交谈的人肯定都是右翼势力政治家吉斯卡
尔·德斯坦的投票人。另外，显然他们的仪表没有半点儿
诗人味，可以说是俗不可耐，他们所谈的内容大概也跟他
们的人同样俗不可耐。在就我小说中的对话采取最后的决
定之前，我努力保持冷静思考。我在咖啡馆付过账，就回
了阁楼。经过一阵紧张的思考之后，我把直到那时所写的

对话，除了三处必不可少的之外，全部删除了。我将为些许的保守付出代价，但我不准备改变我的整部作品。

## 97

我需要有某种秘密，有时候需要做一个坏人，感到自己很邪恶，发现自己的内心跟外表上的**情境主义者**完全不同，有点像杰基尔和海德。或者说得更确切些，有时候像海德，但并非时时都像他，因为他是那样地淳朴，那样地善良，那样的一个左派激进人士。为了我违规的计划，我觉得我具体地把自己跟海德连在一起是无比正确的，因为随着时间的推移，我发现，实际上史蒂文森的小说主题——当时我在巴黎，在那些日子我还没读过他的小说，但跟所有人一样，我**知道**小说的情节——在于，通常意义上的好人对自己浪费掉的作恶机会感到妒忌性的着迷。

或许这也使另一件事得到了解释：一天上午，我收到了父亲的汇款，刹那间我便飘飘然感到自己成了富人，灵魂也就变得如资本家那般腐败。我特意去了园厅咖啡馆喝香槟，自然，那儿的人谁也不会觉察到这件事。我在内心中痛痛快快地发泄，去逗弄我的思维，逐渐使我的思维变得怪异而荒谬，竭力——今天我看得很清楚——不错失任何成为无耻之徒的机会。我心中暗想，只要我愿意，我就可以成为这样的人。

　　然而，就本质而论，我是那样地善良，那样地淳厚，又是那样地愚钝，每当我要做这类事的时候，最后又都会为自己感到羞愧。这就是为什么那一天我没有走得更远的原因。我去了园厅咖啡馆，喝到第九杯香槟的时候，我决定让思想彻底解放，不受任何道德和政治的束缚；于是我回想起了那家咖啡馆的一位老顾客、艺术家多梅克——一位把女人拉长的画家，我们可称他为**年历艺术**的明星——接下去我回想起了他家的一个用人（"我的女仆。"多梅克这样称呼他），一个额头宽阔、蓄着黑山羊胡的矮个儿男人；这个男人有时候会跟多梅克的画家朋友们一起坐在咖啡馆里，跟他们喝上一杯，尽管他从来不开口讲话。

　　我暗地里嘲笑着这个矮个儿男人——只是在去园厅咖啡馆的时候——我笑那个可怜的"女仆"的时候，自己就像个无耻之徒。我唾弃那个矮个儿男人的记忆，但随后我想起了关于他的一则逸事，便为自己的行为感到羞耻，为对那个矮个儿男人的过分不恭而感到悔恨；那个矮个子男人在园厅咖啡馆从不讲话，或者说得更准确些，只有一次他开口讲了话，那是多梅克的画家朋友们问他是否清扫别的盥洗室时，他回答说"不"。多梅克的朋友又问他在工作之余他干什么，他回答说关注画家和推翻俄国政府。大家都被他这句相当诙谐的回答逗得哈哈大笑。"我们也是这样。"他们对他说。他们不知道这个人是列宁。

## 98

　　玛格丽特·杜拉斯为我写在四开纸上的**经历**一条，我在很长时间里都把它视为幽默，认为她之所以写进这一条，主要是因为让我在写作过程中喘口气，不至于憋死。但是有一天我开始怀疑了，我想，**经历**这一条也许能够是严肃的，玛格丽特干吗要跟我耍幽默呢！如果她是认真的，那可就真是讨厌了。**经历**这个词听起来总是让人不快，而当一个人还年轻的时候，就更是讨厌它。有一次听玛格丽特·杜拉斯说："经历就像是给秃子用的发梳。"我对这种说法完全认同。我敢肯定地说，经历完全无用。我尚不知道的东西需要去亲身经历，以便了解为什么它完全无用。此外，我真的知道我没有经历吗？我既不知道，也不是不知道，简单说来，我就是不想对这件事考虑太多，因为这件事太让我讨厌了，半点儿不亚于那个成年人的世界给我的讨厌感觉。

　　但是，一天我突然有了**经历**，而这次经历是不会重复出现的。我去乌苏林电影院看一部关于美国作家在巴黎的纪录片，讲的是**迷惘的一代**，我听海明威讲他的**冰山理论**。我读过一些有关这种理论的东西，但是从没有听海明威直接亲口讲过。尽管他已不是我绝对的偶像，但他在银幕上的出现和他的讲话还是将我打动，给我留下了深刻的印象。

"我力图依照冰山的原则写作。"我听到他说,"我们看到的冰山只是它的十分之一,而其余的部分在水下。故事并不在写出来的小说中,它在水下构成于没有讲出的话中,用意会和暗示来表示。"

稍后,他又接着说道:"《老人与海》本可以写一千多页,但这不是我所追求的。我竭力把不必要的东西全部删除来向读者传达我的经历,尽管要说我在海上的经历实在是太多了。但这种经历不是以非常明确的方式表现出来的,尽管,当然了,它在那儿,可是读者看不见。这做起来很不容易,然而我做到了。比如说,我看到了大马林鱼的交配,因此我了解这件事,但是我没写进小说里。我看到过有五十多条抹香鲸的鲸群,有一次还用鱼叉炮去打一条近乎十八米长的鲸鱼,结果没有打到。所以这一切我都没有写。不过,就是这些经历构成了冰山的水下部分。"

走出乌苏林电影院时,我感到这次关于**经历**一词的意蕴,我学到的东西比之前任何时候学到的都多。但是这种感觉的产生恰恰并没有给我带来愉快。走出电影院时,我一直这样问自己:"我个人的经历有什么可以在写作的时候变成冰山水下的部分?如果我想做一个诚实的人,那就应该承认,在这门经历课上,过去我靠自己的努力得到的分数为零。我在阁楼里的生活就是一场闹剧,在这种环境中我以为能获得什么个人经历呀?"

为了不让自己过分痛苦,就是说,为了让我能继续把

《知识女杀手》写下去，我便努力说服自己，让自己深信所有那些关于经历之说都是值得商榷的，没有经历肯定也是可以写作的，这样的事例并不少见。只要把海明威的乞力马扎罗山改为《非洲印象》的作者雷蒙·鲁塞尔的乞力马扎罗山就可以了。后者是一位善于动脑的高智商作家，他写作从来不采用个人经历，而是——多亏了他发明的一种语音组合法——总是讲述来自散文本身的故事，一种冷冰冰的含有诗意的讲述方法，这种讲述方法直接同——比如说，他奇特的旅行方式相联系，而那种旅行方式与海明威是截然相反的。

《非洲印象》的作者旅行不是为了将其经历放在他以后的著作中来讲述，或者将其经历置于看不见的冰山下方让它沉默不语。雷蒙·鲁塞尔旅行不是为了猎奇，而是为了要就近看看异国的天地，那些天地曾以故事或小说的方式出现在他童年的记忆里。他旅行不是为了有故事好讲，或者一边讲那些故事一边将一部分隐藏起来，而只是为了证实他儿时阅读的东西是真实存在的。他曾说出如此美妙的话语："我希望证明一桩令人好奇的事情。我经常去旅行。1920年至1921年，我沿着印度、澳大利亚、新西兰、太平洋诸岛、中国、日本和美洲这条路线周游了整个世界。我了解了欧洲的主要国家、埃及和整个北非。后来我又访问了君士坦丁堡、小亚细亚和波斯。尽管如此，这些旅行的经历，半点儿我都没用作过写作的素材。我认为这一事实是值得指明的，有多么开心。"

　　我反复地考虑创作的想象力和需不需要有经历才能从事写作这件事，最后我决定带着这个疑问去请教劳尔·埃斯卡里。"你什么事都来问我，"劳尔说，"你自己注意到了吗？"我对他粗鲁且又亲切的责备没有理会，不去回答他的问话，而是对他说，因为我缺乏经历，而这种缺失并不影响我的写作，所以我开始感到我倾向于站到雷蒙·鲁塞尔一边，认同他的文学观念，实践一种冷冰冰的、靠大脑的想象力进行的写作，这显然与经历丰富的海明威几乎处处宣扬的文学理论背道而驰。

　　劳尔·埃斯卡里沉默不语，一切都似乎表明，他不太同意我认为创作应是讲述来自散文本身的故事的倾向，于是我便问他，是不是他认为我这样讲对海明威不公平。这时，他露出一种我终生难忘的表情，这样来回答了我的问题："你看，事情很简单。就算海明威真的是一棵微不足道的杂草，一生只靠幻想来编造他书中的故事，称那是他的亲身经历或者是隐藏在他讲述的故事后面的东西，这也改变不了任何事情，他仍然是原来那位伟大的作家。但他不是一棵杂草，也并非微不足道。"

99

　　在巴黎，有些小街小巷的氛围是如此地封闭和阴郁，似乎预示着某些事物的结束。比如说，我们所处的世界。还有我们在巴黎的日子，就像发生在我身上的那样。那些**小街小巷**，是沃尔特·本雅明长期研究的对象。它们那封闭的外貌有时候会让我们感到很美，但是它们那令人窒息的氛围最终会让我们当时的心情变得阴郁而充满现实主义。那种心情告诉我们实情，向我们宣布尽头已经不远了。法国作家路易-斐迪南·塞利纳在《缓期死亡》中说，正是那段阴森森的舒瓦瑟尔街本身最终预示到了它那卑贱的窒息氛围。他还说，这条街散发着尿臊味和泄漏的煤气味，以及其他说不清楚的微妙气味，他妈妈在那儿做小杂货生意，他在那儿生活了半辈子，那地方比一座监狱里还肮脏和易传染疾病；此外，它还预示着更糟糕的事情。一天，我突然碰上了佩特拉，这让我完全没有想到，我跟她已有几个月没见面了，而且，我们是在帕纳拉马斯街上碰见的，这个地方也完全出乎我的意料。不知道为什么，我一见到她，马上闻到了一股尿臊味和泄漏的煤气味，感到在那段封闭的路上透不过气来，仿佛是不想否认塞利纳所言的真实性。佩特拉是那样地丑陋，我在内心中就十分地厌恶她。跟她在一起时，我曾感觉自己像个拉皮条的，而现在，手挽手陪着她的是一个身材健壮的粗野男人，一个真正的皮条客，和我大相径庭。

佩特拉好像立刻从我的脸上看出了我内心的无比焦虑，另外也出于某种报复的心理，她对我说出了有一天曾对我说过的话。如果说那一次我相当无所谓的话，但这一次她让我脆弱的神经完全崩溃了。她说："你应该回巴塞罗那去，在这儿你是在白白浪费时间。我也在浪费时间，但至少我有一个情人和一份工作。"最糟糕的是我没有回答她。之所以没有反驳她，唯一的原因就是我害怕那个皮条客会产生过激反应。今天我想，尽管当时没有意识到这一点，但是那个残酷而令人丢脸的事件却隐隐预示着，有件事情即将要在我身上结束了，那肯定是我在巴黎的日子结束的开始。

## 100

1965年10月29日，反对摩洛哥国王哈桑二世的反对派领袖本·巴尔卡跟一位记者和一位电影制片人约好，要在花神咖啡馆对面圣日耳曼大街上的利普酒馆里一起就餐。当他正要进入餐馆的时候，**风化警察大队**的两个警察——苏雄巡官和他的下属瓦托——亮明了身份，很客气地邀请他上了车，车上法国反间谍情报局的特工安托万·洛佩斯在等他。这位警察说，他接到命令，要他安排本·巴尔卡和法国的一位高层官方人士接触。据说他们去了冯特内-勒-维孔特镇上的一座别墅，在那儿，这位政治家的踪迹永远地消失了。

十年之后，1975年的10月末，就像在许多日子里经常做的那样，我去圣日耳曼杂货店里的咖啡馆兼餐馆就餐，它就在利普酒馆旁边，对面同样是花神咖啡馆。我总是一个人就餐，一边打开西班牙体育报纸《品牌和述说》，躲在后面读报，每次都从头到尾读完。那一天，我刚刚吃完第一道菜，正在等待第二道菜上来，这时，两个又高大又粗壮、活似两只大猩猩的彪形大汉朝我走来，向我亮明了秘密警察的身份，悄悄地要我跟他们到盥洗室去。在那儿，他们非常紧张地让我靠墙站好，随即便对我搜身，并且问我为什么这么紧张。"那你们呢，"我问他们，"你们为什么也这么紧张?"他们的紧张是有道理的，因为他们以为我是委内瑞拉恐怖分子卡洛斯，这个卡洛斯不久前就在这个地方放置了一颗炸弹，炸死了许多人。根据女侍者们的供词，在爆炸事件发生之前，她们看到卡洛斯好几次在餐馆里用餐，并且在那儿阅读西班牙文报纸。

两位警察突然发现他们肯定是弄错了，最后要我带他们去我在圣贝努瓦街的阁楼（我想让他们知道我跟一位重要人物有关系，便告诉了他们那间阁楼是玛格丽特·杜拉斯租给我的），证实一下那儿的确不制造炸弹，只是正如我告诉他们的一样，住着一位刚写第一本题为《知识女杀手》小说的清白作家。

这一事件也有点像是我在巴黎的日子终结的开始。当我被两个魁梧的彪形大汉押着准备穿过圣日耳曼大街走向阁楼的时候，凭直觉我是这样想的。当时我感觉似乎处境艰难，如今在我的记忆中，这件事带上了一丝滑稽的味道。幸运的是，当时我完全不知晓恰恰就在十年前，在类似的情况下，也是在花神咖啡馆对面，两个警察让一个去利普酒馆吃午饭的人永远消失了。我想，如果当时我知道本·巴尔卡暗杀事件的话，我会因恐惧而丧命。就是这样，对那天的记忆带上了一丝滑稽的味道。当我们走过花神咖啡馆的时候，阿道弗·阿列塔的一个朋友——一个拼命想模仿安迪·沃霍尔的同性恋画家——没看出我是被两个警察押着，他从我身旁走过时高声冲我喊道："今天可是有人好好陪你了！"

这两个警察在杂货店的盥洗室对我搜身检查之后，就去了我的阁楼。在那儿他们阅读了我的《知识女杀手》手稿的前几页，大概他们认为我尚未写完的那本书是国际恐怖组织的一批秘密文件。他们跟苏雄和瓦托一样不怀好意吗？我不这样想；到了事情的最后，我觉得他们无意伤害我。但不管怎么说，这件事我永远难以弄明白，就像我也永远不会知道，几个礼拜后企图在一所住宅里逮捕恐怖分子卡洛斯时殉职的两个警察是不是他们。

两个彪形大汉检查了阁楼，看出没有任何人在那儿制造炸弹。他们盯着《知识女杀手》看了好一阵，最后那个高一点儿的汉子问我是否读过西默农。我不知道怎样回答他为好，结果还是照实说了，我回答说没读过。"好吧，"那个矮一点儿的汉子说，"我们走了。"他们似乎突然一下子情绪好了起来，仿佛如释重负，摆脱了一件棘手的工作。
尽管两个警察没有因为打断我这个无辜的年轻人的用餐而
道歉，但当他们离开阁楼走上通往楼梯井的平台时，矮个
儿警察做了一件相当细心体贴的事。他突然转过身来，用
一个警察力所能及的带点讽刺的温情对我说："单独一个人
住在这样肮脏的地方是不太好的。"另一个警察接着补充
说："孤单一人住在罪犯深感孤独寂寞之地不合适。"后面
一个警察说的话让我相当惊讶。不管是出自一个警察之口，
或是从任何一个公民口中说出，这句话都显得很奇特。不
管怎样，难道他认为因为我在写一个知识女杀手，我就是
一个潜在的孤独罪犯？许多年之后有人告诉我："罪犯深
感孤独寂寞之地"是西默农常用的一种表达方式。

## 101

　　一个冬天的上午，我跟阿道弗·阿列塔一起在卢森堡
公园里散步。走上一条林荫遮蔽的小道时，我们远远看见
一只"孤独的大黑鸟"在读报纸，几乎一动不动。那是塞
缪尔·贝克特。他从头到脚一身黑装，在那儿坐在一条长
椅上，非常安静，像是处于绝望之中，让人感到恐惧。那
就是贝克特，简直令人难以置信。我从未想过能碰到他。
我知道他不是一位已经去世的传奇作家，而是一个住在巴
黎的人。但是我总是想象着他身着一身黑装在巴黎的上空

飞来飞去，绝不会想到能看见他在一个寒冷荒凉的老公园里绝望地读报纸。他不时地翻着报页，翻动时表现出一种如此巨大的怒气和无限的能量，以至如果整个卢森堡公园震动起来，我们都不会感到一点儿稀奇。读到报纸的最后一版时，他陷入了沉思，愣愣地出神。他比刚才更让人可怕。"他是唯一有勇气表明我们的绝望是如此沉重，以至我们难以用语言来表达的人。"阿列塔对我说。

## 102

但丁在诗集《新生》中告诉我们，有一次他在一封信中列数了六十位女人的名字，为的是悄悄把贝雅特丽齐的名字放进去。博尔赫斯认为，但丁在《神曲》中重演了这种伤感的游戏，猜想他写出了他人难以逾越的最佳文学作品，就是为了植入几次与无法挽回的贝雅特丽齐的相遇。我觉得——当然了，要承认两者之间不可忽视的悬殊——我也在《知识女杀手》中无意识地演示了这种伤感的游戏。我认为我写整本书的目的就是放进一首诗，就一首诗；那是我一生写的最后一首诗，也是出版的唯一的一首诗。事情这样看来，整部《知识女杀手》或许就是我通过这些诗行与诗告别的托词了：

流放者，你将离去，没有眼泪，没有坟墓。

你将在消失的时光附近漫游，从那儿

到更远，奔向天涯。

双目注视着从未见过的东西，

方向朝着喀耳刻，死亡的美女。

你就在那儿静静地超越

没有太阳的城市，你会见到我。

我将是那艘失事的破船，

搁浅在徒有虚名的

朋友的海滩上。

今天在我看来，《知识女杀手》基本上是我与诗的告别。书中隐藏的情节就是一出无声的悲剧：年轻人告别了诗歌，向粗俗的叙事低头。如果，举例说，海明威对这种从诗歌向散文的转变毫不在意的话（"青少年时代的抒情才能是如此地短暂和具有欺骗性，就跟青春本身相同。"），我却正好相反，它对我伤害很大。《知识女杀手》对一位诗人之死的痛苦描写就是一个充分的证明，它不仅讲的是我个人的悲剧，也是许多青年作家的悲剧。这些作家在他们的创作历程开始之际如果富有想象力，往往会建造出他们自己的诗的世界，那个诗的世界是在大量阅读的基础上建造出来的。但是之后，随着丰富想象力的逐渐减退，他们就会慢慢看到自己要适应现实，陷入平常的散文体风格之中，这使他们感到自己已经背叛了创作起始时的诗的原则。

某些最聪明最顽强的作家，不肯轻易举手投降，又继续多维持了数年对诗的信心。但他们不明白的是，尽管他们付出许多努力，诗歌却早已抛弃了他们。没有人能够逃脱这条如此具有毁灭性的诗生命的规律，没有一个人。或者说得更清楚点儿，人类的大多数要从这一规律逃脱，所有这些人均被现实的专横霸道所嘲弄压倒，最后的命运就是犹豫不决，永远分不清诗歌和散文的区别。

## 103

"玛格丽特·杜拉斯以前博览群书，现在却很少看书了。"贝诺特·加奎特在某部多作者文集的一篇文章开头这样说。这篇评论玛格丽特·杜拉斯的文集由法国阿尔伯特罗出版社刚刚出版，我买了一本，以便及时了解我这位女房东的文学创作世界。除了别的作家之外，拉康和莫里斯·布朗修都为那部文集撰稿。我记得贝诺特·加奎特文章里的第一句话就让劳尔·埃斯卡里兴奋得眉飞色舞，不同寻常，因为在几天之内，他都在专门向所有人，包括玛格丽特·杜拉斯，重复这句话。我还记得，文集中有一篇评论影片《印度之歌》的集体专稿，当时这部影片刚刚在巴黎的几家电影院成功上映。比如玛格丽特·杜拉斯的第二任丈夫迪奥尼斯·马斯科罗说，即便考虑到德莱厄尔的先例，《印度之歌》也意味着电影的真正诞生，并且部分地

由于玛格丽特·杜拉斯用《印度之歌》开辟的道路，它也
预示着这门年轻的艺术有着伟大的前程。莫里斯·布朗修
问自己：《印度之歌》是什么？可以说是一部电影或者也许
可以说是一部著作，还是两者都不是？在读过布朗修的文
章后，我感到对玛格丽特·杜拉斯的了解反而比阅读这篇
文章之前更少了。而雅克·拉康说，当他读过《洛尔·
瓦·斯泰因的迷狂》之后，他惊讶得张口结舌。他还说了
些其他的事情，我已经忘记了，或者说得更确切些，我压
根儿就没有懂。但是这并不让我感到不安，因为我习惯了
听不懂拉康的话。

那部集体撰稿评论玛格丽特·杜拉斯的文集，开头的
一些话是这样讲的：杜拉斯坦言她写作是为了有点事做；
接着她又补充说："假如我能强制自己任何事都不做，那我
就会不做任何事。可是我难以承受任何事都不做，所以我
才写作。就是说，我写作没有任何其他理由。这是我对这
个问题能够说的最真实的话。"这些话的真诚令我感动。读
过那本书几天之后，我在圣贝努瓦街碰上了玛格丽特·杜
拉斯，短暂的街谈巷议完全转向了文学领域，因此我想到
问她为什么要写作（我知道她会回答我什么）。我想，当她
开始用她那已可预料的回答（"因为我难以承受任何事都
不做……"）回答我时，我就笑容可掬地打断她，对她说
我知道她下一句要说什么，因为我已经在那部集体撰稿评
论她作品的文集中读到了（这样她就会看到我对她的世界

感兴趣），并且告诉她，我刚刚买了那本书，对它我像对所有评论她的书一样感兴趣。

但是大大出乎我的意料，因为我等待的是一个回答，而得到的却是另一个回答。"我写作是为了不自杀。"她干巴巴地说。我一时被弄得一头雾水，匆忙含含糊糊地说了些断断续续的话，真的是不知道说什么好，也不知道如何把话题继续下去。幸好玛格丽特·杜拉斯几乎是命令我给她在街上让开路，因为她告诉我她要到花神咖啡馆去。"真糟糕，"她补充说，"因为我得跟彼得·布鲁克见面，他总是让我倒霉，我最后一次见到他时险些就在花神咖啡馆前面被车撞了。"

她写作是为了有点事做还是为了不自杀？我们怎样看她这两句话？是非常真诚的话还是在做文章？一定要等到一个作家去世以后方能让一位传记作家来如实地讲述他的一生，而不像作家本人讲述的那样吗？我不知道在何处读到过，安德烈·纪德说一个艺术家不应该按他的生活实况去讲述他的生活，而应该按他要讲述的情况去真实地生活。面对这一切，我打算怎么办呢？按照我想讲述的情况去真实地生活？那么，这种风格的东西怎样去实现呢？

围绕这一切我不停地思考着，直至回到了阁楼。由于脑子里带了那么多问题，走进阁楼时我已是筋疲力尽。后来，随着时间的过去，我了解到玛格丽特·杜拉斯是一位否定专家，一位以语言唤起伤感和同情的职业人士，或者说模拟写作的职业人士。寥寥几句那么诱人的话，就像我们在她的《写作》一书中看到的那么具有催眠效果的话："写作：写作如风而至，毫无掩饰，它是墨水，是写出来的文字，生活中没有任何事物可以像它那样流逝，当然，除了生活本身。"这是一句令人着迷的话。但是我们应该完全相信她说的话吗？另外，这句话的真实含义又是什么么？如果它真的说明了点什么，这点什么实际上也非常简单。的确实际上是一点非常简单的东西——就只是说明文学如风——但必须承认，它说得非常美妙。玛格丽特·杜拉斯向来喜欢玩火，现在我知道了，当时我不知道。现在我了解了玛格丽特·杜拉斯，她喜欢表明自己向那种喋喋不休的空洞话语发起挑战。

那一天，由于脑子里带了那么多问题，我走进阁楼时已是筋疲力尽。我又回头看那本评论《印度之歌》和玛格丽特·杜拉斯的书，当我心不在焉地把目光投向书中一张照片下面的说明文字时，突然有几分钟感到意外的兴奋。那里的文字是："玛格丽特·杜拉斯，十七岁，南圻国①"。我所有的注意力都集中到最后一个词上了，就是提到那个神话般的国家的词儿。在那之前，我从来没想到过那个国家，但是我的女房东就出生在西贡，一个与我的外曾祖父曾有着密切联系的城市。在19世纪中叶，我的外曾祖父参

①南圻国位于越南南部地区，是一个存在于1946年至1948年间的国家，后来被1948年成立的越南临时中央政府所吸收合并。

加了西班牙的惩罚远征，在那个遥远的地方与法国人并肩作战，进入了西贡，尽管法国指挥部升起了他们的旗帜，占有了战利品，认为西班牙军队是辅助部队。但是我的外曾祖父当时跟巴兰卡将军一起进了西贡，并在那儿待了几年。

小时候，如果我调皮捣蛋表现不好，妈妈——跟那个时代的许多妈妈一样——就用把我送到南圻国的话吓唬我。但是，跟别的妈妈不同，妈妈对我的威胁有着某种真实的意义，因为我们跟那个遥远国家的关系是难解难分的，这种关系似乎一下子跟我和那位来自南圻国的女作家玛格丽特·杜拉斯的关系衔接起来。

这个与东方关系的发现让我好一阵子空喜欢。在接下来的时间里，我趴在地板上那个破旧不堪的床垫上——我在那个床垫上消磨着自己的时光——仔细地考虑着那种把我的家庭跟南圻国联系在一起的神秘关系，于是有几个奇特的、异国的、扣人心弦的故事映现在我的脑海里。那仿佛是我在写作，但比写作更让我愉快得多，因为我不必严格遵守玛格丽特·杜拉斯在那张四开纸上给我列出的写作原则。猛然间，随着我想象中的漫游，我在难忘的几分钟之间发现，我头脑中的散文可以像一条借着顺风飞速前进的小船一样平稳地航行。我的家人和南圻国的故事在轻轻滑行，借着顺风自由自在、无拘无束地把自己写出来。我发现把这种想象中的借风写作跟玛格丽特·杜拉斯说的

"任何事都不做"联系起来实在是太美妙了。我感到了生活的令人向往，很快就进入了梦乡，仿佛不写作的幸福有一种催人入眠的功效。

几个小时后我醒来了。我待在床上几乎没动，看了看窗户，看了看我的小腿，记起了我入睡前的幸福感。我听到了隔壁阁楼里黑人邻居收音机的声音，像每次一样，我完全听不懂。我突然从睡前的幸福感转向了为实际上没写一行字（只是想象着借风写作）而感到内疚。如果把事情仔细想想，那就真是可怕了。我幸福地睡了一觉，是的，没错。但那也是一种愚蠢和纯粹的偷懒行为。我心想，如果写作让我这样偷懒，那我干吗不去南圻国这个遥远的异乡国度走一遭见识一下呢？在那儿，不会有人强迫我写作，我可以把风中的故事抄写下来。我真的可以把想象中的那些故事抄写下来吗？南圻国在许久以前就改了名字，现在叫越南了，那是一座地狱，没有地方容得下懒汉。虽然那儿没有人逼迫我写作，但肯定也不会允许我幸福地睡眠；另外，我必须工作。

## 104

我感到《知识女杀手》要接近尾声了。为了让自己得到一点精神上的安慰，我对自己说，至少我这本书的故事情节还是非常奇特的。但是，突然，1976年1月12日，我从

《世界报》上看到了阿加莎·克里斯蒂刚刚去世的消息。当我从报下角的一条注释中得知她写过一部题为《罗杰疑案》的侦探小说时，顿时感到大为扫兴。在这部小说中，读者最后发现，书的叙事者恰恰就是凶手。我不希望结局是这样。那么，我写《知识女杀手》是白白浪费了两年的生命吗？《知识女杀手》的叙事人直到小说的最后一行才挑明她就是女杀手，从而杀死读者，我认为这种构思在全世界都是非常奇特而独一无二的。发现事情并非如此让我非常泄气，因为我觉得，如果说这本书有点什么有趣之处的话，那就是为读者设下的这个陷阱的独创性。

我该怎么办？重新开始吗？

我告诉自己，一切都是创造出来的。我想难道有人会有独创性吗？[①]我颇为垂头丧气地过了数日，直到一天下午我的情绪突然转好，决定把弗吉尼亚·伍尔芙的照片（以招贴画的方式挂在阁楼里，提醒我记住我也有**一个自己的房间**）换成圣阿加莎·克里斯蒂的巨幅照片，后者是真正的知识女杀手和伟大的罪恶老妇人。我自己跟自己开玩笑说，那间阁楼的下一个租客将是一位侦探小说作家。然后我意识到，如果是在其他的日子里，我根本不会去想那

---

①那天，我告诉自己，一切都是创造出来的，但是我需要找到令人信服的证据来证明它，这个证据几天之后我在贝克特的小说《莫莉》中的一小段话里找到了，我是在塞纳河码头一个书摊上偶然读到的："我们什么也没创造。当我们实际上只是结结巴巴地重述学校里学会而又忘记的课文和余下的作业时，就以为是创造了无眼泪的生活，就像我为生活而伤心那样。啊，见鬼去吧。"——作者原注

间阁楼的下一个租客。就像《知识女杀手》一样，我在巴黎的时光也要走向它的尾声了。

## 105

我们什么也没创造吗？当《莫莉》的叙事人这样讲的时候，他的话是正确的吗？那么学习呢？我们什么都学不会吗？比如，作家的学徒岁月，这个被人如此反复谈论、人人皆知的说法难道只是一种谎言吗？我们活着就什么也学不会吗？然后，就像贝克特说的，都见鬼去了？难道在这个世界上我们唯一能学会的就是什么也不能创造？阿道弗·阿列塔送给了我罗伯特·瓦尔泽的长篇小说《雅考伯·冯·贡腾》，这是对我的致命一击。我打开第一页，开始阅读："在这儿学到的东西微乎其微，教师缺乏，我们这些本杰明学院的青年学子将永远一事无成，就是说，将来我们所有人都只是平平常常处于从属地位的人。"

多么糟糕的情景啊！

我记得那是在1976年1月末一个落雨的日子，我坐在圣安娜街"一无所有"咖啡馆室外的平台上，翻阅着瓦尔泽的书，心里痛苦不已，脑子里琢磨着著名的"学徒岁月"是否真的是一个虚假的神话。

"最后一段时期我学到了点东西，学会了用打字机写作，这是肯定的。"当我正要招呼侍者过来结账并告别那家

咖啡馆，也顺便告别自己的学徒岁月的时候，我对自己说，
"啊，见鬼去吧。"我记得当时我就是这么想的。

## 106

过了几天，我去看一出话剧的首演。话剧的名字叫
《开罗》，是两个形影不离的阿根廷青年朋友的作品，他们
的名字叫哈维尔·阿罗约罗和拉斐尔·洛佩斯·桑切斯。
我是跟劳尔·埃斯卡里一起去的，他对那两位青年编剧很
熟悉。一起去的还有加泰罗尼亚一个名叫埃瓜弗雷塔小镇
上的朋友胡利塔·格劳，我少年时代曾跟父母一起在那个
小镇上度过暑假。胡利塔向来以她早熟的理智论出类拔萃，
她刚刚从巴塞罗那来到巴黎，已经到阁楼里来看过我。尽
管她让我感到不安，因为我摸不准她来找我的目的，但是
看到她，想起在破旧的埃瓜弗雷塔小镇的一些聚会和某些
花园，我还是非常欣喜。我编造出种种理由，不想留她在
阁楼过夜，最后便邀请她晚上一起去看戏。

在《开罗》这出话剧中，帕洛玛·毕加索（不久后她
跟洛佩斯·桑切斯结了婚，但没过几年就离了婚，离婚时
的财产分割让她破了一大笔财）和那两位阿根廷年轻人在
舞台方面进行合作，担当演员们佩戴的首饰的设计者，给
他们的作品增添了魅力并赢得了观众。那两位年轻人是巴
黎反正统文化戏剧的成员，也是另一位阿根廷人阿尔弗雷

多·罗德里格斯–阿里亚斯领导的TSE剧院的编剧。

从一开始我就清楚，对那出戏我不会看懂多少。第一幕接近尾声的时候，胡利塔想帮助我，告诉我那是一出**非常时髦的精神分析剧，内容极为艰涩难懂**，在西班牙语中，"开罗"这个词本来应该有定冠词，但剧名里没有，这本身就是一种暗示。胡利塔的这种极为宝贵的帮助，对我理解这出话剧的内容没有起到任何作用。它暗示着什么？我没有得到答案。演出结束的时候，劳尔·埃斯卡里到化妆室去向演员表示祝贺，我们陪着他一起去了。后来，不知怎么回事，我们坐上了帕洛玛·毕加索宽大漂亮的折篷奔驰车，吸着粗大的哈瓦那雪茄，跟她和劳尔、胡利塔和《开罗》的演员，一起在巴黎刚刚洒过水的街道上兜风，奔向圣安娜街的勒塞布特迪斯科舞厅。我一辈子都没感到过如此的威风。在那儿，坐在豪华的折篷奔驰车上，听着收音机里播放的格伦·米勒的乐曲，我飘飘然把自己看成了巴黎的**甜蜜生活**之王，仿佛是我刚刚征服了这座城市，方方面面都成了巴勃罗·毕加索的继承人。

与我相比，加泰罗尼亚的成功者里卡多·波菲是个失败者！巴黎永无止境，我心想。我沉浸在巴黎之王的愉快想法中，觉得自己是高高居于凡人之上、鞭挞白痴的青年之神。我想起了雅克·普雷维尔，他说他的一只脚踩在塞纳河右岸，一只脚踩在塞纳河左岸，第三只脚踩在白痴们的屁股上。我也想起了马丁内·西蒙奈，觉得如果此时她像可怜的灰姑娘一样走在街上，看到我们驱车驶过，为我的流浪生活大大改善而惊讶不已，那滋味可真就太美了。

我也想到，如果我阁楼的邻居，那个粗野的黑人正在红绿灯前等待过街时看到我，那也将是一件十分惬意的事。"再见，**乖乖**，再见。"我会这么对他说，然后将哈瓦那雪茄的烟雾喷在他脸上。

我正在脑子里想着这一切的时候，胡利塔·格劳问我当时是否在写什么作品。我告诉她，我正在杀青一本杀死它的读者的长篇小说。她问我接下来准备写什么，我深吸了一口雪茄，突然想出了一部戏剧作品的题目《在眼皮的南方》。当她想知道这部剧作的内容是什么时，我趁着帕洛玛·毕加索跟两个阿根廷人谈话时的停顿，抬头仰望巴黎繁星密布的天空，以假惺惺的谦虚姿态说道（尽管难以掩饰那扬扬得意、自以为了不起的高傲声音）："嗯，我们不必去大肆张扬，但是凭我的直觉，这将是一部很有趣的作品，它是对目光的一种心理分析研究。"帕洛玛·毕加索和两位编剧古怪地看了我一眼。我半点儿也不觉得尴尬，恰恰相反，我又重复道："是对目光的心理分析研究。"我完全相信我是曼波舞之王。

## 107

第二天上午，胡利塔·格劳又到我的阁楼来了。我马

上想，这一次她又来干什么？接着我想：昨天我跟她上床
就好了。我琢磨，实际上，女人就只想一件事：要男人愿
意跟她们睡觉。但是，如果你跟一个女人睡了，她会让你
很麻烦；如果你不愿意跟她睡，她同样会因你不愿意跟她
睡而让你很麻烦。

　　我记起了不久前我读过的一本英国小说，描写的是一
个女人美好的幻想。每到黄昏时她就坐在一个花园里，读
着书，等待男人回到她的家，投入她的怀抱。我问自己：
胡利塔·格劳大概也在想这样的事吧？如果她向我承认她
是这样想的，我应该相信她吗？另外，我的幻想是拿着沉
重的公文包乘坐一列拥挤的近郊火车回家，遇到一位整日
趴卧着懒洋洋地读乌纳穆诺的知识女性吗？

　　"你在想什么？"胡利塔·格劳问我。"什么也没想，你
是来跟我告别的吧？""不是。"她简短地回答。我感到很紧
张。"请跟我说实话，你在我身上看到了什么？"对我的问
题她似乎一点也不感到惊讶。"可能是你自己情况好转的版
本。"她不慌不忙地说。"我不懂你的意思。""我在你身上
看到了一个完整的人，而不是你自认为的那个糊涂的邋遢
鬼。"她说。

　　她在阁楼里待了七天，从周六到下一周的周五。在那
个周五的上午，我偶然发现她是我爸爸雇来跟我恋爱，劝
我回巴塞罗那的。这个发现令我十分沮丧，精神都崩溃了。
她哭了。

## 108

　　在他要自杀的那年1月，海明威已是一个又老又虚弱的人。他白发苍苍，脸色苍白，四肢干瘦，但表面看来倒是他最后的病情危机得到了好转，所以医生准许他回到凯彻姆去。他的朋友加里·库珀刚刚说过，一个幸福的人就是白天去工作，晚上去休息，没有时间想他自己的事情。但海明威可是有时间想他自己的事情。有人请他在一本书上题词，献给新上任的美国总统约翰·菲茨杰拉德·肯尼迪。

　　他折腾了一整天也没找到那个句子。"我想不出来了。"他含混不清地对他的朋友乔治·萨维尔说。于是他流出了眼泪。他永远不会再写作了。当春天到来的时候，人们说他完全没有看到春天，甚至根本没意识到春天的来临。他总是一身黑衣打扮，低着头，生活在绝望之中难以自拔。他的著作中的某些主人公坚忍不拔地承受着逆境，在折磨中表现出非凡的高雅气质，这些人将被载入史册，至少在人类的记忆中会停留一段时间。但是海明威绝望了，他那坚忍不拔的承受力已经垮掉，他对此也无能为力。当人陷入逆境中的时候，要谨慎行事已经晚了。他把一支旧猎枪和两盒子弹从枪械室转到一个柜子里，妻子发现了这件事，并且通知了医生，医生要求他把猎枪送回枪械室。他们不得不让他再去住院，但是在坐上去机场的车把他送到医院之前，他急急忙忙扑到枪械室，把一支装上子弹的猎枪顶在了喉咙上。"痛苦啊。"他说。这只是他在7月终究要做的事的预演罢了。

## 109

我不认为我还会在这儿待很久。我将带着我的觉悟离开。对我来说，这种觉悟向来是一种逐步扩大的讽刺，而随着这种讽刺逐渐强烈和膨胀，同时它也不合逻辑地趋向消失。这是我随着生活逐步发现的事情。这种觉悟逐渐增强，没有讽刺将一事无成。我离开这儿是为了消解、分离、崩溃，把一切未遂的人格或意识和任何对巴黎的怀念都变成碎屑。归根结底，讽刺就是离开自我。

## 110

海明威从医院回来后变得更加与世隔绝，自我封闭。正如雅娜·布达德所说，作家即使成就再大，到了老年最后也总是自我幽闭，躲藏起来，此种现象屡见不鲜。但是，确切地说，海明威到底发生了什么事呢？"也许，"安东尼·伯吉斯说，"是一种他个人神话的失败引起的逐日加深的伤悲，更可能是性功能的丧失，又考虑到他在其他领域作为男子汉大丈夫的英雄业绩，这使他深深地陷入惶恐不安之中。一个人一旦出名，在任何情况下，他的任何成就均为公众所承认，那时他就要出现顽固的忧郁症了。这种顽固忧郁症的表现就是一心想自杀。或者说得更简单点儿，海明威自视为梭罗式法则的例外人物，不像所有人那样必须经历一种平静的绝望生活：大多数人能潇洒地面对他们所遭遇的焦躁不安，而海明威却不能。他太像一尊神，这使得等待他的必须是面对一切。"

"到了他生命的最后时刻，"博尔赫斯在谈到海明威时说，"他无力继续写作，为此备受困扰，也为精神失常而苦闷。他为自己把生命消耗在身体的历险上，而不是全身心地纯粹从事智力事业而感到痛苦。"

"他上个礼拜想自杀来着。"在海明威的短篇小说《一个干净明亮的地方》中，一个上了年纪的侍者谈到酒吧的一位顾客时这样说。当一个年轻侍者问他为什么时，得到的回答是："他绝望了。""他为什么会绝望？"年轻侍者又问。"不为什么。"

海明威在美国爱达荷州凯彻姆市有一个凄凉的家，为了这个家，他放弃了古巴干净明亮的咖啡馆和令人欢乐的阳光。这个家是他自杀之地的最佳选择。1961年7月2日那个星期天的上午，趁妻子还在睡觉，海明威早早就起了床，他找到枪械室的钥匙，那儿放着所有的武器，他把一支双筒猎枪装上了子弹。在他的短篇小说《一个干净明亮的地方》中有一段祈祷："我们的虚无存在于虚无中，虚无是你的名字，你的王国也是虚无，你是虚无中的虚无，因为虚无原本就是虚无。"他给双筒猎枪装上子弹，将枪口对着额头，扣动了扳机。见鬼去吧。

## 111

许多年以后，玛格丽特·杜拉斯也自我封闭起来。这件事发生在我离开我的阁楼二十年之后。我那些年的传记不应该结束在我离开巴黎的时候，而应该结束在二十年之后。到了那个时候，玛格丽特·杜拉斯完全与世隔绝，彻底自闭起来，永远搁笔不再写作，不再跟写作进行面对面的肉搏战，也不再见她的朋友。当时哈维尔·格兰德斯住在马略卡岛，我在巴塞罗那从他那儿得到消息，他说他路过巴黎的时候往玛格丽特·杜拉斯家里打电话，想问候一下，她说她不认识他，已经记不起他了；她又回到她童年时代的愚钝状态，不记得任何人，只记得西贡。

据说玛格丽特·杜拉斯对其他许多人都说了同样的话，在她最后的日子里她只谈死亡，只谈童年混沌时代故土的温馨甜蜜。一天晚上，她双手放到喉咙处，说出了她书中一个人物的名字。"安娜·玛利亚·斯特莱特。"她说。这只是她将要发生的事情提前了，就是说，她的死亡征兆和临终场景提前到来了。据说，在弥留之际，她说死亡之后一切都变成虚无缥缈，"唯有活着的人在微笑，在互相支持。"见鬼去吧!

## 112

我开始写《知识女杀手》的时候本打算先写第一章,再写第二章,依次顺序而下。但是很快我就偶然地改变了主意,甚至觉得应该按"之字形"曲折前进,因此正如我在前面所说,杀人笔记本的八页四开纸(在书稿的中央部分)和小说开头的句子应该在整部书稿写完后最后再写。这种最后再写开头一句的做法肯定不会让记得帕斯卡所言的人感到惊讶。帕斯卡说:"写一部作品的时候,最后写的东西应该出现在开头的位置。"

小说中央部分杀人笔记本的最后第八页描写的是那位诗人之死,实质上,我本人没意识到,那是对我自己和对我放弃诗歌、可悲地转向**罪恶**散文领域的写照。我不知道第八页是否是手稿的最后一页,但是我的直觉告诉我是如此,因为说到底,我讲述的是一位诗人之死,一个随便什么诗人之死,笔记本的前几页描写均是为这一目标做的铺垫。在那最后的一页我这样写道:"酒从他的双耳中流出来,他的双腿拖在地上,仿佛两根不会打弯的直挺挺的桅杆。一切在拂晓时都结束了……我拥抱了他,呼唤他的名字。作为他昔日的姐妹,我在冬日的漫漫长夜间用一种他很熟悉的声音呼唤他。然而他已经听不到我的声音了。一切都沉浸在平静之中，可以听到清晨最初的小鸟的婉转啼鸣，空气中散发着一种烟斗烟丝、旧丝绸和老羊皮纸的味道。现在我知道了，我正在拥抱一具尸体。"

我记得很清楚，那是一个大雨滂沱的日子。我写下了那些《知识女杀手》文稿的句子，写下了一位作家到了老年患上自闭症的话语。我写出了那些话，我知道小说肯定要结尾了。那是1月30日，我记得清清楚楚。在上街溜达一会儿，吃点东西，考虑一下手稿的中心部分是否正在结束，从而整部作品也将写完之前，我去了奥台翁驿站咖啡馆，看看能不能碰上马丁内·西蒙奈向她祝贺一下，因为那一天是她的命名日。那是1976年的1月30日，她起了圣马丁内的名字。大雨倾盆而下，人们在穿过街道之前踌躇不决，仿佛那不是街道，而是洪流。车辆行驶缓慢，唯恐打滑出事。而我则担心小说已经结束，但同时也想，倘若如此，我应该面对现实。我没有见到马丁内·西蒙奈，于是走进了塞纳街上一家我从来没去过的小吃店。那大概是一家经营很差的餐馆，因为一半的位子都空在那儿。饭店的菜谱用粉笔写在一块大黑板上，桌布是纸质的，餐桌很小，年轻女侍者穿着黑白相间的工作服。我一边吃着一份牛排加土豆，一边在心里想着他们可能又会把我误认为是恐怖分子卡洛斯。但是很快我就意识到这样想一件事情十分可笑。我又加了一杯红酒。大水罐留下一块污迹，在白色的桌布上反射出红宝石般的光芒，这使我想起了我刚刚在第八页上写出的文字："酒从他的双耳中流出来，他的双腿拖在地上，仿佛两根不会打弯的直挺挺的桅杆……"我明白了那是某位隐身缪斯用那么简单和出人意料的方式给我发来一个信号，告诉我不要再去考虑那件事：小说已经写完了。

我是否应该将其视为我生命中最了不起的时刻？我终于把我的第一部小说写完了（当时我还不知道它缺一个句子，就是开头的那句话），因此应该开始意识到，我处在了生命中的一个巅峰。抑或不是？我冥思苦想，然后明白了：为了尊重事实，我必须承认，那个时刻显得根本不重要，因为不管我多么努力，这件事发生时既不显得庄重，也不带什么激情。我端起酒放在嘴边，发现年轻的女侍者们在互相交换眼色。顾客寥寥让她们感到厌烦，她们肯定注意到了我的怪相，所以在笑我。我想：哎呀，如果你们知道我刚刚把一部小说写完该多好呀。我挺起了胸膛。我想，多年之后，《知识女杀手》会在法国翻译出版，那时会有人写道："真是荒谬，这个杀死读者的企图签署了一位作家的诞生证明书。"

我走出饭店的时候，雨已经停下来，风也停了，天空正慢慢转晴。我开始往阁楼走去，但到了圣贝努瓦街的时候，我想起了我回到阁楼无事可做。不管怎么说，反正小说是写完了。我有人们说的那种一个作家写完一部作品后感到的无比空虚吗？没有，我一点也不感到空虚。恰恰相反，我很想见到马丁内·西蒙奈，祝贺她的命名日。我回头又向奥台翁驿站咖啡馆走去；我心想，天气已经转好，没准儿她终于决定出门，我们就在那儿碰上了。我正在圣日耳曼大街往奥台翁驿站咖啡馆走着的时候，一辆轿车带着一股邪劲儿故意擦着我的身边开过，车里的收音机把音乐放到最大音量。那是帕洛玛·毕加索的折篷奔驰车，我的裤子全被它溅起的水花打湿了。我没看清开车的是谁，但是车上坐着帕洛玛·毕加索，两个阿根廷编剧坐在她旁边，头上戴着引人注目的帽子。车子飞驰而过，他们故意往我的裤子上溅水，然后哈哈大笑，嘲弄着我这个卑微流浪者惊愕的表情远去了。

## 113

几天之后的一个黄昏时分，我正在阁楼里安静地准备清理一下烟斗，忽然停电了。开始，我甚至跟自己开玩笑，心想那仿佛是告诉我，我要跟流浪生涯的灯光告别了。但是随着时间一分钟一分钟的过去，夜幕渐渐降临，我就逐渐感到了事情的严重性。黑人邻居很不情愿地借给了我一支蜡烛，我就在半明半暗的整间陋室里熬过了这一夜，等着天亮了去找玛格丽特·杜拉斯，把发生的事情告诉她。我应该对她表示愤怒吗？跟她当然不能发火，不管怎么说，我还欠着她七八个月的房租。**我能指望什么呢**？不用付钱就永远在阁楼里享受免费的流浪汉用电吗？

上午十点钟左右，我下到三楼，按响了玛格丽特·杜拉斯家的门铃。她肯定就在门后，因为门马上就打开了。在那个时间看到我，她一脸的惊愕。如果我没有记错的话，她一开口就问起了我小说的情况。"我已经写完了。"我说。这让她感到很有趣，好像写作最后会有一个终结令她感到惊奇或者说难以置信。她以她那种特有的令人难忘的方式笑了。那是一种居心不良的、幼稚的、挖苦的笑。这种笑就本质而言还是想传达一种友好的感情的，可是，没错，接着便是一瓢冷水浇下来。"你来找我就只是想告诉我小说写完了吗?"她问。我不知道该怎样把断电的事讲给她听。再说，她的脸色已经变了，笑容消失得无影无踪，现在代之以有点可怕的表情。"我活着不是为了任何人，也不是为了我自己。"她说，我的担心被证实了。我羞愧难当，真想当时就死在那儿。"你待会再来吧。"她说，砰，门关上了。

十二点半左右，我又回去想试试看，按门铃的时候，我的手在发抖。没想到门马上又打开了。"怎么啦?"她问。我忐忑不安地对她说电灯断电了。我不得不用我的**低级**法语给她解释了五六遍，直至她终于明白了发生的事情。那时，她两眼注视着我一动不动，就这样像木棍儿似的看了我好一会儿。突然，她对我说:"你等一下，我马上来。"不一会儿，她拿着一个皮文件夹回来了，那里面放着一大堆照明费收据和发票。她把文件夹递给我，我手足无措，不知道该怎么办。她以她那种典型的毫不留情面的动作一把将文件夹从我手中夺回去，说道："好吧，我们去找法国电力集团。"

几分钟之后，我们就带着皮文件夹到了雷恩街B69号法国电力集团宏伟的大楼门前。电力集团的一位女职员在二楼下的夹层接待了我们，好一会儿她都在"打着官腔"跟玛格丽特·杜拉斯交谈，那些话对我来说自然深奥难懂。她们翻阅着许多带有大量数字的文件，用一种非常复杂难懂的语言交谈了很长时间，直至那位女职员几乎是下了命令——好像她突然感到玛格丽特·杜拉斯说的一点什么冒犯了她——让我们到大楼的二层去，在那儿一位非常忙碌的先生在一间办公室里接待了我们。我特别记得，他在谈话中不断提到演员杰拉尔·德帕迪约的名字。玛格丽特·杜拉斯时不时地抬高嗓门，好像被对方的什么话惹火了。一切都混乱不清。"你从什么时候就没付电费了？"她突然问我。但是我不敢肯定她对我确切说的是什么意思，因为她又开始用**高级**法语讲话了。她没有等我的回答。忙得不可开交的那位先生又取出了一些文件，开始唠唠叨叨说起了一些离奇古怪难懂的话，最后他建议我们去一楼的一个办公室，那儿的一个非常文质彬彬（非常有教养的）的官僚又打发我们去开头接待我们的那个女职员窗口旁边的窗口。在这个新窗口，我敢发誓他们基本上谈的是雷恩街73号的一家伞具商店的事，谈过之后，一个像演员里诺·凡杜拉的人终于给了玛格丽特·杜拉斯一份文件。那是唯一的一份还算有节制的文件，但上面依旧密密麻麻地填满了数字和画满了红笔的标记。

走出那座大楼到了雷恩街上，玛格丽特·杜拉斯把那份文件交给我，并且对我说了点什么，但是我完全不懂，好像她是故意用**高级**法语讲的。我听不懂她给我说了什么，但她倒是给我写在纸上了。我看得清清楚楚，我要付四十多年的用电费，就是说，我不但要负担科皮、哈维尔·格兰德斯、异装癖阿玛宝拉、电影导演米洛舍维奇、保加利亚戏剧女演员、巫师约多洛夫斯基的朋友这些流浪者们的电费，还要为法国抵抗运动拖欠的电费，也就是密特朗同志在阁楼里躲藏两天的用电付账。

玛格丽特·杜拉斯用她的**高级**法语对我进行了评论，但我完全不懂，只听懂了最后一点点儿，而且是懂得清清楚楚。那些话正是多年前雷蒙·格诺给她的著名劝告。那个罪恶的劝告——实际上由于我写了一本罪恶之书，我内心深处明白自己更配得上它——作为遗产被接受了，将她永远捆绑在了一把椅子和一张写字台上。我也得到了同样的下场。"你就一直写下去吧，一生不要做别的事。"她对我说。

我认为，我去巴黎可以说就是为了学会用打字机写作和接受雷蒙·格诺的罪恶劝告。

但是，当然了，那一天我还不明白这件事。我听到了雷蒙·格诺的劝告，但是，由于看到至少要付三代艺术家的照明电费，精神压力过大，所以我没有、也不可能感谢玛格丽特·杜拉斯的这个劝告。我陪她到了圣贝努瓦街的楼门口，默默地向她鞠躬，表示了对她到电力集团帮助处理用电事宜的谢意。尽管当时没有想到，但这是我最后一次见到她了。我向她鞠躬表示了谢意，接着想起了流浪者布维的一句话，于是就幽默而怯生生地对她说："今天晚上，我会在阁楼里点起一支蜡烛，为的是什么也看不见。"

我脱离了她的生活，就像脱离了一句话。

然后，我到花神咖啡馆喝了一杯鸡尾酒，又喝了一杯黑莓酒，分析了面临的形势。整整六天，我一直在分析形势，到了第七天，我就回到了巴塞罗那。当父亲问起我为什么回到故乡的时候，我对他说是因为我爱上了胡利塔·格劳，另外还因为巴黎总在下雨，天气寒冷，晴天太少，雾天太多。而且那么平庸灰暗，母亲这时插嘴道，我猜她是在说我。